即将消失的文明

徐杉 著

四川大学出版社

图书在版编目（CIP）数据

即将消失的文明 / 徐杉著. — 2 版. — 成都：四川大学出版社，2023.10
（徐杉文集）
ISBN 978-7-5690-4123-1

Ⅰ．①即… Ⅱ．①徐… Ⅲ．①随笔－作品集－中国－当代 Ⅳ．① I267.1

中国版本图书馆 CIP 数据核字（2021）第 001328 号

书　　名：	即将消失的文明
	Jijiang Xiaoshi de Wenming
著　　者：	徐　杉
丛 书 名：	徐杉文集

丛书策划：	张宏辉　欧风偎
选题策划：	欧风偎
责任编辑：	欧风偎
责任校对：	周　颖
装帧设计：	墨创文化
责任印制：	王　炜

出版发行：	四川大学出版社有限责任公司
地　址：	成都市一环路南一段 24 号（610065）
电　话：	（028）85408311（发行部）、85400276（总编室）
电子邮箱：	scupress@vip.163.com
网　址：	https://press.scu.edu.cn
印前制作：	四川胜翔数码印务设计有限公司
印刷装订：	四川盛图彩色印刷有限公司

成品尺寸：	170 mm×240 mm
印　　张：	23.5
插　　页：	2
字　　数：	303 千字

版　　次：	2012 年 11 月　第 1 版
	2023 年 10 月　第 2 版
印　　次：	2023 年 10 月　第 1 次印刷
定　　价：	88.00 元

本社图书如有印装质量问题，请联系发行部调换

版权所有　◆　侵权必究

扫码获取数字资源

四川大学出版社
微信公众号

自 序

二十多年前，在对峨眉山隐逸文化的调查采访过程中，我对"云游"产生了浓厚的兴趣。我感到自己在一个狭小封闭的空间里，所认知的历史文化与实际发生的文化现象严重错位，于是决定走出去，开始自己的云游。最初，对自己行走的目标并不十分确定，但有一点可以肯定，就是云游意味着有劳累，有艰辛，有消费，有时还会遇到危险。

女性，又非身怀武艺之辈，出门在外总是多一些不安，天南地北，走得越远，走得越久，遭遇麻烦与危险的机会也就越多。我曾经历过两次车祸，脚下就是万丈深渊；夜遇敲诈勒索之徒，几块大石头横放在路中，佯装修路的男子，手持铁镐，不拿钱不放行；山路上为避虫蛇侵扰，不得不拿一根棍子防身；村寨中需提防突然蹿出的猛犬；五更起身，星夜赶路，风沙、雨雪、酷热、塌方、泥石流、长途颠簸、寝食难安，都是不可避免的事。

然而，行走也是快乐的，除了无数令人震撼的大自然风光、奇异的人文景观之外，更重要的是在行走的过程中，眼界渐渐开阔，心中的疑惑逐一得到解答。一个问题解决，又生出新的疑惑，于是继续走下去。越走越远，越走越有兴趣，就像喝茶上瘾，无时无刻不思念茶的滋味。

行走还带给人很多思考。文化人大都好静，喜欢待在书房里读书、做学问。时间一长，有如躲在一个狭小的楼阁里，因为缺乏对事物的直接观察和切身感受，从书本来到书本去，而作出一些错误的判断。前些年，我参加一个学术研讨会，会议总结时一位老专家发问：眼下有多少学术论证资料来自第一手？如果来源都是二手、三手，甚至五六手，那么学术研究的方向该如何定位？

　　我理解，这话的另一层意思就是要走出去。

　　我陆续走了很多地方，感触最深的是，一些曾经灿烂夺目的文明已经消失，或正在消失。近几十年来，随着经济的快速发展，贫困现象已经几乎看不到了，但是在经济发展的同时，一些地方却丢失了很多东西，尤其是传统文化。我去过湘西一个依山傍水的古镇，那里走出了几位在中国近代历史上有影响的文化大家。但现在许多本地居民已经搬到镇外，将房屋租给外来的经商者，整个镇子变成了灯红酒绿的商业场，弥漫着竞争、喧嚣、浮华和虚伪的气氛，除了建筑的外表，内在精神早已蜕变。其实，人才是文化的主体，而且，活着的文化才更有鲜活的生命力。贵州一个苗寨自开发旅游业以来，四十岁以下的妇女几乎不会织布绣花，而在过去这些是她们生活中必不可少的内容，也是衡量是否"贤能"的传统标准之一，如今就连头花、衣裙花边也是流水线生产出来的化纤复制品，千篇一律的同质化倾向是追求短期经济效益的结果。还有的地方因为有了自来水，不再饮用河水，或者河水不能饮用了，于是垃圾就往河边倾倒，等大雨来时往下游冲，将祸水推给别人，雨后，沿河的草、树枝上挂满了破碎的塑料袋，以及其他未能冲走的垃圾。凡此种种，让人不免感叹，富了不等于文明程度提高了，人们需要做的还很多！

　　比这些更令人不安的是传统文化的缺失，不同文化之间的冲突，急功近利、唯利是图的导引，带来人性的扭曲与变异。

当文明被打碎，邪恶就会侵入。愚昧、无知、扭曲、毫无尊严的生活，是滋生暴虐和犯罪的温床。

文明的失落如此容易，文明的构建却又如此艰难。

小时候常听老人说："学懒三天，学勤快三年。"这说明树立好品行难，而要退化却是异常容易。文明的建立与消失亦是如此。人们长久地与蒙昧抗争，历尽艰辛挣脱野蛮，换来的文明，却可以在不知不觉中悄然流逝。有时更可悲的是分不清什么是文明，什么是倒退。一些人认为自己生活在文明古国、文明社会，不想再去作横向或者纵向的比较，随波逐流，麻木不仁。

但是也有为文明拼搏的人。前些年，有两名女子在河边戏水，不幸被激流卷走。一个男子跳下去相救，可是由于水势太大，两名女子都溺水身亡。而这名男子在救人过程中，自己盆骨骨裂，仅在医院的治疗费用就花了两万多元。虽然这笔费用后来解决了一部分，但是他自己还是承担了很多，除了钱之外，还有疼痛，还有时间，还有一家人照顾的辛劳。

中国是文明古国，几千年漫长的历史，为后人积淀了灿烂的文明，可是如今一些古老的传统文明正在迅速消失。也许，再强大的人也无法阻止古老文明的消失，但是，有良知的人应该积极参与传统文明的传承，以及自觉地构建新的文明。就如那位跳进激流里救人的男子，他就是一个示范，他救人时不会先想：我受伤了谁给我报销医疗费？万一我出了意外怎么办？他心底里有善的念头、文明的火花。我想他不需要给自己的孩子或者其他人更多语言上的教导，他的行动胜过千言万语。

今天，似乎所有的人都很忙碌，忙赚钱，忙交际，忙应酬，忙娱

乐，忙无事忙，忙完以后又常感到脑子里一片空白，在物欲享受的同时又烦恼缠身，焦躁痛苦。其实，何不静下来花一些时间回望历史。世界上曾有的四大文明古国，只有中国这个以传统文化为立国之基的文明古国，在世界上存在了长达五千年，而其他曾经灿烂的文明已经先后消失在历史的长河里。

这是为什么？

古老的中华文明会逐渐消失吗？新的文明会在其中萌生吗？

这样的对比思考，常常会让我感到惶恐和不安。因为那些文明的消失，多是由这些文明的创造者的后人造成的悲剧所致。总结别人的教训容易，看清自己的过失很难，或者知道了也不愿意面对，所以使文明越来越远离。

当旧的文明逐步消失，新的文明体系尚未建立起来之时，社会由于信仰缺失、信念丧失、信心丢失等诸多方面的原因，常常变得神经脆弱、焦躁不安、矛盾重重、冲突加剧。旧的文明消失易，新的文明建立难，何况新的文明还需要经过长时间的检验，是否能在某块土壤生存发展。

也许，传统文明精髓的传承，新创文明体系的建立，是一个十分漫长而又艰难的过程，有时甚至要付出巨大的代价。

行走中我写下了这些粗浅的文字，希望那些消失的文明，或者正在消失的文明，能给人一点重温和反思。

是为序。

目 录

风吟雨诉 ································· (001)
  即将消失的文明 ······················ (003)
  为石而狂 ···························· (011)
  国殇 ································ (019)
  五尺道上 ···························· (027)
  遵义会议会址轶事 ···················· (035)
  从未闻听的红军往事·四渡赤水轶事 ····· (040)
  寻访大熊猫发现地 ···················· (050)

长河碎影 ································· (057)
  口吐白沫的骆驼 ······················ (059)
  神的后花园 ·························· (066)
  戈壁空城 ···························· (073)
  敦煌的叹息 ·························· (079)

烟雨浮云 ································· (085)
  退思与彰显 ·························· (087)
  西湖无边 ···························· (091)

鲁迅为什么呐喊 ················ (102)

黑土记忆 ···················· (109)
　　室韦风情画 ·················· (111)
　　海拉尔要塞随想 ················ (121)

海上潮音 ···················· (127)
　　假如没有信仰 ················· (129)
　　闹市问禅 ··················· (135)

书坊轶事 ···················· (143)
　　书为媒 ···················· (145)
　　命相故事 ··················· (152)
　　江湖琐记 ··················· (157)
　　娶色与娶智 ·················· (162)
　　书坊留痕 ··················· (165)

峨眉星月 ···················· (183)
　　享受停下 ··················· (185)
　　峨眉山"风" ················· (188)
　　蓝缕开疆 ··················· (197)
　　秋之菩提 ··················· (206)
　　一段峨眉山奇特真实的往事 ·········· (213)
　　山中隐潮 ··················· (226)
　　一个另类英雄的人生 ············· (232)

息心……………………………………………………（236）

顽猴……………………………………………………（244）

月中桂…………………………………………………（248）

牛角寨大佛……………………………………………（251）

鱼窝……………………………………………………（258）

胜乡奕奕………………………………………………（265）

《峨眉伽蓝记》背后……………………………………（275）

弹指挥间……………………………………………（287）

另一双眼睛看乐山……………………………………（289）

澳洲趣闻录……………………………………………（301）

代价……………………………………………………（314）

大耳朵百姓……………………………………………（320）

常识不常识……………………………………………（330）

不褪色的梦想…………………………………………（334）

落毛凤凰………………………………………………（336）

梨花一瞬………………………………………………（344）

东女国之谜……………………………………………（353）

慢吃……………………………………………………（363）

风吟雨诉

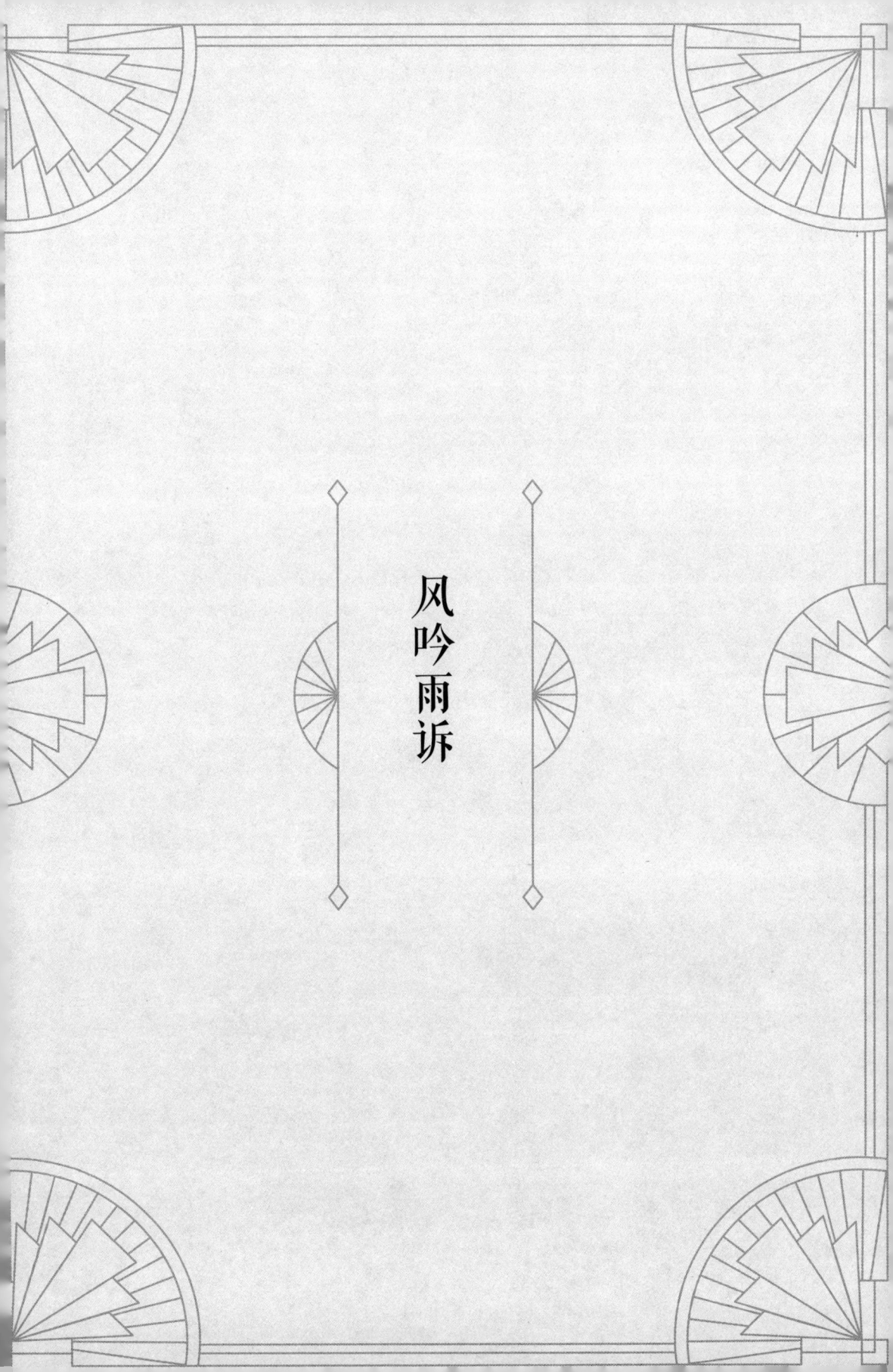

即将消失的文明

实在出乎我的意料,在西南边陲的腾冲竟然保存着这么一个有着传统结构、历史风貌的乡镇——和顺!

从山脚到半山坡,高墙矗立、灰白相间、敦厚挺拔的宅院、房舍纵横相连,错落有致,绿荫丛中宗祠错落,庙宇巍然,六百多年的生活层面重重叠叠,展示着古老历史的记忆。然而更让人称奇的是那座上世纪20年代建起、藏书数万册的乡村图书馆!它是我国第一个乡村图书馆,既不像传统意义上从事教育的书院,也不像普通的藏书楼,而是一个保存传统文化,引进现代文明,突破宗祠庙宇局限,普及新知识的场所。

和顺图书馆是地域文明的结晶,同时它从一个角度反映了和顺极其艰难的对外探索历程,以及悲怆的文化反思。

和顺四周多火山地热,既无丰饶的原野使之五谷丰登,也无辽阔的江河令其鱼虾满

和顺图书馆一角

仓，贫穷使人们把眼光投向家乡以外的地方，期望能找到一条脱贫致富的路。最终，他们选择了"走夷方"，到国外去谋生计。腾冲毗邻缅甸，中国的丝绸、茶叶、药材，境外的珠宝、香料等，这一切为商贩们提供了很大的空间，也给和顺人以创业的机会。就这样，南方丝绸之路的马帮里涌入许多和顺人。

走夷方的漫长路上不知倒下多少和顺人，村里留下许多寡妇，这些人寂寞艰辛的一生最后浓缩成贞节牌坊上的一个个名字。当年腾冲流传着这样一首民谣："有女莫嫁和顺乡，才是新娘就成孀。异国黄土埋骨肉，家中巷口立牌坊。"但是也有人在外打拼出来了，于是衣锦还乡，并把在外面世界驰骋的经历和见识浓缩在新修的豪宅大院里。至今在镇里的老宅里既能看到江南水乡的柔美，也能看到北方天高地阔的飞檐，还能看到西方建筑的风采。走夷方，机遇与风险并存，这一切吸引着一代代年轻人前仆后继地走出去，走得更远。慢慢地，和顺人分散到缅甸、越南、泰国等东南亚各地；不仅如此，有的人甚至沿"蜀－身毒道"通过印度转道去了欧洲；还有的人一生都颠簸在途中。他们辛勤的汗水带来了和顺的富有。走夷方，使他们拓宽了视野，开阔了胸襟。在印度、缅甸、越南等沦为英、法殖民地后，和顺人既率先接触到西方的文明，也首先感受到变革是国家民族迫在眉睫的需要。

清末"庚子事变"后，同盟会会员、日本留学归来的寸馥清等人，为使乡人适应时代变化，于清光绪三十一年（1905）在和顺组织了"咸新社"。社址设在一个改建的古庙里，购置了大批新知识书籍，除供社内人士阅读外，也作为公共图书免费提供给乡人借阅。中国第一个乡村图书馆雏形就这样破土而出，书籍不再高居殿堂，仅为达官贵人和学者所拥有，开始走向广泛的人群。重要的是，书籍内容不仅是传统的儒家经典、诗词歌赋，而是涉及经济商贸、实用技术、社会体制等多方面，超过传统书院、藏书楼的意义。

和顺过去一直是以宗祠和庙宇为精神中心的乡村，至今仍然保留寸、刘、尹等八个完好宗祠，以及几个敬神祭祀、推行礼治的寺庙。宗祠是同一姓氏家族的中心，而庙宇又是全村不同姓氏家族的中心。咸新社的出现改变了几百年来不变的格局，但是它并没有遭到宗祠和庙宇的反对，人、神、祖先在这片土地上竟然很容易沟通，相互理解，达成共存。

民国初年，旅居缅甸的和顺青年寸仲猷、李清园、贾铸生、李秋农等，为谋求家乡文化教育发展，在缅甸瓦城组织了一个"青年会"。1924年，青年会回家乡创办了"书报社"，并从上海等地订购了一大批书报杂志供乡人阅读。那时从上海到云南边疆，因交通十分不便，寄到的新闻报纸已成了历史资料，于是他们把运输路线改成从水路运到缅甸，再经古老的南方丝绸之路用马帮运至家乡。新知识的传播道路充满艰辛，但是接受者的热情使艰辛变为满足和快乐，不同的群体通过书籍这座桥梁聚集在一起。

1925年"青年会"改为"崇新会"，意在吸取新的、有创意的知识。不少人慕名而来，书报社狭小的空间已不能满足络绎不绝的求知者。1928年，崇新会决定将咸新社旧址改为图书馆，消息传出，不少人慷慨解囊相助，捐钱捐书。当时驻缅甸瓦城的商界巨子尹玉山先生闻讯后立即取消正在准备的六十寿辰庆典，将寿宴要花费的三百元捐赠给图书馆；另一个叫张德善的年轻商人，得知此事后决定改旧式婚礼为新式婚礼，将节省下的一百元捐赠图书馆。这样的事还有不少，说下去是长长的一串。现馆内珍藏的百衲本《二十四史》《武英殿聚珍全丛》《云南通志》《九通全书》《续藏经》《四部丛刊》《万有

文库》《汉魏丛书》《佩文韵府》等都是捐献而来。

　　作为地域文明标志的和顺图书馆，不仅是一个文化传播地，还一度成为腾冲电讯消息的来源地。当初旅缅华侨尹大典先生从缅甸带回一台自己安装的短波收音机，后应图书馆的要求，慨然捐献出来。自从有了无线电收音机，图书馆工作人员便每晚收录、夤夜刻印，命名为"和顺图书馆电讯三日刊"，分送县城各机关、学校、乡公所、商号，后来连保山、龙陵等地也来函求取。一个图书馆将一个偏僻的山村与大千世界连在一起，政治、军事、经济、农业、制造业，乃至戏剧、电影等无所不及，当年图书馆的兴旺程度可以想象。而图书馆的兴旺也反映出和顺的繁荣。当年最有财富的人在和顺乡，而没有集中在几公里外的腾冲县城，这说明和顺人不但有钱，更重要的是建立了自己的精神世界。

　　其实和顺图书馆并非一个天外来客，它是这片土地的结晶。做生意的虽然有了钱，但在旧中国并没有地位，所以他们把希望投在下一代的教育上。做生意有盈也有亏，即使千万家产也可能一夜荡然无存，但知识掌握在手，却永远不会丢失散去。长期从事经贸的和顺人的这笔账算得格外认真，所以他们的后代不但出了许多儒商，还出了像艾思奇这样的思想家。他的《大众哲学》《辩证唯物主义 历史唯物主义》等曾经影响中国一个时代的思想领域。

　　平心而论，今天的和顺乡因为有旅游支撑，不像我见过的许多乡村小镇那般落寞萧条、杂乱无章，但是一路走来，从那些充满厚重历史、沉稳大气的古建筑内外新铺的瓷砖、塑钢门窗，以及五颜六色的招贴中，仍可感受到现在居住者的浮躁与底气不足。

　　我去了镇上最有名的"永茂号"主人居住的宅院，当地人俗称"弯楼子"，因宅院随巷子的弯曲修建成弯曲形而得名。"永茂号"是兄弟三人经营的商号，老大李德爵最先创业；老二李德贤在缅甸各地设分号，曾任缅甸云南会馆理事长，同盟会会员；老三李德和，留学日本，回国后曾任"永生源"商号保山等地经理、腾冲中学校长、腾冲县副县长等职。跨进这个三进三坊一照壁的庭院组合式建筑群，就能领略到一种宏大豪迈的气势，但停留时间稍长，冷清的院落里就会生出一种隔世之感。七十六岁的女主人得知我来自四川便请我安坐聊天，一口一个老乡甚是热情，告诉我她的先祖来自四川巴县，先是戍边屯垦，后来走夷方……除了收门票的两个工作人员外，宽敞的院落里只有她一个人，四周打扫得很干净，但缺乏生机活力。老人家的亲属大部分在国外，很少返回故乡，她开放这个宅院并不收旅游公司一分钱，只要求维修保护好，后人回来时能看到一个完好的祖屋，便心满意足。温暖的阳光照射在古色古香的紫檀木靠椅上，坐在上面舒适而又惬意。老人家不断重复：和顺空气好，养人。的确，眼下的和顺很适合老人颐养天年，安稳、闲适，远离城市的喧嚣和纷繁，当年走夷方时的冒

极富特色的和顺民居

险、刺激和顽强拼搏的气息似乎已随风远去。

"永茂号"只是当年和顺众多商号中的一家，其他商家的后人又如何？

告别了弯楼子主人，我又去了刘家大院，由于刘家不愿意纳入旅游公司的统一管理，所以套票上没有这个景点，进入参观时每人须另向刘家交纳十元，镇上不少大院也如法炮制。刘家前后四个院落到处都能看到精雕细刻的窗棂门槛，左右石刻门楣上选李白《春夜宴桃李园序》中的句子，刻有"醉月""坐花"，据说当年主人宴请宾客时还会在颇有西式风格的门楼里奏乐。然而曾经充满雅趣的院子因为年久失修显得十分破旧，木质发黑，墙角糟朽。除第一个院子住着人外，其余三个院子都闲置空敞，蜘蛛网、杂物和朽木使整个大院散发出一股淡淡的霉味，令人呼吸不畅。要维修这个院子需要一大笔钱，刘家显然捉襟见肘，因为他们的主要收入来自退休金，而游客来去匆匆，看门票上标注的景点尚且紧迫，又有多少人有时间和精力去刘家大院

和顺民居

逗留？即使偶尔有人光顾，也是杯水车薪，势单力薄。历经百年风雨的房屋前景令人担忧，可女主人却执意要自己维修，她说没有钱就一点一点修，或者就让房屋保持现状，只要不倒塌就行，但绝不让外人介入，以免吃亏上当。刘家也曾是镇上的大户，明朝洪武年间从四川移民到和顺，因为走夷方做生意，渐渐富有起来，可是他们也许没想到自己的后代会落魄到连维修房屋都无能为力的地步。

走过一条条古老的小巷，穿过一座座苍老的宅院，比较当地人的精神面貌，使我感到沉重和悲怆，因为我发现和顺正在老去。其实，一切有生命的都会衰老，老并不可怕，可怕的是精神逝去。人们来这里参观，只能从那些苍老而又风骨犹在的建筑中，遥想前人的创业风采。

和顺的兴衰与图书馆有千丝万缕的联系，镇上的变化无一不反射到图书馆内。其实这是一个超越地域的问题。我经常在想，为什么过去的小镇上会走出那么多的大家？如绍兴的鲁迅、乌镇的茅盾、凤凰的沈从文、沙湾的郭沫若，等等。现在的古镇大多仅存民俗，少有文化，能考入全国重点大学的年轻人，无不是从重点中学按一个模式教育出来的，脱颖而出成为大家的能有几何？这是为什么？也许重要的原因是这些小镇已失去文化精神。和顺可以说就是一个缩影！

如今，和顺图书馆已经成为吸引游客的重要景点，虽然里面的书报仍然对外借阅，但来来往往的参观者，夹杂着导游此起彼伏的讲解声，让读者如何能安心读书？我在图书馆停留了一阵，见一个年轻女子在看报纸，追问之下才知是负责打扫卫生的工作人员。她也是当地人，如同镇里许多富商的后代一样，从事简单劳动，领取菲薄的薪水，守着前人创下的基业过小日子。一元钱一块的松花糕，三元钱一碗的米线，吃得很开心，知足常乐。温暖的阳光、平静的山水让他们

不再想远行闯荡，参与激烈的竞争与搏斗，在他们身上很难感受到前人的遗风。

和顺图书馆以及和顺古镇是一个历史的符号。如今它的外貌虽然变化甚小，但人们仍然能从它的身上触摸到历史刻下的沧桑印迹……

为石而狂

古人云"美石为玉"。石头原本不足奇，但若有炫目的色泽，有人就会被它的华丽所迷惑，赋予它百倍身价，令更多的人为之疯狂。

一踏入腾冲城区，满眼皆是玉。城区不大，也不繁华，但大街小巷都开着玉器商店，夸张诱人的玉器广告贴满城市的各个角落。翡翠珠宝城气势宏大，五天一次的玉石集市远近闻名，腾冲是一座名不虚传的玉城。赌石随处可见，旅游场所也不例外，似乎没被列入禁赌的范围，"一刀富，一刀穷"的标语告知人们要愿赌服输。一堆灰黑色的石头摆在地上，交钱后任你选择，谓之"赌石"。选定后切开，如果是上品好料就立刻发财致富；反之，切开是毫无价值的石头，交出的钱也就付之东流。假如赌石下注额度大，就可能走向"一刀富，一刀穷"两个截然不同的极端。

腾冲毗邻出产翡翠玉石的缅甸，自古便是玉石交易的集散地之一，腾冲人的生活与玉石有密不可分的关联，就连出租车司机也能将新坑、老坑、水头说出个子丑寅卯。几乎每一家宾馆、每一个出租车司机都在针对游客做玉石的兼职生意，或者说玉石是主要生意，其他是兼职。而当地居民见到游客也会极力推荐"某某玉店信誉好，价格也公道……"

耳闻目睹，气氛熏染，令人心动。到达腾冲的第二天，在出租车司机的蛊惑下，我前往荷花乡，据说当地农民大都以玉石加工为业，

货真价实，价廉物美。

腾冲湿地

经过六十多公里土石路面的颠簸，来到一个简陋的玉器市场，几十个商店围成一个大的长方形，中间是停车场。广告上注明：假一罚十，全是A货。A货这个称谓意思就是正品，与之相反的称谓是B货。

整个市场几乎没有买主，店家不是在看电视，就是几个人围在一起打牌消磨时间。我挨店铺看过去，价格高的令人咋舌，小指大小的翡翠动辄几千上万；价格低的也不少，几十至百元不等。我是玉盲，有眼不识玉容，暗想既是大自然鬼斧神工，必无完全相同的产物，那么，对这种无章可循、无法可依、无度可量、无秤可约的美石，更不知该如何选择。店家见我久不出手，料是囊中羞涩之辈，散去侍奉上帝的笑颜，以半是不屑、半是指点的口吻说道："荷花乡的玉最便宜，县城里的玉器店都来这里进货！外地人来买的很多，回去一转手就赚大钱，你还不信！"

原来"顾客是上帝"一语，主要是针对出钱购物的顾客，没有掏腰包的人，只是"顾"，仅仅看，不算是"客"，遭冷遇在所难免。

买玉要有底气，而底气是由财力和眼力决定的，我两样皆不具备，只能望玉兴叹。看了一会儿，口干舌燥，便到市场外的路边小副食店买矿泉水，女店主热情招呼道："小姐，买玉吗？我们这里比市场里的便宜很多。"定睛一看，不但她店里出售各式各样的玉器，而且路边一溜半开半掩的鸡毛小店全是卖玉的，简直有点像蔬菜批发市场，而且很像是那种为逃避税收、管理费的游摊小贩，一旦发觉情况不妙，立刻关门走人。我本来对冰清玉洁、温润可人的玉颇有好感，也准备买一点回去自己佩戴，或赠送亲朋好友。这时，我忽然觉得自投罗网，钻进《水浒传》中孙二娘的黑店，心里有些不是滋味，买玉的心情淡了下去。

返回城区途中，出租车司机又一阵鼓动，让我们到珠宝城去看看，说那里每一款都有品质保证书，不但放心，还可狠狠砍价。不由又有一阵心动，懵里懵懂前往。

珠宝城里店铺鳞次栉比，但生意清淡，门可罗雀。从店家从容不迫晒太阳、打扑克的举止可以推测，"三年不开张，开张吃三年"的诀窍并非虚构臆想，而是对这一行的高度概括与总结。与荷花乡玉石批发市场相比，这里玉器的价格高出许多，但店铺堂皇，灯光明亮，玉石琳琅满目，店家巧言令色，到处挂有"质量信得过""优秀商户"之类的牌匾。我们很快就像进入大观园的刘姥姥，晕头转向，不知东西，最终经不起诱惑掏钱买了一个小挂件，算是对劳顿一天逛玉市的安慰。

到了腾冲能抵御玉石诱惑的人少之又少，尤其是女人。玉石玲珑剔透，流光溢彩，温情脉脉，似乎天生与女人有缘。

晚上去吃烧烤，不想旁边又是一个很大的玉器市场，二十多家店

铺一个接一个，不时看见有人光顾，拿着上万的手镯或其他佩件在灯下观赏、比较，讨价还价。稍一留心，就发现那些人举止异常，有"媒子"或"托儿"的嫌疑。而店家劝我们购买时几乎都会重复同样的话："玉涨得厉害，现在买最划算！"有的还说每年要上涨百分之三十以上，眼下三万的玉镯，明年四万都买不到！等等，我先生嫌他们聒噪，忍不住调侃道："既如此何必开店劳碌？关门回家休息等玉涨价后再卖岂不更好！"

暴躁一点的翻白眼，温和一点的说我们眼下要吃饭，诚实一点的说开厂办店就是为赚钱。

细心观察，腾冲城里佩玉带翠的人并不多。我问一个曾经与当年远征军打过交道的老人，盟军的人在此喜欢买翡翠吗？老人摇摇头说：那时保命、饱肚子要紧，谁还买那些既不能当饭，也不能当衣的东西！再说，多是中国和东南亚的人喜好翡翠玉石之类，欧美的人嫌玉太娇气，稍不小心就碎了，玉也是这些年大家有钱了才涨起来的……

第三天我到樱花谷游玩，遇到一对新婚不久的夫妇。丈夫在沟里泡温泉，漂亮文雅的妻子无事，很乐意与歇脚的我聊天。她告诉我他们是自驾车从昆明来此，颠簸十几个小时，途中还要翻越险峻的高黎贡山，目的就是来买翡翠玉石，因为腾冲的价格远比其他地方的便宜。令我惊讶的是她并不是做生意，仅仅是出于个人喜好，已收藏不少。她扬起手腕上的玉镯说这是她父亲三年前来腾冲出差，托朋友以六千元买的，现在已翻了两三倍，言语间甚是满足兴奋，大有要囤积居奇、长线投资之势。可我左看右看，依旧感觉不出这玉镯要值这般大价！于是小心进言：假如你想出手，未必有人愿意原价接手，在珠宝市场上有价无市的事屡见不鲜。她见我不懂行，又耐心讲了一番玉养人、玉保人、玉带财的种种故事，的确有些打动人。于是，我决定无论如何要去赶一次玉石集，见识下那些令人疯狂的美丽石头。

樱花谷

第四天早上，屋面上覆盖的一层厚厚白霜还未融化，位于三角地带的玉市已经人头攒动，琳琅满目，毛石、半成品、各种雕件、各样成色的应有尽有，摆满了整条街道。带篷铺金丝绒的摊位在忙，一张破塑料布铺地也有生意，一会儿给毛石喷喷水，抽空将雕件抛抛光，一派忙碌景象。而摊主最在乎是第一桩的开张生意。我看上两件食指大小的半成品玉片，讲好每片二十元，摊主还帮忙找人打孔穿线。由于打孔的店没开门，我告诉摊主先去转转，回头付钱取货。哪知返回时摊主突然反悔，每片要价七十元。我不知就里，后来旁人点醒道：摊主已经开张了，所以价位要上涨。无可奈何，也只好作罢。又转了一会儿，看上一个雕刻着双鱼的玉器，属于握在手中玩耍的物件，当地人称"手把件"。摊主见我有意，便说："你如果给我开张，我给你一个全腾冲都拿不到的最低价！"果然很便宜。付钱后，她迅速将这个手把件在自己出售的玉器上挨个轻轻触一下，那情形似乎意味着财

运降临。待我又转了一会儿回来，想再买一个几乎相同的手把件时，不料价格上涨了三分之一，这还是看在开张买主的份上。

接着，见旁边一个人批发了一口袋染得碧绿的玉挂件，每件三十元，据说拿回去每件能卖到三百元以上。这些低价位的小件玉器，用当地的行话说叫"配摊子"，没什么赚头。要赚大钱，就要购进高品质、高价位的翡翠，俗话说"黄金有价，玉无价"，再加上水头、色泽、雕工、店铺、推销者的艺术，以及说不清、道不明的缘分，还有购买者的身份、地位、心理，等等，天价玉器就在其中摇摆登场。

在玉石集上转一会儿，忽然发现钱不值钱，钱不过是纸。一个毫不起眼的小摊上，十几件或几件玉器一打听价值几十万上百万，甚至更多。面对川流不息的人群，摊主们从容自如，好像完全不担心有歹人明抢暗偷，或鲁莽之辈不小心撞翻失手。有提成捆的现金进行交易的，也有用银行卡刷卡转账的，那情形令人惊讶不已，目瞪口呆。

即使不做生意，来赶玉石集的人多少都会出手，并不是喜欢或者需要，而是受到气氛的感染，情不自禁，不由自主地购买。有几个一望而知是外地来的游客，转来转去，被眼花缭乱的玉器搅扰得不知所措，拿起这样，放下那样，买了这样，又拿起那样。最终钱包瘪下去，手提袋沉起来，然后疯癫癫、乐滋滋离去。

在腾冲机场候机厅，充耳是与玉有关的轶事，满眼是购买者的笑容。机场商店广而告之本店出售的翡翠玉器最正宗、最便宜。商店服务小姐笑容满脸地重复："腾冲之旅让大家见识了解了玉器，在此作最后的比较下手也为时不晚，机不可失，时不再来！"

最后的诱惑掀起最后一轮购买热潮，玻璃柜前人声鼎沸，讨价还价不绝于耳。我俯身看去，更感到惊讶，一件翡翠挂件价格高达一百八十万，其他不乏几十万、几万者，最便宜也是上百。一件黄玉手把件标价八百六十元，而早市上仅批发四十元。两相比较，即便算术成绩最差的人也很快反应过来，但凡买玉的人都获得了一种淘金的快乐、捡漏的惊喜，觉得不虚此行。

在腾冲没买玉的人这时后悔了，即使有定力的人也沉不住气，觉得自己错过了送到身边的发财良机。

一个女子走到检票口又忍不住转身折回到商店柜台，花七百五十元买了一件拇指大小的玉雕豆角，心满意足，急速奔去登机。她的朋友大有教诲成功的快乐，在一旁继续鼓动道："拿回成都肯定要卖几千元！""以后专门坐飞机到腾冲买玉都划算！现在才晓得我以前买玉被烫惨了！"

买玉的女子一脸笑容，卖玉者更是笑容灿烂，一个是期望未来，一个是把握当下，皆大欢喜。驼峰机场的幸福指数也许大多来自玉器买卖。

其实，卖玉的人是清醒的，做玉石生意的人更明白，唯有藏玉者容易疯狂，因为脑袋里总是不断幻化出鸡生蛋，蛋生鸡的美妙景象。

机舱内议论玉的声音仍不断："……那天我在健身房看见一个开宝马X5的美女来，哎呀，她手上的那个玉镯，简直就像一汪水在手腕上转动，哎呀，连我都想当贼去抢！知道不？比她那部车还贵……"

"我一个朋友特别喜欢玉，但又是靠工资过日子，只好采取首付月供的方式买玉。买房首付了还可以住进去，但买玉要等付清才能取货。他老婆骂他疯子，闹了很多次离婚。我们都叫他玉痴！"

"……

我忽然想起乾隆皇帝与玉的故事。乾隆是一个十分喜爱玉的皇帝，于是王公大臣们设法四处寻找美玉投其所好。一天江南一位官员

进贡了一只镂空精雕的玉碗，晶莹剔透，温润细腻，乾隆皇帝一看果然爱不释手，细细把玩观赏。官员正为自己能讨皇帝欢心暗自得意，不料一声巨响惊扰了他的如意算盘，原来是乾隆皇帝狠狠将这只玉碗摔碎，然后厉声对这位官员说："这样连水都不能盛的东西拿来何用？"自此以后，再没人敢向这位皇帝进贡玉器。乾隆皇帝不是不喜欢玉，而是他意识到必须刹住这股奢靡之风，否则弥漫开来或沉醉其中，人将会颓废丧志。

玉被赋予许多美好的寓意，从古至今传颂不绝，然而，如此痴迷一个美丽易碎、华而不实的东西是为什么？

回家后不久，一位朋友带一个经营玉器的老板来拜访。老板看上去是个厚道之人，说原本在毗邻腾冲的缅甸做小型农机生意，可是缅甸人有赊账的陋俗，衡量一个人在社会上是否吃得开、有面子，是看其能否赊账，故一些人炫耀自己时常说："我上街一分钱不带，可以从一条街赊到另一条街！"老板最初不知情，小型农机被当地人大量赊去，哪知后来任你几番催促就是不付钱，即便有钱也拖着不给，实在抵赖不过，便以玉石的毛石抵债。最后老板债收不回，却得到一大堆毛石，不得不做起玉石生意，仅拉回腾冲的就有七卡车。如今一家三口为了生意，不得不天南地北分居三处，以便进货、加工、销售。我见老板一脸疲惫，又近花甲之年，便劝他何不处理了玉石，一家团聚，颐养天年，含饴弄孙。老板叹气道："玉石商人，其实是玉石伤人。"又说自己实在难以停下，因为玉石与金银不同，只要不做，就是一堆无用的石头。

又是一个为石而狂的人。

世上有多少人深陷玉中难以自拔？

国殇

即使铁石心肠的人，看见几千座坟茔被毁也不能不为之动容。位于云南腾冲的国殇墓园就经历了这样一段不堪回首的往事。那些墓下安埋的都是远征军抗日将士的遗骨！

临近黄昏时分，我走进了国殇墓园，里面静悄悄的，苍松翠柏为这里增添的静谧和肃穆，令人不由自主放慢脚步。举目望去，前方圆锥形的小山坡上，从上至下呈放射状安放着密密麻麻、一尺余高的小块墓碑，碑下是远征军阵亡官兵的骨灰罐。墙上的统计数据显示，共计九千六百一十八人。

对不少人来说远征军是陌生的，因为它曾经被淹没在历史的尘土下。

记得我上初中时，有一次到二峨山农场劳动，场里有一个瘦骨嶙峋的老人，被称为"老右派"，长年住在寒冷潮湿的山上，看守茶园，种植蔬菜，干各种无人愿做的杂活。学生们把他当"坏分子"，总是鄙夷地对他大呼小叫，个别捣蛋的男生甚至偷偷往他喝水的搪瓷杯里撒尿。而他从不张嘴还口，默默忍受一切。后来有人打听到他原是学校一流的英语老师，曾在远征军里给盟军当翻译。这是我第一次听到"远征军"这个名词，模糊知道是国民党的部队，属于被清理打倒之列，但并不知道具体含义。一个小雨天，我无意间窥见他独自在茶园里声嘶力竭地唱京剧样板戏片段，高亢悲凉，满腔愤懑，与平时判若

两人,心里大为惊异。很多年后才逐渐感悟到,那是悲怆中的呐喊和宣泄。我对远征军最初的认识与了解就来自这位被剥夺教师资格、在苦难中挣扎生存的英语老师。

几年后我又见识了一位远征军军人。那时我正痴迷书法,一位朋友约我去见一位书法颇有造诣的老人,于是欣然前往。路上朋友介绍道,老人在一个街道办的小印刷厂当排字工人,收入菲薄,妻子没有工作,两人也没有孩子。到了老人的家,屋里黑暗潮湿,只有几件粗陋的家具。聊了一阵,老人热情地留我们吃饭,可是吃饭时我举着筷子竟无从下箸,清汤寡水的饭菜实在难以下咽,只好泡咸菜就饭勉强对付。不想他太太以为我喜欢咸菜,竟装了一小瓶让我离开时带走。

事后才知道老人曾参加远征军,到过缅甸、印度等地,为此,历次政治运动他都难逃劫数,一生命运多舛。老人绝口不提这段经历,其他人也回避不谈,唯恐触及隐痛或陷入尴尬境地。

直到上世纪 80 年代末,我才有机会陆续看到一些有关远征军的资料,那些惊心动魄的经历,艰苦卓绝的战斗,可歌可泣的事迹,不禁让我大为震撼。然而让我惊讶的是那个时代离我们并不遥远,那些亲身经历者还活在我们身边,可竟如同发生在千山万水以外,我一无所知,或漠然视之!我这才意识到遮掩和阉割带来的后果,它使我因少了历史的记忆而缺乏对一些事物的正确判断。

国殇墓园里铜塑的美国史迪威将军与飞虎队队长陈纳德

远征军的组建源于1941年12月，当时日军偷袭美军的珍珠港，引发了太平洋战争。中国政府根据当月签署的《中英共同防御滇缅路协定》，应英国政府请求，组成一支十万余人远征缅甸的抗日部队，简称"远征军"。其中不少是在校的青年学生，他们高唱着《义勇军进行曲》，热血沸腾、慷慨激昂地加入抗日救国的队伍。这支由罗卓英和同盟国中国战区参谋长史迪威将军指挥的军队，于1942年2月先后入缅作战，但由于中英美三国的战略目标不一致，远征军陷于被动的态势，不得不于同年4月底被迫后撤。同年8月，远征军大部退至怒江东岸，一部分西撤印度，人员仅剩四万人左右。退入印度的部队改称中国驻印军，由史迪威任总指挥、罗卓英任副总指挥，统辖郑洞国的新一军和廖耀湘的新六军。退入滇西的部队连同后续部队，于1943年春重新成立中国远征军司令长官部，由陈诚任司令长官、黄琪翔为副司令长官，统辖第十一、二十集团军及第八军。

1943年10月，中国驻印军为掩护中印公路，沿公路向缅北推进，经十个月的苦战，于1944年8月攻占缅北重镇密支那。1944年5月，滇西中国远征军强渡怒江，沿滇缅路向缅北实施反攻。1945年1月27日，远征军与驻印军会师于缅甸芒友，打通中印公路，不久将日军全部赶出缅北和滇西。中国远征军入缅作战，重新打通了中国西南的国际运输线，为盟军在缅甸的最后胜利做出了巨大贡献，同时也付出了极其沉重的代价。

腾冲百姓对二十集团军阵亡的将士怀有深厚的感激之情。我从有关资料中查阅到，墓园所在地小团坡，原为附近城乡陈、王、李、金、铺、丁、杨等几个大家族的耕地和山林，左右有腾冲十二风景名胜中的"来凤晴岚"和"龙硐垂帘"景观，乃风水极佳之地，几个家族为了纪念抗日将士慷慨捐出。当时沦陷三年的腾冲刚光复不久，经

济萧条，百废待兴，然而社会各界感念死去的将士，知恩图报，倾其全力为修墓园捐款，连县城中心小学的学生也会同商会代表到街头和商号劝募献金。墓园共耗资七十万元，其中腾冲乡绅百姓捐出的就达四十万元。墓园落成时，时任县长刘楚湘对各乡、镇和警察局发布列街训令和政府训令，要求禁止屠宰，以及斋戒五日。《腾越日报》上也广而告之："此间水陆大会本日起经，禁止屠宰五日。"全县各餐馆酒楼都发自内心响应，主动停售荤腥食物，或关门歇业。连县商会在给各界的请柬中也写道："……洁备素宴恭请：各机关长官、各界首领、各乡镇长驾临拈香……"还有无数感人肺腑的祭文、悼词、诗文，等等，无不流淌着生者对死者的哀思、怀念和感恩。每一位阵亡将士的亲属都受到尊重和善待，或抚恤孤幼，或帮其耕种。知恩图报是我们民族的传统，正是因为有这种精神传承，才激励着后人临危不惧，前仆后继，舍小家顾大家，为国家赴汤蹈火，死不足惜。

　　读到那些文字我深深感动，也为那些英灵有一个好的归属而庆幸，因为其他战役牺牲的将士人数远远超过腾冲之战，但由于当时环境所迫，条件恶劣，不少人沟死沟埋，路死路埋，有的甚至暴尸荒野，或葬身江河，最后化为山间泥土、水中雨露、风中尘埃，让后人难以寻觅他们的踪迹。而腾冲小团坡为后人留下了一个寄托哀思的地方。

　　我顺着石阶缓步向山上走去，阳光穿过树枝投射在墓碑上，见有十四位盟军将士安卧在这里。据说一个盟军士兵与一个腾冲籍的士兵在缅甸结为好友，战后腾冲士兵四处打听盟军好友的下落，不想最后竟然在墓碑上看到好友的名字，一个鲜活的生命从此与他阴阳相隔。我看见有人在碑前放上一朵朵新鲜的黄菊花，再往前，见从山脚到山顶也星星点点放有菊花，鲜花使清冷的墓园有了一缕暖意。我想，来此祭奠的人们并非仅是为了亲人、同胞，而是出于人性和道义，还包含对历史的反思与追问。

我登上山顶，对着满山的将士亡灵深深三拜，抬起头已是满眼泪水。按说人死百了，把悲伤留给活人，可比悲伤更残酷的是不但活着的人还要为死去的人受煎熬，就连死者的骨灰也被抛撒践踏！"文化大革命"上演的一系列悲剧中，就有与远征军相关的内容，而这种事发生在腾冲无异于煮豆燃豆萁，更令人悲哀。

我在园中徘徊很久，浑然不觉早过了关闭墓园的时间。看守墓园的中年汉子也不催促，见我走近，招呼我坐下歇息，点燃一支烟，聊起往事。他说眼前这座墓园是恢复重建的，原来的墓园建于1945年7月7日，腾冲军民在赶走日本人后不久，为纪念中国远征军二十集团军在腾冲收复战中阵亡的将士，在城郊小团坡上建起这座陵园。辛亥革命元老李根源先生取楚辞《国殇》之篇名，题为国殇墓园。蒋介石题写

中国远征军二十集团军腾冲收复战阵亡将士纪念碑

的"河岳英灵"匾额，国民党元老于右任手书的"忠烈祠"，何应钦及远征军二十集团军军师将领的挽联，走廊两侧蒋介石签署保护国殇墓园的"国民政府军事委员会布告"，以及二十集团军总司令何援章的"腾冲会战概要"碑碣等，都是重建时按过去的布置恢复起来的。

我说自己粗略数了一下，山坡上墓碑的数量与公布的出入很大。那汉子苦笑一下，脸上的皱纹里也满是苦涩，说山坡只有三千三百七

十块墓碑，原来很多死者的骨灰罐已经找不到了，而且，地下安埋的亡者也不一定与碑上显示的名字相符。难怪，我在小小的石碑上只看到死者的姓名、军阶，没有籍贯、生卒年月。我暗想这些名字有可能是其他地方抄录而来的。

他带我到墓园右侧展厅背后的廊柱下，那里堆放着两块刚从河里打捞出来、字迹模糊不清的石柱。他说上面也是阵亡将士的名字，密密麻麻布满石柱，又说能放在这里的是幸运亡灵，还有不少连墓碑和骨灰也不知在何方！他的大爹（即大伯父）就牺牲在远征缅甸的作战中，他连大爹的照片也没见过，但在他童年的记忆里奶奶总是因为大爹受牵连挨批斗。他五岁那年陪奶奶跪在地上，被人从后面飞来一脚，一个踉跄倒下去，跌得鼻青脸肿……他有一个同乡的长辈也参加了远征军，后来去了其他国家，上世纪90年代返乡省亲，原以为几十年的分离会有诉不完的相思，说不尽的亲情，不想一见面，他弟弟竟泣不成声地责问道："你回来干什么？爹妈都是被你害死的呀！"听完弟弟的哭诉，他惊愕惶恐，无言以对，最后伤心地跪在父母坟前大哭一场，匆匆离别魂牵梦绕的家乡，以后再没有回来。还有一个远征军幸存的老人，在九十岁时终于第一次拿到国家给予的每月三百元生活补贴，老人拿着钱泪流满面，半响对来者哽咽道："我终于算是人了哇！我终于算是人了哇……"

令人心酸的真实故事接着讲下去还有不少。

毗邻小团坡的另一个更高的山头上是革命烈士陵园，享受着"生的伟大，死的光荣"的荣誉。两山之间一角，埋着几个被称为"土匪"的坏人，其中也有人毕业于黄埔军校，也有人一夜连杀七个日本军人，但他们却与人民对抗。"死的光荣"与"河岳英灵"之间横着"遗臭万年"，昭示着一念之差带来完全不同的命运。

烈士墓冢绕塔而建，以塔为圆心，呈辐射状纵队列葬于缓坡周围，计三千余冢。小碑自上而下林立，碑下葬有阵亡官兵骨灰罐

离开墓园后，我的心情难以平静，一直在宾馆里翻阅有关资料。我从腾冲县文化局1984年9月4日呈给云南省文化厅《关于报批腾冲国殇墓园为省级重点文物保护单位的报告》中读到这样的文字："该园总面积五万三千三百平方米，其中三万五千零二十平方米为腾冲县委党校占用；足球场一万零八百八十平方米为腾冲县体委使用；苗圃园七千四百平方米现为城建局育苗占用……山顶阵亡将士纪念塔已被炸成数块，现存党校猪厩。石碑、石阶、石板、石栏现皆无存，唯剩光山一座和无数阵亡者骨灰……忠烈祠原镶嵌有镌刻全体阵亡官兵名单的碑碣约百方，除用于铺砌祠后走廊阶沿及党校办公室走廊阶沿外，尚存八十四，录阵亡官兵的名字、籍贯、军衔、职务共九千一百六十八人……"

看到这里，我才知道对外公布的阵亡人数来自残碑。那么，真实阵亡数据究竟是多少？

一个生命浓缩成几个字还不能保全，怎能奢谈其他？是什么让人分阶级，以血统论主宰命运，同胞相残，法律废弛？回顾世界历史，第二次世界大战中的要犯都被推上了法庭，即使逃到天边，隐姓埋名几十年，人们也不惜代价追捕，为什么？就是意在不让历史悲剧重演。可我们该如何反省、忏悔、总结那一段不堪回首的历史？

　　深冬的腾冲和风吹拂，我在内心祈祷它化作人道之风、和平之风吹走往日的阴霾。

五尺道上

五尺道，一个让许多并不年轻的人也感到陌生的名字，曾经是中国最古老、最有名的官道之一，不间断地延伸了两千多年，与中华民族文明史有深远的关系。

留在五尺道上的马蹄印

隆冬时节的豆沙关，细雨纷飞，寒气袭人，雾蒙蒙的五尺道上阒寂无人。我站在山崖上望去，见壁立千仞的石岩，被关河一劈为二，如同一道巨大的石门，锁住了古代滇川要道，其险状与剑门关相比有过之而无不及，难怪古人称这里为石门关。东岸绝壁缝里的僰人悬棺已经被岁月吹打成碎块，没有人知道他们用什么方法将自己祖先的遗体安放到只有飞鸟能到达的地方；西岸崖壁上遗留着三百五十多米五尺道旧迹，高低不同、残缺不全的青石板，被数不清的脚步和马掌打

磨得无比光滑圆润，深陷在石板上的马蹄印把人带进悠远的历史隧道，仿佛能看到马帮的身影，听到清脆的马铃儿声……

石缝中被岁月打碎的僰人悬棺。无人知道他们如何将死者的棺木放到飞鸟才能到达的地方

石门关被关河一劈为二

公元前246年，秦始皇为统治云南，命蜀郡太守李冰在川滇交界的僰道（今四川宜宾）地区开山凿崖，修筑通往滇东北地区的道路，秦始皇统一中国后，又派遣常安继续修筑这条道路。最终连贯了从蜀南僰道、朱提（今云南昭通）直至滇池的通道，由于道路宽仅五尺，故史称"五尺道"，是中原通往南方的重要枢纽。

五尺道蜿蜒曲折，萦绕在崇山峻岭、峡谷急流之间，虽然狭窄崎岖，却和秦始皇在全国其他地区兴修的宽达五十步的"驰道"具有同等重要的意义。翻开历史不难看到，三国时诸葛亮七擒孟获穿梭于五尺道；元朝时忽必烈从五尺道挥师南下包抄南宋；明太祖朱元璋的十万大军沿五尺道平定云南；蔡锷的护国军从五尺道北上讨伐袁世凯……

因为有了五尺道，才有了茶马古道，以及著名的国际通道——南方丝绸之路。

可是，近百年来随着公路的修筑，尤其是铁路的开通，五尺道冷清下来，逐渐被人淡忘。如今阻断荒废，大部分已融化为自然景观，踪迹难觅，唯有云南省盐津县豆沙关还保留着一段相对完好的古道。

我顺着山路行走，看见一处摩崖石刻，是唐代御史中丞袁滋留下的题记，历经千年仍然字迹清晰。文字不长，却记载了一段鲜为人知的往事。几年前我为写《最后的大佛》一书，曾经认真研究过这段历史，并走过五尺道的大部分地方。当时的历史背景是这样的：安史之乱以后，大唐开始由盛转衰，而位于西面的吐蕃却强大起来，并联合西南的南诏不断攻打蜀地，逼近长安，成为大唐王朝的心腹之患。那时的南诏包括今天云南大部分，贵州、四川、西藏的一部分，以及越南、缅甸的部分土地。原来在隋末唐初，大理的洱海周围，以及哀牢山、无量山北部地区，分布有乌、白蛮众多部族和部落，其中有六个势力最大的乌蛮部落，史称"六诏"。"诏"的意思是"王"。其他五诏与河蛮部落，受吐蕃威胁，常弃唐归附吐蕃。南诏因为地理位置最南，故称南诏。南诏始终听命于大唐，因而得到大唐的支持，助南诏王皮逻阁统一六诏，并封其为台登郡王，使南诏迅速发展壮大起来。可是天宝年间大唐与南诏关系破裂，南诏转而归附吐蕃，与大唐反目

为仇，拔刀相向，烽烟四起。

公元784年朝廷派名将韦皋出任西川节度使、成都府尹，也就是西南的最高军事和行政长官。韦皋是一个颇有才干的官员，一方面四处征战，杀敌无数，让对手闻风丧胆；另一方面他又在乐山续修世界第一大弥勒佛像，以佛教作为意识形态支柱。南诏王阁逻凤死后，其孙异牟寻嗣位，韦皋抓住契机对他恩威并用，一方面以武力压倒吐蕃，一方面派教师工匠到南诏进行文化农业等诸方面的交流，并邀请南诏贵族子弟免费到成都学习，目的是要南诏重新归顺大唐，以保疆域平安，百姓免受战争荼毒。公元793年，异牟寻经过反复思索和权衡，终于决定与吐蕃决裂归附大唐，遣使者分三批到成都向韦皋表示诚意。可是这中间并非一帆风顺，南诏内部有分歧，吐蕃也不想眼睁睁看着自己的实力被削弱，还有许多山高皇帝远的羁縻州，除见风使舵外，还兼墙头芦苇的秉性。于是五尺道上风云变幻，刀光剑影，往来使臣多次遭到明枪暗箭的袭击，演绎了一幕幕惊心动魄的画面。

公元794年，德宗皇帝派身边的宠臣、宦官俱文珍，判官刘幽岩，小使吐突承璀，持节册南诏使御史中丞袁滋、副使成都少尹庞颀、判官监察御史崔佐时奉皇命同赴云南，册封异牟寻为南诏王。为了保障路途中的安全，韦皋派人统领兵马护卫，并沿途开路置驿站，五尺道得到延伸和扩展。

袁滋等人同年6月从长安出发，翻山越岭到达成都，继而转入僰道，不想更是群山连绵，山连着山，山叠着山，山外还有山，鞍马劳顿外，还不断遭到各种不明身份人的袭击。9月20日走到石门关，袁滋索性将此行的目的公开题写在摩崖上，昭告天下，也表明自己不辱使命的决心。题记如下：

　　大唐贞元十年九月二十日，云南宣慰使内给事俱文珍、判官刘幽岩、小使吐突承璀，持节册南诏使御史中丞袁滋、副使成都少尹庞颀、判官监察御史崔佐时，同奉恩命，赴云南，册蒙异牟寻为南诏。其时节度使尚书右仆射成都尹兼御史大夫韦皋，差巡官监察御史马益，统行营兵马，开路置驿，故刊石纪之。

最终大唐的使臣们与异牟寻在点苍山会盟，表示各守疆界，不相侵犯，友好和睦，云云。会盟后异牟寻派大将军王各苴带三百人将袁滋等人于11月24日护送至石门关，面对袁滋的摩崖题记大家会心一笑，依依惜别。袁滋也许想不到他的这一摩崖题记以后载入《旧唐书》《资治通鉴》等文献史料，千古永存。

南诏能与大唐和睦相处，韦皋功不可没，他在蜀地的二十一年，共破吐蕃军四十八万，获牛羊二十五万，收器械六百三十万，是个战功卓著、治蜀有方的封疆大吏。他死后被蜀地百姓尊为土神，家家供奉牌位，他主持修造完成的乐山大佛至今巍然屹立，成为世界级文化遗产。

往昔的繁华消失在历史深处

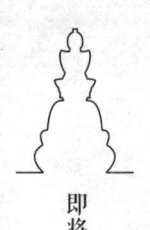

在历史的隧道里穿梭,飘洒在脸上冰冷的雨水又把我拖回到现实中来,沿着五尺道继续向前,小路蜿蜒到山谷又盘旋到山坡,一座孤零零的小庙出现在悬崖边,随风传来阵阵大悲咒舒缓的音乐。

爬上山崖我才看清这座小庙挺立于悬崖峭壁洞口之间,飞阁凌空,除门脸和飞檐外,其余皆镶嵌于崖壁之中,大门的颜额上写着"观音阁"三个大字,站在门外远山近水尽收眼底。正在张望,一个年迈的居士婆婆从门里走出来,我上前询问庙里是否有出家人。婆婆答曰有一老一少两个比丘尼,不过老师父病了,今天两人一同去了医院。

在门外聊了一会儿,居士婆婆热情地邀请我到庙里小坐,跨进门见钟乳石山洞用木板隔成上下两层,楼上供奉观音菩萨,楼下兼做客堂,一切都显得很简陋。摆放在一角的电视里正在播放一题为《和谐拯救危机》的讲座,居士婆婆说自己经常听,有时边干活边听,记不得听过多少次。她的一番话让我生出亲切之感,两年前我曾看过这张光碟,留下了深刻的印象。法师以诙谐的语言、生动的例子,详细剖析当今世界范围内的各种环境和人文危机的根源,以及以和谐为宗旨的化解之道,并大力弘扬中国五千年来的儒、释、道传统文化,在教育、宗教、文明、和谐等诸方面有深刻的表述。一个不识字、年近七十的老婆婆能如此认真听法师的讲座,令人刮目相看,也让人感受到法师弘传人间佛教的魅力!

居士婆婆陪我到楼上,指着一个用红布包裹起来的钟乳石讲述起往事。这座观音阁也被称为清莲洞,谁也说不清建于什么朝代,但却知道当年行走在五尺道上的马帮都要到此朝拜,祈求平安,获得精神慰藉。清朝乾隆年间观音阁修缮一新,在"文化大革命"中被彻底破坏,连石碑也没留下一块。当时观音阁里的两位出家人不得不靠替人缝补为生，锁一件衣服的扣眼仅能挣到四五分钱，即便是这样她们也没有离开另谋出路，而是守护着残存的庙址艰难地生活。终于有一天，老师父惊喜地发现山洞里有一块钟乳石变得酷似观音菩萨，激动地对弟子说：观音菩萨现身了！两人不敢对外人讲，但更加坚定道心，并用一块红布把它包裹起来。老师父圆寂前留下遗言，将自己的骨灰放在洞中，来世也与古佛青灯为伴。老师父圆寂后，弟子遵照她的遗愿，用一只旧式小鼎锅盛了骨灰放在一个石缝里，前面插上几炷香。岁月匆匆，当年年轻的弟子如今已经是七十多岁的老师父。

我拜过老师父的遗骨，然后问及居士婆婆的家庭状况，她儿孙满堂，生活条件也不错，可是她却愿意留在冷清甚至清贫的观音阁，吃斋念佛，做力所能及的劳动。看着她慈祥面容上的一根根皱纹，我忽然明白她为什么能耐得住这份寂寞。每日里任山顶渝昆高速公路车水马龙，山下飞驰的火车呼啸而过，面对远方的亲情、近处的灯红酒绿不为所动，原来她是属于观音阁的，属于五尺道的。

五尺道上观音阁

构成五尺道精神支柱的何止是佛教？僰人把棺材高悬在绝壁之上，是对自然的崇拜，期望在朝霞与日落中永生。离石门关不远的串丝乡龙台有三百多年前比利时、法国传教士在云南建起的第一个教堂，第一个女子学堂。古老的五尺道上到处散落着文明的珠串，昭通、鲁甸、滇池等地不胜枚举，有很多，很多。

五尺道曾经承载了丰富多样的文化，多元化的文化传承使五尺道通达宽敞起来。

今天的五尺道上，虽然远古的文明即将消失，但人文的精髓与灵魂却沿袭下来，生生不息。

遵义会议会址轶事

在这个世界上有时你认为自己熟知的事其实未必了解。

遵义会议会址就是一个。这个被称为"革命历史转折点"的会议，革命道路转折点的会址，记忆里被各种传媒打上深深的烙印，以致一提到遵义，炫目的红色就出现在眼前。

2005年3月，"中法文化年"的一个活动与"纪念红军长征胜利70周年中国名家遵义行"在贵州拉开帷幕。我应邀参加活动，不想在遵义会议会址，意外地遇见一位美丽的姑娘，引出一段鲜为人知的轶事。

走进遵义会址前，当地文联的同志告诉我们，在全国所有革命纪念地中，唯有此地毛泽东亲自题写了"遵义会议会址"的匾额，时间是1964年。从此在全国红色招牌中，遵义会议会址似乎更响亮一些。据有关资料记载：从1957年会址对外开放以来，迄今为止接待了三千多万人次，其中国家领导人七十多位。据说邓小平来此参观时，兴奋地指着当年开会的地方说："我当时就坐在这把椅子上！"

跨进会址后，讲解员极其详细地向我们讲解召开遵义会议的经过。这段历史可以说在我孩提时就能倒背如流，遵义会议的结果也是尽人皆知的。对我来说，寻景、寻会议之外的历史比听讲解更吸引人，于是，我故意走在队伍最后，认真地打量这座以黑色为主，现在看上去依然结实漂亮的宅院。这座豪宅，是当年贵州国民革命军第二

十五军第二师师长柏辉章的府邸。柏辉章是王家烈的部下,王家烈既是二十五军军长,又是贵州省主席,蒋介石对王家烈的部队是不发军饷的,因此军阀们都自想办法挣钱。柏辉章既是军官,也是贵州的富商和银行家,当时贵州富豪的主要经济来源是生产和走私鸦片,贩盐和酿酒,遵义周围许多商号、企业都有柏家的股份。鸦片带来丰厚的利润,同时也使烟毒在军中泛滥,人称贵州军为"双枪兵",其中之一为烟枪。柏辉章早年毕业于武昌讲武堂,从排长做起直到师长,1932年他在遵义城中心最繁华的路段建起这座十分摩登的中西合璧的私宅,其富裕程度可想而知。1935年遵义城仅有五万人,这座宅院自然是十分引人注目。住宅主楼坐北朝南,二层柱廊,砖木结构,歇山式屋顶,上覆小青瓦,楼层上四周有走廊,可以凭栏远眺苍翠挺拔的红花岗、插旗山、玉屏山、凤凰山诸峰。楼上楼下所有的门窗都是板栗色,窗户上镶有教堂里常用的彩色玻璃。据说当年房内到处是沉重的中式红木家具、中国式屏风、字画和值钱的古董。柏宅四周外有宽大的走廊,走廊上有许多美丽的雕饰,厚重的黑漆大门的迎面有一个半圆门,正面用青花碎瓷片镶贴"慰庐",背面镶贴"慎笃"二字。

中央电视台跟随我们的队伍不断拍摄,间或又采访其中的艺术家,于是围观的、参观的,让我的周围人头攒动。突然,我在回望屋檐时,眼前一亮,一位身材高挑的美丽姑娘从大门阴影中走出,穿过有题字的半圆门迎面而来。步履轻盈,仪态大方,阳光洒在她瓜子形的脸上,柔和的光影使她略施粉黛的面容更加楚楚动人,睫毛张合之间轻轻掀起一汪秋水,忽闪忽闪地发亮。她身着一套极普通的深蓝色的职业套装,但却有股说不出的大家闺秀之气。她正走着,突然听到身后有人叫她,她张口答应并迅速转身返回大门方向,开口时露出一

柏辉章的外孙女（左一）、作者（中），右为老红军蔡生金的孙子

排闪着珍珠光泽、整齐洁白的牙齿。贵州境内多山，水中矿物含量较高，很多人牙齿发黄、发黑，这位姑娘洁白的牙齿更显得与众不同。待我们参观红军总政治部，苏维埃银行，李德、博古等人住地，又返回会址准备上车离开时，中央电视台一位工作人员请我们留步，说让我们认识两位很特殊的人，一位是老红军蔡生金的孙子，另一位是柏辉章的外孙女，目前他们都在会址做讲解员。大家一听都感到有些意外，有人说："又一次国共合作哦！"正议论着，从题有"慎笃"二字的半圆门下走来两位年轻人，一位是戴眼镜、中等身材的小伙子；另一位便是我刚才在人群中见到的与众不同的美丽姑娘。我在众人的发问中静静地注视她的眼睛，猜想着柏家的基因传承，也想从她的脸上推测其父母及家族的生存状态。她的脸很平静，一如她光洁的皮肤。待大多数人离开后我轻声问她：

"你现在站在自己的祖屋里有什么感想？"

她不假思索地对我说："出身不由自己选择，我生在新中国，长

在红旗下。大学毕业后我先在遵义市广播电台当播音员，后来又调到会址工作，我很喜欢这份工作……"

她大约多次回答类似的问题，周到得体，滴水不漏，可是总让我感到不是她这个年龄段应有的成熟与圆融。

我对她说遵义会议和柏家都是历史，历史不能假设，我们要尊重历史。她点点头笑起来。我没有再继续这个话题，而是如实相告："你是我遵义之行见到最漂亮的姑娘。你应该多笑，你笑起来更美。"

她再次笑了，带有几分羞涩，并连声谢谢。这是发自内心的笑，与职业训练出来的微笑截然不同。

在去茅台镇的途中，一位贵州籍的老画家与我同座，闲谈之中得知他是柏辉章的远房亲戚，便向他打听柏家的情况。他说柏家弟兄姊妹九个，柏辉章是次子，二十岁时进入讲武堂，先后参加了1937年的淞沪会战、1938年的徐州会战，其胞弟柏宪章为抗日捐躯，牺牲时只有三十五岁，直到1988年，才被民政部批准为革命烈士。接着，他又对我说，柏辉章1950年还被作为统战对象，可是1952年却被以"反共救国"的罪名论处。柏辉章被枪毙那天，遵义城几乎是万人空巷，人们都到河边围观。那时这位老画家还是一个少不更事的孩子，看见子弹穿过柏辉章的头颅，随着四下飞溅的血浆脑花，一个血肉模糊的脖子带着沉重的身躯倒下。后来听人说子弹头是磨过的，所以打在人身上如同炸弹开花……

柏家的后人与亲戚在那个年代均受到株连，命运多舛。

遵义会议会址声名远播，可它原来的主人柏辉章有几人能知？他戎马一生，经历过各种残酷的现实，虽然离去，但名字会清晰地留在历史里。

其实遵义会议会址也经历过一番挫折。原来新中国成立后，贵州

遵义天主教堂

领导就想建立遵义会议纪念馆，但1935年的遵义会议是在严酷的战争环境中秘密举行的，虽然红军占领了遵义，但共产党和红军领导人的行踪都未对外公布，因此准确的地址大家都不清楚。后来有人回忆说遵义会议是在会址背后，位于杨柳街的天主教堂内召开的，该教堂是1867年法国传教士沙布尔所建，气势恢宏，环境优美，于是1951年"遵义会议纪念堂"的牌子被挂在教堂大门外。直到1954年时任中共中央办公厅主任的杨尚昆电告贵州省委："遵义会议是在黔军阀柏辉章的房子里召开的。"遵义会议会址才正式确定下来，而天主教堂是当时红军总政治部的驻扎地。

纠正错误需要时间和勇气，也是文明进步的标志。

从未闻听的红军往事·四渡赤水轶事

一

有一位外国将军曾问毛泽东："你一生指挥最得意的战役是哪一次?"毛泽东说,是四渡赤水!

1935年3月毛泽东率领红军在云、贵、川三省交界的赤水河流域运动作战,前后四次迂回渡过赤水河,巧妙地跳出了对手的包围圈,将几十万敌军甩在乌江以北。这段辉煌的胜利史,后来被为改编为小说、戏剧、电影等,广为宣传,在中国家喻户晓。2005年3月我应邀到贵州参加一个文化活动,沿赤水河行走时,耳闻目睹了不少当年红军的轶事。

"四渡赤水"的第一次渡河地点在贵州省习水县土城镇,土城素有"黔北重镇"之称。明朝末年有人在建房挖屋基时,发现大量土城墙,于是将此镇称为"土城"。

土城镇上现在有座"四渡赤水纪念馆"。这天中午当我们的车刚到纪念馆大门外,就见五六张长条桌在门前的坝子里一字形排开,下铺阴丹蓝棉布,上摆白色宣纸,笔、墨已准备在旁边,这是此行每晚都有的内容。我挥笔在四尺宣纸上写下"万古留芳"四个大字。头大、肩宽、个矮、腼腆的年轻镇长高兴地举起这幅字与我合影,末了他说:"我们贵州有句谚语:'土城家家出美女!'徐老师在我们土城也要算美女。"

我忍不住笑起来问他:"这句谚语是贵州人说的,还是红军说的?"

他认真地告诉我,是红军说的,也是贵州人说的!不过,他马上补充道:"土城现在很穷,美女们都外出打工了,所以在街上见不到美女。"表情十分遗憾。

一位老画家在我耳边低语道:"街上背书包的小姑娘都长得挺水灵的,但男孩却差许多。"

一个出美女的地方,除了好山好水的滋养,还要有相对发达的经济,否则很难留住美女。土城是个千年古镇,过去是有名的水码头,今天现代化的高速路和高大的混凝土建筑还没有影响到它的老镇。长长的铺着石板的狭窄街道,各个年代、各种风格的

四渡赤水纪念馆

建筑,红军曾当作战地医院、用坚固石头砌成的永安寺,有天井的木构瓦覆的小庭院,使土城散发出独特的魅力。盐号、船帮,特别是透过中西合璧、高大气派的船帮建筑,完全可以想象当年后门通往码头的石阶上,一袋袋沉重的货物在"嗨哟、嗨哟"的人声中抬进运出,前院账房内随着飞快的算盘珠响声,白花花的银子不断往里淌的情景。

赤水河流域酿酒业发达,沿河两岸酒坊比比皆是,当地人称这条

河为"美酒河",过去黔北地区商业贸易运输都依靠这条美酒河。土城镇临河的那条长长古街,因毛泽东、朱德、刘伯承都曾在此住过,后更名为长征街。

我去长征街上拜访八十二岁的张邦珍婆婆,听说她当年曾为藏在山洞中的毛泽东送饭。她家在镇上职工医院后面,在陈旧的房屋间隙中拐来拐去,又登上被脚步打磨得歪歪斜斜的石阶,这里已经紧靠山崖。张邦珍的家门口挂了块未上漆的小木牌,上面用红字写着"毛主席住地"五个字。

我走进去时老人家正准备吃午饭,小木桌上有一小盆豆花,屋里摆设也很简单。张邦珍婆婆看上去身体很健康,显不出有八十多岁。她说当年毛泽东到土城时,选择了绸缎庄后面、镇长家的四合院右厢房做办公室兼卧室。四合院后面有一块空地,空地的尽头是山崖,崖边有个洞穴,既可存放东西,又可做防空洞,毛泽东就曾在里面住过。当时她年仅十二岁,给毛泽东送饭时并不知他的身份,只估计是红军中一个重要的人物。直到上世纪50年代,毛泽东长征时的警卫员陈昌奉来到土城,老人家才知道那个曾住在洞里的人是统领全国的毛主席,内心好一阵激动。但此时四合院已改建成了镇上的职工医院,毛泽东住过的房子已经拆除,镇上修房子时又用炸药毁掉了山崖,毛泽东住过的洞穴仅残留一个很浅的凹凼。后来老人家的住房就在凹凼前,与屋子连成一体。她在这里住了四十年,并在凹凼前挂了块布帘。说着她掀开布帘让我看,并说到来这里的人就是想看当年毛主席的藏身处。

我对她说,土城家家出美女,老人家年轻时一定是个美女。她不好意思地用手掩了掩脸,笑着连声说道:

"你说哪起,你说哪起哟!"(西南地区方言,意思是自谦。)

离开张邦珍老人，同行的人在土城吃了一顿红军饭：红豆南瓜汤、肥猪肉蒸土豆、拌鱼腥草、黄粑（一种用植物叶子裹着加有红糖的米粑），以及很辣口的杨梅酒。一位土城的老人告诉我，红军在土城时吃得比较好，一是因为土城比较富裕，红军来了将盐号、船帮等有钱人的财物分了一部分给老乡，让老乡得到实惠，人们心存感激，倾其所有款待。二是黔北地区有许多青年参加了红军，仅遵义就有五千多人，所以老百姓对红军像亲戚一样热情。

二

红军三渡赤水河的地方是茅台镇。茅台镇以盛产著名的茅台酒驰名中外。茅台酒的历史最早见于《史记》，汉武帝赞誉为"甘美之"的枸酱酒。据清代初年《黔南识略》的《遵义府·仁怀县》中记载："茅台村，地滨河。善酿酒，土人名其酒为茅台春。"到1913年前后茅台村周围有许多酿酒坊，其中规模最大、质量最好的是"成义""荣和"两家酒坊。1915年中国政府征集产品，参加在美国旧金山举行的"巴拿马太平洋万国博览会"。贵州省推荐了"成义""荣和"两家酒坊的样品，农商部以"茅台酒公司"的名义，统称为"茅台酒"送到美国参展。可是由于该酒以陶罐盛装，外表包装粗陋土气，外国评委漠然视之。一位中国代表愤懑之下在展厅里怒摔茅台酒，于是浓香四溢，举座皆惊，评委们经反复品尝后，终于投票让茅台酒获得巴拿马金奖。

可是回国后金牌的归宿却成为十分棘手的事。由于"成义""荣和"两家酒坊的样品都贴着一样的标签，于是两家酒坊都宣称被摔的茅台酒是自己酒坊的产品，为此还打起了官司。官司拖了两

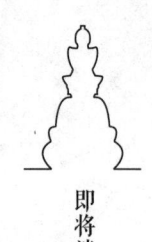

年，最后贵州省省长不得不亲自出面裁定：金牌由政府保管，两家酒坊都可使用"茅台酒"的招牌。这起金字招牌的纠纷，至此才平息下来。

茅台酒也因此名声大振。我们还未到达茅台镇，远远就闻到浓烈的酒糟味，会品酒的艺术家们不断嗅着鼻子，连连说："好香！好香！"到达茅园宾馆时我觉得自己的皮肤和衣服上都沾染着一种带甜味的酒香。

茅台镇比一般镇子大好多倍，也比沿途那些四处堆满垃圾的镇子干净很多。酿酒带来的丰厚利润，可以从茅台集团总部22层高的办公楼下一长串豪华进口轿车中显露出来。茅台人尊周恩来为"国酒之父"，为他塑了很高大的铜像，立在办公楼左侧。

据介绍，1935年毛泽东到茅台镇时，非常疲倦，便在一个水池边泡脚。后来他在回忆中说道，好痛快啊，脚上的泡和伤口好像在水里溶化了一样，我们陶醉了一阵，才发现原来池子里蓄的是茅台酒。

一位老红军回忆，当年毛泽东的警卫员陈昌奉，一天到酒坊灌满一竹筒茅台酒，并用玉米芯塞紧以免跑气，刚出来就遇上毛泽东。毛泽东问他："你提的么子？"陈昌奉回答说："买的酒。驱驱疲劳，擦擦脚。"毛泽东说："茅台是出名酒的地方，不过用这酒擦脚太可惜了！"

当时有很多红军都用茅台酒擦脚消除疲劳，有几位将领在自己的回忆录中都谈到四渡赤水时，喝茅台酒去乏的事。周恩来更是钟爱茅台酒，美国总统尼克松在回忆录中写道："周告诉我，在长征的特殊场合，他一天喝过25杯茅台酒……周用一种烈酒推销员的眼光对我说，在长征途中，茅台是一种万能灵药。"

茅台酒窖，整个茅台镇的空气里都弥漫着浓烈的酒香

我原本是滴酒不沾的人，可是沿赤水河走，几乎除早餐以外，每顿饭都有酒，且品种各不相同，让人心怀好奇品尝，从而也逐渐认识了酒。当地人自豪地说，在美酒河边走，每顿饭喝不同的酒，可以一年不重复。他们迎接贵宾时，也是在路边执酒等待。酒，是赤水河畔人生活中重要的一部分，中国的几大名酒：茅台、习酒、郎酒、泸州老窖都与赤水有关，沿河两岸积累了丰富的酒文化。即便是寻常人家，吃饭时也会问一声"喝点酒不？"就像四川人炒菜时问要不要加一点辣椒一样。问不问内容照旧，问，只是一种习惯，或者是语言关怀。

茅台集团董事长、总工程师季克良先生是位幽默、风趣、和蔼的长者，他向我讲解的白酒理论，令我耳目一新。他从大学食品系发酵专业毕业后，到茅台一干就是四十年。尽管他仍讲着一口江苏南通话，但他对赤水河流域的了解，远远超过他的家乡。他因为学有专长而成为茅台集团的领导者，但更重要的是，他因领导者而成为不断实践、探索、卓有成效的科学家。他告诉我因为工作需要，平均每天要喝三两茅台，几十年加起来已喝了上吨的茅台酒，其中不少是刚蒸馏出来，未勾兑的原度酒，有的将近七十度。现在他已经六十六岁，依然精神抖擞、身体健康地每日饮酒。在他的鼓动下，我在茅台时每顿也喝一小杯茅台酒。我一直想试试用茅台酒擦脚的感觉，但终因觉得可惜而没有体会当年红军的快乐。

前贵州茅台集团董事长季克良先生（右）

三

红军四渡赤水时与国民党打得最惨烈的战役发生在贵州习水县的青杠坡。由于青杠坡战役红军伤亡惨重，中央军委便在土城召开紧急会议，决定从土城渡过赤水河向四川古蔺县、叙永县方向前进，从此拉开了四渡赤水的帷幕。

青杠坡距土城镇约四公里，蜿蜒起伏的山丘上近年修了一条崎岖的乡村公路，青杠坡上矗立着高大的烈士纪念碑，碑上有时任中央军委副主席张震题写的"青杠坡红军烈士纪念碑"十个大字，山坡四周种植了一些小松树。

我们去青杠坡时，由于前两天下过雨，道路十分泥泞。车轮不断陷在很深的黄泥中，最后不得不下车，深一脚浅一脚地往前挪动。途

俯瞰茅台镇，脚下是被称为美酒河的赤水

中见对面山坡下有一座年代久远的石拱桥，两头连着细长、光滑的青石小路，当地人告诉我们，那就是当年红军大部队走过的路，在公路未修通前是通往四川的要道。

1935年1月22日，红军想在泸州、宜宾之间北渡长江与红四方面军会合，于是兵分三路进入习水县。右路纵队由红一军团组成，中央纵队由红五、九军团及军委纵队组成，左路纵队由红三军团主力组成。红军在前进中不断受到敌军的阻击，而奉命追剿红军的刘湘川军从綦江进入青杠坡设防。于是1月28日两军在此展开了激烈的战斗，毛泽东、刘少奇、杨尚昆、林彪、杨得志、耿飚、张爱萍、朱德、刘伯承、彭德怀、聂荣臻、罗荣桓、叶剑英和其他许多将军参与了这场战斗。如此多的红军高级将领云集一处，使这场战斗成为军事史上的一次奇观！

青杠坡四面皆山，土地瘠薄，树木稀少，坡下溪沟里流淌着浑浊的泥水。当地一位老人告诉我：以前这里人烟稀少，四周长满了青冈

树，青杠坡便由此得名。他刚过世的父亲曾耳闻目睹了青杠坡战役的全过程。他父亲说当时刘湘的军队在山上筑有战壕，居高临下，红军仰攻非常不利。拉锯战打了很久，火炮轰倒了成片的青冈林，坡下清澈的溪水被鲜血染成了红色，浓烈的血腥味和硝烟味弥漫在空中，恐惧笼罩在山民心里，战斗结束了很久妇人们都不敢到溪边洗涤衣物。红军撤退后，老乡们听到树林里有呻吟声，但迫于国民党的压力又不敢去救，两天以后越来越微弱的呻吟渐渐消失了，老乡们的心情也日益沉重。他父亲第三天晚上冒险偷偷去了青冈林中，借着月光看见满山横七竖八堆满了血肉模糊的死人，有的脑袋开花了，有的肠子流在地上，有的死掐着对方的脖子，那场面令他一向胆大的父亲心惊肉跳，毛骨悚然。父亲在死人堆里发现了一位气若游丝的红军，在搬动这位红军时发现旁边一位红军身体也是热的，于是他悄悄地将这两位红军战士背回家，藏在羊圈的草堆后面……

我问他这位红军后来如何，他说养了一些日子后交给了地下党。我又问他后来有书信往来吗，他摇摇头说没有。

后来又有老乡告诉我，当红军主力走了以后，国民党开始围捕红军留下的伤员，并将他们处死。除了有老乡悄悄藏红军伤员外，也有国民党的官员救红军伤员。当地有个县参议员上山打猎时，突然听到有微弱的呻吟声，他壮着胆子掀开一人多高的草丛向林中走去，看到了一个洞口，声音便是从里面传出的。他壮着胆子向洞内问道：你是人还是鬼？洞内虚弱地答道："救……命，我……是……人……"他钻进那个很小的洞，见到一位满脸稚气、身负重伤、不到十六岁的小红军。当时风声很紧，窝藏红军是死罪，国民党军队甚至挨家挨户检查。县参议员让小红军仍藏在洞中，自己每天给他送药送饭，一个月以后才悄悄把小红军带回家。小红军伤好后在他家干活，县参议员对外人说是他雇的工人。两人相处很好，县参议员甚至还帮他讨了媳妇。新中国成立后县参议员因救这位红军有功，而过着相对平静的日子。

　　青杠坡上已经看不到七十年前残酷战斗的痕迹，但很多当地老乡都能讲述当年红军的故事，一代代口耳相传。

寻访大熊猫发现地

雅安的宝兴县过去叫穆坪，曾经是土司管辖的部落，位于四川西部夹金山腹地，重峦叠嶂，偏僻闭塞，藏汉杂居。1869年，在穆坪盐井乡邓池沟的法国传教士戴维，发现了世界上第一只大熊猫，从此大熊猫不再是大山中的隐者。

大熊猫作为地球上的活化石，今天备受人们的珍视和宠爱。然而，它是怎样为人所认知的呢？谁能想到在它憨态可爱的外表下，却承载着地球变幻的沧桑和一个巨大民族难以言喻的悲凉？

出县城，在峡谷穿行一阵，又沿着狭窄的山路向上攀登，眼前是一座又一座的大山。星星点点的民居散落在山间，大多是木构瓦覆的双层建筑，下层住人，上层四面空敞，主要用于吹晾收获的玉米、土豆等农作物。房屋门窗、檐角没有任何装饰，质朴简单。一如当地山民，朴素而又真诚，没有过多的客套。

到达半山，我不禁被眼前的景象所震撼！一座气势恢宏、具有罗马建筑风格的天主教大教堂矗立在山间。我心中的诧异难以言表，只觉教堂建得有些奇特，有些异样。高大雄伟，却又安安静静伫立在一个本不该它来的地方。在我的记忆中，教堂似乎总在都市，在沿海繁华地区，或在交通要道上。山区即便有，也十分简陋、矮小。可是这座教堂深得天地之灵气，造化之机巧，让人心醉神驰。它本可凭借建筑的雄伟向世人夸耀，但反而像个隐者远离喧嚣，悄然遁入崇山峻岭之中。在历经无数天灾人祸之后，它又是如何在大山深处岿然不动的？它与大熊猫又有何种关联？我心中疑惑。

建于清末的邓池沟天主教堂，位于夹金山腹地的宝兴县

跨入大门，是一个四合三层木质结构的院子，占地面积大约一万三千平方米，共有厢房五十八间。楼下陈列着法国传教士戴维的生平简介、照片，以及大熊猫、金丝猴等动物标本。楼上大部分房间空着，在一间屋的墙上还能看到"文革"时期的标语，落款是宝兴县石棉厂。邓池沟天主教堂在"文革"期间是石棉厂的办公地点，这也许是免遭灭顶之灾的原因之一。

再者与当地山民的极力保护分不开，因为他们大部分人几代信奉天主教。也许很多人会有疑问，藏民不是全民信仰佛教吗？怎么会有几代天主教信徒？这其中有一段特殊的缘由。

十九世纪六七十年代，清王朝的气数日趋衰落，为了维护统治，进一步闭关锁国，朝廷对国外传教士进行驱逐和打击。1814 年，位于宜宾落壤沟的修道院被清廷捣毁，幸存下来的师生迁往雅安芦山大

川，学院更名为立书堂，之后又迁到相距不远的穆坪邓池沟。

穆坪山高路远，清政府鞭长莫及，由土司自治，修道院也吸收了当地一些年轻人，不仅教他们拉丁文、哲学、神学、历史等，还教他们劳动技能，譬如木工活，种植欧洲的卷心菜，饲养奶牛，等等。对当时大部分不识字、贫困的山民来说，天主最初是遥远陌生的，甚至是敌意的。但先进文明带来的好处却是直接的、具体的、实惠的。于是，传教士逐步在穆坪站稳脚跟，山民也开始接受这种最初被他们视为异端的信仰。

邓池沟乡间民居

吉恩·皮埃尔·阿曼德·戴维是一个传奇的法国传教士。1869年初，他第二次来中国，从成都出发，沿临邛古道，经过八天跋涉，才来到偏僻的邓池沟。他的日记里记述，当时立书堂有50多名学生。戴维是一个神父，也是一位生物学家。在邓池沟期间，他将大量时间用于搜集、研究哺乳动物、鸟类，以及珍稀植物、昆虫等。他的足迹遍布四周高山峡谷，以致后来患上严重的风湿性关节炎，痛苦不堪。

除了大熊猫外，还发现了扭角羚、金丝猴等动物。对于戴维，是信仰的力量唤起了生命的潜能，还是利益的驱使？我一直在思索。

走出展厅，我在一位当地教友手中，读到戴维日记中有关他在穆坪生活的片段。其中大部分记载了他在十分艰苦的条件下采集动物、植物标本的经过。那些危险的记录，让人至今读起来仍不寒而栗。

我开始对他的勇敢精神肃然起敬。

日记中特别值得一提的是1869年3月11日这天，他应邀到当地一位姓李的地主家喝茶、吃甜点。这个普通的日子，冥冥之中如有命运之神的安排，戴维看到了一张从未见过的黑白兽皮，个体很大，山民称"山闷墩"（"闷墩"为方言，多指憨厚不善言的人）。戴维以一个生物学家的敏感，立即意识到这可能是一个非常奇特的动物新种，随即出资让山民帮助捕捉，准备制成标本带回法国研究。戴维当时在日

憨态可掬的大熊猫在一百多年以前，还是大山中的隐者，并不为大多数人所知

记中称这种未知动物为"黑白熊"。也许他并没想到，这一天他将触及一个轰动世界的重大发现。一门永久的学科将由此而建立，无数才思敏捷的科学家，将为这个经历了第四纪冰期浩劫后而孑遗至今的物种耗尽毕生心血。这便是今天家喻户晓的大熊猫！

在教堂里我还遇到一位姓李的教友，这位热情整洁的中年农村妇女，正忙碌地为来客沏茶倒水，而茶钱多少则由客人自己随意。我问她是否是戴维当年去过的李家后代。她淡淡一笑，说：不清楚。不过

即将消失的文明

听老辈们说戴维在当地人缘很好,当然也必定去过她爷爷家,或者她外公家。她很欢迎我在当地留宿,特别言明洗澡很方便,家里的油炸土豆很香。

她首先提到洗澡,显然自己有这个习惯,或者懂得这是文明的标志之一,这让我有些意外。我经常在山区旅行,知道大多数山民没有经常洗澡的习惯,向他们提这样的要求是强人所难,也是一种奢求。说话间又来了一位妇女,用一片长大的厚朴叶遮阳,也是教友。她告诉李姓教友,自己也在厕所外种上了月季花,李教友显得很开心。看得出她是一个爱花的人,教堂一角摆放了好些花盆,是她从山里采回的各种野花,俩人围绕还要种什么花热烈地聊起来。我趁她们谈话时去了教堂厕所,厕所门外一大丛茂密的月季花灿烂开放,里面出人意料的干净,这是边远山区罕见的景象,再次让我意外,通常的景象是肮脏不堪。厕所有时可以从一个角度折射出一个地方的文明程度。我忍不住伸手去触摸那些比巴掌还大的粉红月季,花瓣厚实而有质感,

当地村民喜欢在教堂大门外晒太阳聊天

054

艳而不娇，丽而不俗，使人感到它与这教堂一样古老而有生机。

走出教堂后，我站在大门外俯瞰山谷，这是一个阳光明媚的仲春，蓝天白云，和风吹拂，远山如黛，近山葱郁，空气里飘荡着青草特有的芬芳。几个山民正坐在斜坡上晒太阳，其中一个人手里提着一大块油浸浸、黑乎乎的腊肉，走亲戚回来路过也赶紧凑过来聊天。他们告诉我冬季与早春山里寒冷、潮湿而又多雾，现在是一年中最好的季节，所以经常聚在这里闲聊。从他们口中得知，邓池沟现在有两个村，一个叫和平村，一个叫清坪村，有两百多户人家，许多人信奉天主教。过去，村民大会就在教堂里召开，教堂被定为省级文物后，便改在大门外的屋檐下，每逢节日，附近村寨的山民都要翻山越岭赶来相聚庆贺。

……

我陷入沉思，中国那时很穷，但到处都有豪华的建筑、奢侈的排场，也不缺乏有文化的人。当欧洲的传教士、学者不远万里进入中国西部大山深处，不惜变卖家产，冒着被抢、被打甚至被杀的危险，采集各种标本，探求未解之谜时，我们那些富有的人在干什么？中国曾经是一个强盛的国家，不但走在世界前列，还以宽阔的胸襟接纳、吸收外来文化，并发扬光大，为己所用。可后来我们这个以农耕文明为主的国家却逐渐走向衰落，这是为什么？是政治体制，还是经济制度、思想体系，抑或其他？翻山越岭探索的脚步停滞下来，下西洋的航船废弃在港湾，好奇心、求知欲、冒险精神，被麻木漠然、妄自尊大取而代之。延至晚清，一个内忧外患、摇摇欲坠的朝廷，谁会花精力去注意山野里不知名的野物？说不定奏折送到京城，还会令许多官员嗤之以鼻，认为少见多怪，无事生非！官员如此，百姓又能如何？

大熊猫能被世界认知，从某种角度讲是戴维等人的努力带来的一

大熊猫保护基地的幼年大熊猫

缕光明。否则,它可能会被山民不断猎杀,食肉寝皮,今天也许已经绝种!想到此,庆幸之中又泛出几分酸涩。

据说戴维回国后,被授予法国科学院院士及无数耀眼的桂冠,但他均拒绝接受。他在向东方人传播西方文化时,又吸纳了东方文化中明哲超脱的思想。他让大熊猫世界知名,而自己却愿意做一个隐者,他有一个中文名字:谭卫道。

更令人意想不到的是,戴维的家乡后来与宝兴缔结为友好城市,大熊猫将两个遥远的地方连接在一起,真是奇妙的图像。

长河碎影

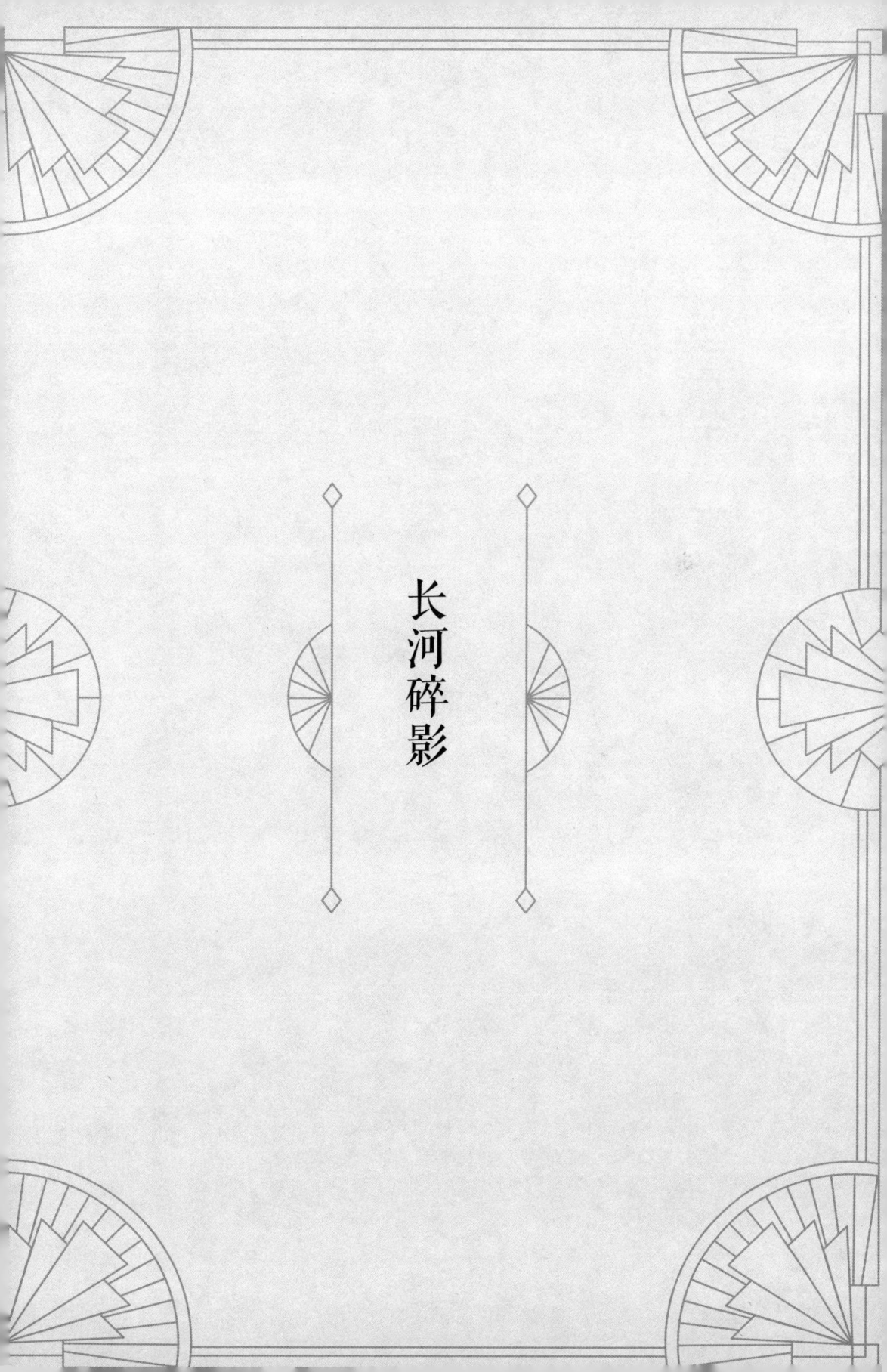

口吐白沫的骆驼

初识骆驼是在动物园，高大温驯，属于那种永远不可能列入宠物行列的动物。再见骆驼在成都世界乐园，遇一个青皮后生恶意调逗骆驼，而骆驼则忍让躲闪，围观者敢怒不敢言。青皮大笑，正得意扬扬，忽见骆驼口中飞出一股白沫，直向青皮脸上射去，刹那间青皮头颈白沫翻涌，涎液四溢。青皮大骇，狼狈而逃，嗫嚅道："龟儿骆驼也会吐口水……"

于是我才知道骆驼并非如绵羊，也有强悍的一面。到了新疆北部的布尔津县，对骆驼有了更深入的了解。

出乌鲁木齐向北，不久便进入准噶尔盆地中绵延不绝的戈壁沙漠，单调的黄色让眼睛不胜疲惫。最初看到克拉玛依油田、油井的兴奋很快就消失，寸草不生的山坡凹地，随着汽车的轰鸣不断后退，没完没了，好像没有尽头。路上几乎没有行人，经过的村镇大都灰头土脸，没精打采，店铺稀少，冷冷清清。开门营业的主要是两类，一是修车，主人通常躲在屋内，听到汽车喇叭在门口高声鸣叫，才慢腾腾走出来。沙漠里灼人的阳光和干燥无比的空气，将人折腾得有气无力，似乎抽干了水分一般。二是餐馆，门口挂着油渍麻花的布帘，以经营大盘鸡、牛羊肉和面食为主，跨进一步，一股特殊的膻味扑鼻而来，喜欢这个味道的人或许不在乎，而受不了的人往往很遭罪，胃里忍不住翻江倒海。

准噶尔盆地这个名字,让我联想起准噶尔部,一个曾经十分强大的部落,与当时的统治者分庭抗礼,最终在历史的烽烟中灰飞烟灭,如今只剩下这一个地理名词和史籍中的记载。

准噶尔盆地西北边缘的雅丹地貌,当地人称魔鬼城

准噶尔部是厄鲁特蒙古的一支部落,公元17世纪到18世纪曾控制新疆天山南北,在西起巴尔喀什湖,北越阿尔泰山,东到吐鲁番,西南至吹河、塔拉斯河的广大地区,建立了史上最后的游牧帝国。在征服了周边一些小部落后,不断向外扩张,以图割据西北,最终成为清廷的心腹大患。从清朝康熙到乾隆年间,三位皇帝先后对准噶尔进行了七次规模较大的战争,前后跨度六十多年。直到1755年春,清军五万人分西北两路向伊犁进军,准噶尔军在清军的追剿下,全部覆灭,至此,清政府才完成对西北边疆地区的统一。

据魏源在《圣武记》中记载:"计数十万户中,先痘死者十之四,继窜入俄罗斯、哈萨克者十之二,卒歼于大兵者十之三。除妇孺充赏外,至今惟来降受屯之厄鲁特若干户,编设佐领昂吉,此外数千里间,无瓦剌一毡帐。"

"瓦剌"是准噶尔部的别称之一。

战争的结果是：准噶尔部数十万人，四成死于天花瘟疫，两成逃亡俄罗斯、哈萨克等地，三成死于战场，战后数千里地见不到一顶准噶尔人居住的毡房。据说，侥幸活下来的一小部分准噶尔人四处躲藏，隐姓埋名，不敢说自己是准噶尔人，怕招来杀身之祸，对外称是厄鲁特人。久而久之，"准噶尔人"这个词也似乎被人遗忘。如今在伊犁昭苏、尼勒克两县，以及塔城额敏县还有少部分厄鲁特人。

准噶尔部起兵时大约没有想到会是这样的结果。

一个民族消失了，消失的又岂止是准噶尔人？历朝历代从未间断的战争，矛盾的焦点是利益。

汽车颠簸了近十个小时，终于临近布尔津县，一派美景从天而降，清流急湍，绿草如茵，树木丰茂，人畜兴旺。在古尔班通古特沙漠旁有了布尔津，长途跋涉的辛劳顿时烟消云散，得到加倍补偿。这一切源于额尔齐斯河支流布尔津河的润育滋养！其实，布尔津河在国内众多的河流中默默无闻，偏居一隅。可站在它身边却真正感受到自然之水的魅力，它还未被河堤电站塑造僵硬，它还未被现代工业污染变色，它洁白地来，干净地去，涌动着鲜活的生命。因此，布尔津河两岸的树木未经摆布却错落有致，疏密有度；两岸崖石沙滩未经打造却五彩缤纷，气象万千。这样的水才真实亲切，可掬可捧，这样的水才与人血脉相连，息息相通。

风从西来，河向西流，乃布尔津与众不同的坐向风水。这座小县城实在出乎我的意料，一幢幢白墙红顶的房舍，干净整洁，疏密有度地铺陈开来，一排排白色的木栅栏又将屋里屋外分割成不同的世界，街道、花园、未知的空间。虽时尚东风不断吹来，县城里娱乐设施一应俱全，路边墙上挂有巨大的进口化妆品广告，但是依然保留浓浓的

异域风味。历史上匈奴、突厥、鲜卑、蒙古、哈萨克等民族在此生息繁衍，纵马驰骋，最终融合延续，沉淀发展。只要与当地人接触，依旧能感受到马背民族不受羁绊、粗犷豪迈的个性。

布尔津有两样美食令人终生难忘，一是馕，有点类似北方大饼。馕有很多品种，特点是个大，厚的达三四寸；软得如面包，外酥内软；薄得像酥饼，一咬就"咔咔"作响。但不论哪一种都好吃得让人撑得肚子滚圆才肯罢休，尤其是在馕坑（一种特制烤炉，口小腹大，馕饼贴在炉壁上烘烤）前等待出炉，烫手的馕一块块撕下来放到嘴里，简直美妙得无法形容。二是烤鱼，布尔津的鱼种类也很多，但狗鱼是一大特色，抹了盐和香料在炉子上烤一会儿，诱人的香味便四下弥漫开来，无怪当地买烤鱼的人并不吆喝，深知无声胜有声，香味的诱惑难以抵挡。买了馕到烤鱼店，一边吃馕，一边吃烤鱼，真是十分惬意的事。

午餐后漫步在街头，一位老人追上前问："是从四川来的吗？"听到四川话应答老人一脸欣喜，告诉我他是四川广安人，怕我对广安不了解，特别强调是邓小平的同乡。

我见他穿一身洗得发白的旧军装，称他老革命。他摇摇头自嘲道："啥子老革命哟，老盲流！"

布尔津河是额尔齐斯河支流，自东向西，注入北冰洋

"盲流"，一个现代青年陌生的词，带有贬义。产生于上世纪50年代末，指那些从农村流入城市的人群，进入城市后又无长期正式工作，生活无可靠来源，被视为社会不安定因素之一。

老人告诉我，上世纪60年代，他因家庭出身不好，经常挨斗受饿，最后悄然出逃，四处漂流，走到布尔津已是气息奄奄。是布尔津人救了他，一年后为他办了户

布尔津河边的五彩滩

口，最后还成为生产建设兵团的一员。当时山南海北如火如荼的政治风暴，并没影响边陲小县百姓对好人坏人的判断，只要诚实勤快就会受到善待。于是，不断有人跋山涉水奔来，尽管那时的布尔津小得可怜，冬季寒冷，西风刺骨。但因为有了善待，粗茶甘甜，土屋温暖，生命有了期盼和希望。老人早已退休，对觅到一份看守大门的差事挣薪水很满意，两个儿子也让他自豪，皆在乌鲁木齐工作。他早把他乡当故里，将故里做他乡，没有独在异乡为异客的寂寞和惆怅。

在新疆除风土人情外，耳闻目睹最多的是关于建设兵团的人与事。老人一番话让我想起我舅舅。舅舅是上世纪60年代的大学生，成绩优异，但因出身地主家庭，毕业后发配到新疆建设兵团。他怕家人担忧，信中极少言及艰苦，还不时寄来葡萄干、蜂蜜等。儿时我哼着"我们新疆好地方，天山南北好牧场""葡萄的天，西瓜的地"的

歌儿吞下去各种美食，甜蜜得不知世上有苦涩辛酸。王洛宾的歌又为新疆披上一层浪漫美丽的轻纱，让远观者视野不清。几十年后舅舅、舅母退休，终于返回魂牵梦绕的故乡四川，但物是人非，恍若隔世。最终，他们发现真正魂牵梦绕的地方原来是新疆！舅母回四川后不久就去世了。舅舅流着泪说舅母若是在新疆兴许还活着。我想，他们已经变成了骆驼，而骆驼则与沙漠戈壁有缘。

中国历朝历代都把屯垦戍边作为巩固边防的一项重要策略。在新疆地区大规模屯垦戍边始于西汉，以后历代相袭。1954年，中央政府在新疆组建生产建设兵团，承担屯垦戍边的职责。陪同我们的小白姑娘，她的父母也曾是建设兵团成员。她说父母一生劳碌，有如骆驼，却又不肯歇息。前些年又开垦种植了近二百亩棉花，终是骆驼命，注定要在劳作中走完自己的人生。

布尔津四周草场上骆驼出没。当地牧民告诉我骆驼很有灵性，又能忍饥耐渴，还熟悉沙漠里的气候。当大风将袭来时，它会自动跪下，为主人遮挡风沙，故当地人十分钟爱。

我在布尔津听到这样一件事，几个富有的内地人在布尔津寻驼峰肉吃遭到冷遇，仍不心甘，最后在乌鲁木齐一家五星级饭店花重金品尝，却抱怨油腻难吃弃之。其实驼峰里储存的多是脂肪，如遇恶劣环境无法进食饮水时，骆驼即利用这种储备生存，维持数日不食不饮。

骆驼一生劳碌，犹如中华民族子孙在资源并不丰富的土地上历尽千辛万苦，遭受百般磨难，却在顽强的拼搏中求取生存和发展。可这片土地难以承载人们疯狂的物欲，譬如发现骆驼耐寒便将驼毛加工成被子御寒；发现驼绒轻柔保暖，便剪下纺织成衣高价出售；还发现驼奶营养，驼峰肉治病、驼皮结实……人类欲望无止境，被无休止索取的岂止是骆驼！

假如有一天改游牧为定居，公路四通八达，还会有人养骆驼吗？兴许，布尔津县有一天会更名，以喀纳斯湖或湖怪之名招揽游客。在蒙古语中，三岁公骆驼称为"布尔"，"津"则为放牧者之意。"布尔津"意指"放牧骆驼的地方"。而在哈萨克语中有两重含义：一指布尔津河白浪翻腾奔涌，像骆驼口中的白沫；二是指他们祖先在累得口吐白沫的骆驼指引下，找到这片绿洲，得以生息繁衍。然而令人悲哀的是，骆驼找到的地方，也许最终却没有骆驼的立足之地。

黄昏时分，骆驼在布尔津河边饮足水后慢慢离去

神的后花园

从古至今那些抚摸星辰，挟云蓄雨，龙翔凤翥，神秘无比的地方，就被人视为神居住的地方。很早很早以前，一些人不辞辛苦，长途跋涉，甚至抛弃高官厚禄、荣华富贵去追寻，意图在那些地方接近神，以便通往他们的世界。

神的世界令人景仰向往，以至追求长生不老，白日飞升，轮回转世。神似乎无所不能，无所不及，人谦恭敬畏，顶礼膜拜。庄严肃穆的神也温情回报，将自己心爱的后花园馈赠下世，让被现代文明搅得躁动不安的人们走进去歇息，借清澈的水将心灵洗净。当看够了金黄的白桦，苍翠的松柏，抬头即可眺望远处明净的蓝天和雪山。

这便是位于新疆北部阿尔泰山下的禾木，被称为"神的后花园"。

"阿尔泰山"一词是突厥语，意为"金山"，这个消失的游牧民族给我们留下了许多悬念和未解之谜。跨入金山脚下，戈壁的荒凉、沙漠的炎热便被远远抛在身后，呈现出一派生机盎然的景象，水草肥美，原野丰饶，哈萨克族的白色毡房星星点点，缀在广袤的草原上。炊烟缭绕，歌声飘荡，驼铃叮咚。棕色、黄色、灰色的骆驼撒满四野，悠然衔草。幼驼则顽皮活泼，不断转悠，睁着好奇的大眼睛东张西望，有时甚至横在公路中央，任喇叭鸣叫岿然不动。我觉得家畜中最让人疼爱的就是牦牛和骆驼，它们一生辛劳，在寒冷的高原和干旱沙漠中忠心侍主，鞠躬尽瘁，若没它们相伴，人在这种环境中或许难以生存延续。

再往前行，经过一片立有突厥石人的草原，这些黑灰色石人宽脸阔颌，高鼻凹眼，默默矗立了上千年。它们象征着什么？放在此又有何意？是祭祀天地的供物，还是驱逐鬼疫的仪式？抑或其他？

不得而知。

突厥是中国古老的民族之一。广义包括突厥、铁勒各部落。公元6世纪时，游牧于阿尔泰山一带，因阿尔泰山形似古代战盔，俗称"突厥"，便以名其部落。强盛时辖境东自辽水，西至里海，南达阿姆河，北抵贝加尔湖，汗庭设在于都斤山（今鄂尔浑河上游杭爱山之北山）。公元583年，突厥分为东西两部，后接受隋朝统治。唐初，东突厥对中原地区发动过多次进攻，最终被唐所灭，实施统一管辖。公元657年唐灭西突厥，除在西域设置了龟兹、焉耆、于阗、疏勒四个军事据点外，又设昆陵、蒙池两个都护府，管辖中亚巴尔喀什湖以西的地区。以后，突厥人逐渐融入其他民族，留下这些不解之谜，让后人去猜测破译。

思绪飞转间，车驶向一个山头，有如一道闸门打开，色彩猛地涡旋卷涌而来。放眼鸟瞰，满眼畅快，金黄、棕黄、浅黄、鲜红、碧绿、深绿、黛赭、灰白，五彩缤纷的林海蜿蜒逶迤，一直铺陈到山谷尽头，令人精神为之一振。光与影以流畅的线条穿云破雾，透过茂密的白桦林，顿时流光溢彩，将树叶折射得如金子般灿烂夺目。一阵风来，落英缤纷，黄了草地，红了黑土。年年岁岁，重重叠叠，使这里的土地油黑发亮，捏在手里仿佛能淌出油来。山下碧波荡漾，贪婪地将山林纳入怀中，于是山中有了水，水中有了山。在这样的山水中行走，凡人变成了神仙；在这样的山水中驻足，神仙也变成了凡人。

跨入山间，见白桦林中云杉、冷杉、西伯利亚落叶松苍翠点缀，

禾木秋色

枝干或向上，或向下，或四面散开，与白桦树亲密相依。原来白桦树喜水，而松树耐旱，在旱季里松树的根会源源不断向白桦树根提供水分，而白桦树的落叶腐烂后则为松树补充养分。故白桦树旁总会见到松林，像一对情侣，他们互相依恋、相倚相偎、至死不渝。白桦树干上如眼睛一般的纹理，正像少女的双目，对松树深情凝望，山盟海誓。因而，当地图瓦人称之为情侣树，象征忠贞不渝的爱情。

禾木图瓦人居住的木屋

穿过峡谷便来到禾木村,当地居民主要是图瓦人,是目前我国人口最少的民族分支之一,加上分布在哈巴河县白哈巴村、布尔津县喀纳斯村的居民,仅有两千五百多人。他们自称是成吉思汗的后人,着蒙古族服饰,信奉藏传佛教及萨满教。

我们刚进村,几位村民策马而来,操汉语问是否需要骑马上山。马匹雄健,毛色油亮。马主人亦如坐骑彪悍,阔脸高颧,皮肤黑里透红。我诧异此非旅游热点,村民如何能讲一口流利汉语,细问之下方知图瓦人颇有语言天赋。他们在家用图瓦语交流,而学校上课采用蒙文,故皆能讲蒙古语。又因与哈萨克族相邻,对哈萨克语驾轻就熟,不少人还能讲维吾尔语,学习汉语速度也很快。图瓦语源起何处?经有关专家调查分析发现,与古老神秘而又消失的语言——古突厥语有关。

莫非这远离尘世的山谷里保存着一个消失民族的踪迹,隐藏着不为人知的秘密?图瓦人的历史渊源众说纷纭。他们有语言但没有文字,也没有留下自己民族的史志,地方志上也很少有关于他们的记载,据说是蒙古族一支。在元代此地是成吉思汗第三子窝阔台的封地。清人屠寄在《蒙兀儿史记》中载:"蒙兀儿者,室韦之别种也。其先出于东胡。楚汉之际,东胡王为匈奴冒顿单于所破杀,余众迸走,保险以自固,或为鲜卑,或为乌桓,或为室韦、契丹。在南者为契丹,在北者曰室韦。"其风俗习惯、宗教信仰与蒙古族极为相似。蒙兀儿即今蒙古的古称。

也有人认为图瓦人是乌梁海人的后代。清朝,此地属乌里雅苏台管辖。清乾隆二十年(1755),在平定了阿睦尔撒纳叛乱之后,朝廷制定了一系列军政和民族政策,其中有关于乌梁海人的治理专项。清人何秋涛《朔方备乘》中称:"乌梁海,明属兀良哈,其人自谓'托

跋'。"与现在的"图瓦"发音相似。还有人认为图瓦人与蒙古族并无关联，是南北朝时鲜卑族的后裔。

凡此种种，我觉得要从早已融合的种族中考证渊源血脉，认定传承归属并不重要。这里曾生活过鬼方、塞种、匈奴、突厥、回鹘、蒙古等多个游牧民族，他们都喜欢大碗喝酒、大口啖肉，刀不离手、枕戈待旦、骁勇善战、戎马一生，让秦皇、汉武、唐宗这些叱咤风云的君王们，也视其为边患劲敌，屡屡征讨攻伐，和亲安抚。

留在草原上的突厥石人应是所有游牧民族的写照，虽粗糙简陋，但历经千年仍未抹去血性中的豪迈气概，它狂放的野性让人敬畏。自然之美，就在于没有程式羁绊，没有雕琢修饰。我们生活的环境中充斥着无病呻吟的柔美，缺乏活力的纤细。小桥流水、亭台楼阁，固然雅致，但时间一长会让人变得脆弱敏感，拘谨小心，而西北风则让人为之一振，唤起人快要丢失的天性。

我登上山坡，但见图瓦人居住的木屋散布在山谷空地，清澈的禾木河绕村而过，自东北向西南缓缓流淌，然后汇入额尔齐斯河。尽管

图瓦人的村庄

现代文明已经改变了许多乡村，但图瓦人仍保存着自己独特的生活习惯。宁静安详，虽不富裕，但也不痛苦焦躁。村中房屋皆用一根根未经粉饰的原木筑砌而成，下为方体，上为尖顶结构。冬季来临时则到俗称"冬窝子"的暖房里居住，熬过漫长寒冷的冬季。据当地居民说，每年冬季都会有人冻死，原因是外出喝酒，喝多了倒在路上浑然不觉，最后冻僵而亡，这对南方人来说实在是难以想象。

点灯节快到了，图瓦人正忙着往冬窝子里储备过冬的食物及用品。这里一年有近五个月的雪封期，最低气温低于零下二十摄氏度，积雪达一米多深。每年十月以后图瓦人便搬入冬窝子避寒，由于冬窝子低矮，上圆下方，没有窗户，只有一道门出入，光线黯淡，故必须点灯。这便是点灯节的由来，图瓦人一年中的三大节日之一，届时必杀羊宰牛，盛装庆典。

我们到一个图瓦人家里吃饭，还没有跨进院子就看见粗大的木架上挂了半只肥羊，一个汉子正在往铁签上穿羊肉。大坨大坨的，一块雪白的羊脂，与一块红浸浸的瘦肉相间，看上去并没有放什么香料，一切很本色，但并没有浓烈的膻味。我对那汉子说如此大的肉串恐怕一串也吃不完，可否弄小一点？心里是怕受不了腥膻味。那汉子豪爽一笑，说烤羊肉一定要就哈密瓜吃，既不油腻，也好消化。正坐在院子里吃饭，忽然毫无征兆地飘来一阵雨，我端起碗躲到屋里，哪知转眼雨过天晴，就像什么也没发生一样。那汉子在烤炉前纹丝未动，见我一副疑惑不解的表情，哈哈大笑，接着开始以口哨哼歌，身子随节奏不停扭动。我也忍不住笑起来，笑自己胆小如兔。

饭后出来，我走近一个冬窝子，没有粉刷过的原木透着灰黑色。木屋顶上覆上一层厚实的黑土，长出的青草因为秋天的降临而枯黄，在风中低头轻摇。这一切，给小木屋添了些许沧桑。木屋里的姑娘告

诉我夏季来临时，屋顶小草便会由黄转青，开出鲜艳的小花。远远看去犹如凸起的小坡，与草地连成一片，那时将迎来敖包节。每年农历的五月十三日前后，当草原上鲜花怒放、气候宜人之时，寺院里的喇嘛选取吉日，定为敖包节，也是每年最隆重的节日。祭奠祖先，祈祷风调雨顺、牛羊肥壮。祈祷罢，酒足饭饱之后开始舞蹈、摔跤、赛马和射箭。

姑娘说着眼里充满神往。我问她愿否外出打工，看看外面的世界。她点点头又马上摇头。与屋里另外两个姑娘用图瓦语飞快说了两句，然后嘻嘻笑起来，接着抽身去忙别的事。我只感到自己钝拙，缺乏悟性。眼光又转向山林，其实答案就在这里。

我不由自主地轻轻走进令人晕眩的白桦林，生恐惊扰了林中小憩的众神。我待在那里，仿佛在金子般的殿堂接受神的洗礼。思绪和心灵融于身旁的溪流和脚下层层叠叠、宛如金鳞的祥云中。或许，我的灵魂已经出窍，永远留守在神的后花园……

图瓦人经历了多少迁徙，才在这方山水定居下来，天地虽大，禾木只有一个。由此，他们心满意足，安居乐业，守护山水。

禾木，一个充满田园风情、柔和宁静的名字，其实是汉人依音而起的雅名。而在图瓦语中，"禾木"意思是熊腰身上的肥膘。从这个野拙粗犷的名字中，不难感受当年游牧民族的彪悍体格和虎虎生气。

看来神的后花园也因强健的人守候才安然无恙，让我们今天得以徜徉。

戈壁空城

偌大一座城池却没有人烟,满目尽是黄得刺眼的残垣断壁。城中死一般的沉寂,没有一丝生命迹象,哪怕是一片枯叶,一株小草,一缕荆棘。炽烈的阳光倾泻而下,烤得四周灼热发烫,湛蓝的天伸向远方,无边无际,使废弃的空城显得格外孤独与苍凉。西风浩荡万里,直扑而来,在空城中横冲直撞,穿墙越舍,发出呼呼的鸣响,似乎在向人们诉说埋藏在黄土下惊心动魄的往事。站在高处俯瞰四周,全城像一个层层设防的大堡垒,人行墙外,像处在深壑之中,无法窥知城垣内的情况;而在墙内,则可居高临下,控制内外动向。城中迷宫与陷阱交错,箭孔和坑道密布,可谓处处设防,杀机四伏。在冷兵器时

交河故城遗址

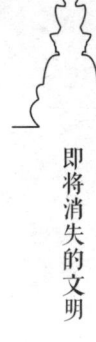

代，这种防御堪称固若金汤。可是，为何这座历史上著名的城池却早已人去楼空，成为一片废墟？留给后人无数的谜团，无边的猜想，无尽的震撼，坦露一段风烟中的悠远历史，让人们穷其心智，去遥想令人叹息的过去。

这就是交河故城，一座古城废墟。

交河城址位于吐鲁番市以西约十三公里的亚尔乡，在一座三十米高的黄土柳叶形半岛上，因牙尔乃孜沟两条河交汇于城下，故称交河。是古代西域三十六城郭诸国之一的车师国都城，建于公元前2世纪至5世纪，在南北朝和唐朝达到鼎盛。唐贞观十四年（640），朝廷在交河城设管理西域的最高军政机构——安西都护府，统辖安西四镇，即：龟兹（今新疆库车）、于阗（今新疆和田）、疏勒（今新疆喀什）、焉耆（今新疆焉耆），修筑城堡，建置军镇。管辖范围包括天山南北，并至葱岭（帕米尔高原）以西，直达波斯（今伊朗）。在北庭都护府分立之后，安西都护府分管天山以南的西域地区。唐高祖曾派自己的女婿乔师望、外孙柴哲威来此担任最高行政长官，足见其位置举足轻重，非比寻常。

交河故城的东南方，有一座宏伟的地下宅院，顶上有十一米见方的天井，天井东面设有四重门栅，天井地面，有一条宽三米，高两米的地道，长六十米，与城内南北大道相通。据考察推测，这里便是安西都护府的府衙。当年军令政令从这里发向天山南北，战报奏折又从这里传往京城。驿马飞奔，蹄声回荡，应是交河城最醒目的场景。朝廷通过安西都护府对辽阔的西域宣威教化，劝课农桑，德渥泽优，边疆稳定为唐朝繁荣提供了保障。

于是有了"贞观之治"，有了"开元盛世"，有了举世瞩目的大唐。

公元657年，苏定方在碎叶（今吉尔吉斯斯坦托克马克城西）平定了西突厥，将安西都护府治所迁至高昌。第二年安西又迁到龟兹，并升格为大都护府。安西都护府在交河城设置十八年后为何要迁离？史籍中不见记载。只知后来吐蕃和唐朝反复争夺安西四镇，多次易手。

我在残垣断壁间穿行，阳光灼得皮肤疼痛，而一跨入巷道，暑气尽消，阴冷之气扑面而来。继续前行，残垣断壁呈现出一种令人惊骇的奇异形状。在呼呼的风声中眼前浮现出硝烟烽火的场面，马嘶人喊，刀光剑影，尸横遍野，悲壮惨烈。安西都护府担负着保卫疆域，保卫丝绸之路畅通的使命，于是成为战略要塞、兵家必争之地。激战中有多少将士血洒交河城？以致让人感到凹凸的墙上残留着殷殷的血迹。尽管风雪所蚀，年久坍塌，但我相信镇守的将士的躯体化作黄土，附在交河城的每个角落，以阴魂护佑，才使交河城成为中国最大、保留最完整的生土建筑故城。

交河故城废墟

我继续往前，顺坡而下，弯曲的路伸向迷宫般的幽深之处。愈来愈冷，四周静得可怕，没有游人愿再往前行。但恰在远离喧嚣之处，封存久远的往事奔腾而来。瞬间，感到自己与历史、天地相融，抚摸断墙，鼻子发酸，泪水悄然落下，渗入不知道用多少生命和鲜血凝固的泥土。我的双脚，仿佛踩在无数个重重叠叠的身躯之上，让人悲凉感伤。良久，我脑海里闪过南宋姜夔《扬州慢》中的词句：

自胡马窥江去后，废池乔木，犹厌言兵。渐黄昏，清角吹寒，都在空城……

可我立马拂去这种江南水乡花草掩映下的哀怨，水波荡漾，芍药花开，这对交河城来说无疑是太奢侈了。这里天苍地茫，干寒凋敝，倘若年年有芍药花开，湖水荡漾，交河城绝不会有今天的悲怆。水，是这里最珍贵的东西，城中仍可见两口井，一口在官衙，一口在寺院，但内中不见半点水滴。城下的牙尔乃孜河干涸见底，仅余一沟稍纵即逝的细流。废城内寺院的建筑最为雄伟，占地五千平方米，塔林

曾经繁荣的交河故城，在历史的烽烟中化为废墟

中共有一百零一座佛塔。玄奘法师在《大唐西域记》一书中描写从高昌到阿耆尼国沿途见闻，称境内有寺院十余座，僧徒二千多人，他们研习的佛经义理戒律仪轨完全遵循印度。信徒恪守戒律仪轨，持身清洁，刻苦勤奋。

高昌离交河很近，阿耆尼国在今焉耆附近。由此可推测当年交河城内袈裟飘荡，梵音绕梁的兴盛景象。

交河城的笑容渐渐散去，公元756年至758年，为平定"安史之乱"，朝廷将安西、北庭及河西、陇右驻军大部内调，吐蕃乘机陆续占领陇右、河西。安西都护府与唐朝的通道中断，从此战乱不断。

公元780年吐蕃攻下沙陀、回鹘部落，北庭、安西变得孤立无援。7年后安西、北庭被吐蕃攻陷。自此以后唐朝逐渐衰落，最终失去了对安西的控制，交河城为阴云所笼罩。

经过唐末及五代时期的动荡，交河城在北宋才拨云见日，绽放出一缕笑容，有些苦涩，已不复当年气吞山河的气势。但仍在唐代建筑基础上进一步扩展，使南北长达一千六百余米，东西最宽处约三百米。又在西部增加许多手工作坊，诸如纺织、酿酒、制鞋，等等。

宋代之后的建筑再也找不到，历史在此停下了。元时，吐鲁番一带连年战乱，蒙古军先后攻破高昌、交河，两城彻底被毁。

历史上被毁又重建的城池不胜枚举，甚至几毁几建，可交河城却未恢复重建。为什么？谜！那些排列奇特，又排列那么紧密的婴儿墓坑又是为什么？还是谜！沙漠并没淹没古道，河中仍有流水，城中却再无人迹。有人推测是宗教信仰的原因，那时并非宗教宽容的年代，侥幸活下的人因信奉佛教，不得不远走他乡，以躲避迫害；还有人推测，交河城在战乱后又暴发瘟疫，连占领军也仓皇撤离。最终，被人彻底遗弃。

我问附近居住的老乡上辈有无人试图到交河故城内居住，对方摇摇头，说没有。每到傍晚似乎能听到空城内有说话声，令人害怕；另外城太高，取水难。我眼前突然浮现出新疆一连串废弃的故城：北庭故城、高昌故城、楼兰故城、精绝故城、博格达沁故城，等等。除了战争外，水是这些城池被毁弃的另一个重要原因。这些故城默默无言矗立在那里，似乎正等待有缘人去打开封存已久的历史，倾听它们难以诉说的往昔。

……

与内地任何一座繁华的小镇相比，交河城都显得很小，面积仅有四十七万平方米，可行走起来却感到沉重和蹒跚，有如行走了六百多年！

这些年交河城迎来了许多游人，长途艰辛跋涉来看一座戈壁中的空城为何？我相信，为历史而来的，会带走超越历史的感受；为探秘而来的，会为发现而努力；为观光而来的，也会为伤感而叹息。交河故城不仅会给人们关于民族与历史的思考，而且还会在人们的心灵上留下不可磨灭的深深印记。

离开交河故城不久，远远看见戈壁上立着一幢幢民宅，但门窗俱无，有如一双双空洞的眼窝。向人打听，方知是为三峡移民所建，但这些移民来后不久就弃屋而去。当地人便将门窗取走自己享用，留下一幢幢废弃的空宅，与交河故城遥相呼应，相对无言。

敦煌的叹息

敦煌一直是我神往的地方！

小时候学绘画就知道敦煌有座巨大的艺术宝库——莫高窟。那些色泽艳丽、神貌多姿的壁画、佛像，尤其是充满神话意味的飞天，常让我浮想联翩，想入非非。后来看了许多莫高窟的书籍和画册，尤其是关于画家常书鸿与英国探险家斯坦因等人的经历之后，更是让我久久不能平静。这些画，这些文字，早早在我心中勾画出了一个美丽的敦煌，令人神往。

敦煌莫高窟

当我有能力云游时，并没有先去敦煌，一是觉得莫高窟太神圣，生怕自己肤浅难以领悟它的内涵。二是担心自己融化在莫高窟的壁画中，从此离乡背井，终老沙漠。我不断地行走，天南地北游历了很多地方，但仍没去敦煌。有一年看了甘肃麦积山石窟，又路过兰州去青海，本想顺道去敦煌，但转念又觉当初并非为敦煌而来，临时决定不够崇敬；再则时间也比较匆忙，怕来不及细细品味。最终放弃，打算日后焚香沐浴、祷告更衣后专程而去，因为那是心中的圣地。

今年，我终于奔敦煌而去，随旅游团去，这是我旅行生涯中比较少有的。不料似兜头一盆冷水，从头凉到脚。

在柳园站下车后，导游来接，要我们立马去鸣沙山，然后去莫高窟。坐了一夜火车虽头昏脑涨，也没洗漱更衣，但仍服从安排，登车上路，沿戈壁前行。不一会儿，导游又说接莫高窟管理处通知，我们团被安排在十一点进窟参观，因为游人多，过时不候，行程只得重新调整。当下无话，改奔莫高窟。到达后导游去领票，好一阵返回，告知只能参观其中八到十个洞窟。想想莫高窟保存有西凉、北魏、西魏、北周、隋、唐、五代、宋、西夏、元代等七百多个洞窟，我千里迢迢而来，只能看一角，心中好不失望。但转念又自我安慰，能看百分之一也算不错，不能贪心不足！

接下来排队，宣布进洞窟注意事项，特别强调大包和照相机不得带入窟区。赶紧又转身去存包、相机，刚折腾完，一个貌似憨厚朴实，五十多岁妇人飞奔而来，称我衣裙漂亮想合影留念。几句话后渐露江湖骗子的尾巴，我赶紧抽身而去。料此人定是常在此设局干邪门勾当，不知多少人中她的蒙汗药！

十二点以后终于进入窟区，一位讲解员小姐将两个旅行团合在一起，开始进入不同的洞窟讲解。其间这位小姐不时用方言向远处领队的同行询问:"你从哪个洞出来?"我感到奇怪,问此乃何意。答曰:"怕二氧化碳超标,损伤壁画,故交叉参观,临时视情况而定。"

我们跟着她匆匆前行,无暇多看半眼,她手中的电筒一关,便是一片黑暗,唯有望墙兴叹。小姐讲解的语速飞快,内容尽量缩减,高跟鞋如马蹄声,声声催人。我等无奈,只得紧跟其后疾步前行。还算走运,看到一百三十号窟,建于盛唐的弥勒大佛,高二十六米;九十六号窟,建于初唐三十五点五米高的弥勒大佛;俗称藏经洞的十七号窟……晕头转向间已被带入最后一个参观点,一百四十八号窟。里面已经站了不少人,嘈杂的人声中,一个戴墨镜的讲解小姐身靠铁栏栅,双手抄于胸前话说开来。我正洗耳恭听,忽听她大声斥道:"不要说话,听我讲!"声音短促有力,一脸秋霜,如沙尘暴将要来临。

不到一个多小时到此一游结束。我心不甘,讲解员小姐说你是幸运者,往后开放的洞窟更少。风蚀沙侵使洞窟变薄,人体废气使画面受潮,颜色脱落。或许将来只能看陈列馆的复制品或录影片……要保留一些给后人看,只能如此。

别人说得有理,自己哪还有话说?连喷嚏都打不出。文物研究保护者,希望示人越少越好;旅游开发者则盼望天下来朝,财源滚滚。两者矛盾,游人委屈有谁知?

清末发现藏经洞的王道士,因向斯坦因、伯希和等人出售经卷和画卷而成为莫高窟的罪人,被千夫所指。可是,倘若这些绘画没在法国现身,常书鸿等人会来敦煌毕生致力研究保护吗?倘若这些经卷画册留在国内,又能躲过无数次劫难吗?都说王道士愚昧,但也未必。他卖掉经卷画册想用于清理洞窟中的流沙,以及修道观供奉的太上老君和唐僧玄奘。朝廷不给钱,发现藏经洞报告敦煌县令又遭冷遇,对于将覆灭的清廷,这些经卷画册无足轻重。想一想,还不如卖给懂行

的外国探险家合算。王道士有自己的精明之处，否则，也许敦煌今天还不至于天下闻名……

来不及多想又被导游催促着去鸣沙山。藏经洞陈列馆、敦煌石窟文物保护研究陈列中心、敦煌研究院院史陈列馆皆没跨入，导游却在大力推销晚上飞天艺术表演门票，自然遭到无声抵制。

鸣沙山

到了鸣沙山，眼前的景色使黯然的心情为之一振，一湾月牙泉静卧于沙漠之中，将亭台楼阁、蓝天白云、绿树芦花、漫漫黄沙轻柔地纳入怀中。离奇得让人不可思议，西北消失了多少湖泊？连曾经烟波浩渺，数千平方千米的罗布泊也在上世纪70年代初走到尽头，与茫茫的塔克拉玛干沙漠连成一体，夏季气温有时高达七十多摄氏度，连飞鸟都不敢进入。而这一湾纤弱的泉水如何经久不竭？它胸中藏有何种神奇魔法、仙丹妙药？我沿着湖边慢慢走去，仰望光影下的沙山，流光溢彩，单纯的颜色表达出丰富，美在这一刻由复杂变简单，由简单变深刻。

月牙泉

　　在离水十多米高的沙坡上我见到一株古柳，根虬须绕，大约经历了几百年风霜，四周用砖和水泥砌成一个堡垒式的圆圈加以保护，旁边碑记注明古柳原离月牙泉水位零点五米。我心中一阵惊讶，明白水位大大退缩，正胡思乱想，突然发现堡垒脚下有些异样，一团沙被水浸得晶莹发亮。待走近看，却是一股清澈的细流潺潺而出，注入堡垒内，消失得无影无踪。我激动万分，以手掬水，只觉得千年月牙泉不枯竭的奥秘原来在此！任凭风吹沙打，骄阳灼烤，沙漠隐泉皆以安静低调的方式从容应对，流淌不绝。我停下手，生怕自己的鲁莽惊扰了它，忙到附近的月牙阁坐下喝杏皮茶，眼睛遥遥注视，一刻不愿离开。宁愿放弃骑骆驼，开卡丁车，乘滑翔机等活动。

　　直到最后一丝晚霞消失在鸣沙山后，我才被几番催促离开。风吹沙鸣声中我仿佛看到一湾碧蓝的月牙泉，心中几许欣慰。归途中我尚未说出自己发现的隐秘，导游便告诉我，为了让月牙泉不干涸见底，当地有关部门花了上亿巨资引水注入，方才有今日这般景象。我顿时哑然，莫非我看到的正是引水出口？原以为是妙然天成，不承想沙漠

奇观是依赖人工合成的!

突然想起路上看到的一条标语:莫让敦煌变楼兰。不由心情更加沉重,半晌无语,却要接着进商店,当地规定一景一店,而店比景多。路边店不算店,美其名曰"下车进卫生间行方便"。导游时时不忘推销商品,处处介绍天然妙用。游人免不了被忽悠,伸头挨宰,辛苦搬运,事后诸葛,马后放炮。种种不是,导游首当其冲,印象自然不佳。

出了敦煌市区便是茫茫戈壁滩,吃多了哈密瓜总想上卫生间。可加油站才有卫生间,而两站间相距甚远,憋了很久才得以解决。导游小声又有些害羞地说:"其实内心里希望你们在戈壁滩上方便,这样明年就能长出几丛骆驼刺。"

我顿觉导游小姐变得可爱。骆驼刺是一种低矮带刺的植物,生长在环境恶劣的戈壁滩上。春夏嫩绿时牛羊也吃,但老了以后唯有骆驼敢咬,常被刺得满口鲜血。骆驼刺生命顽强,即便干枯,遇水复活,绿化沙漠。

离开敦煌一路叹息,不知究竟为哪桩。

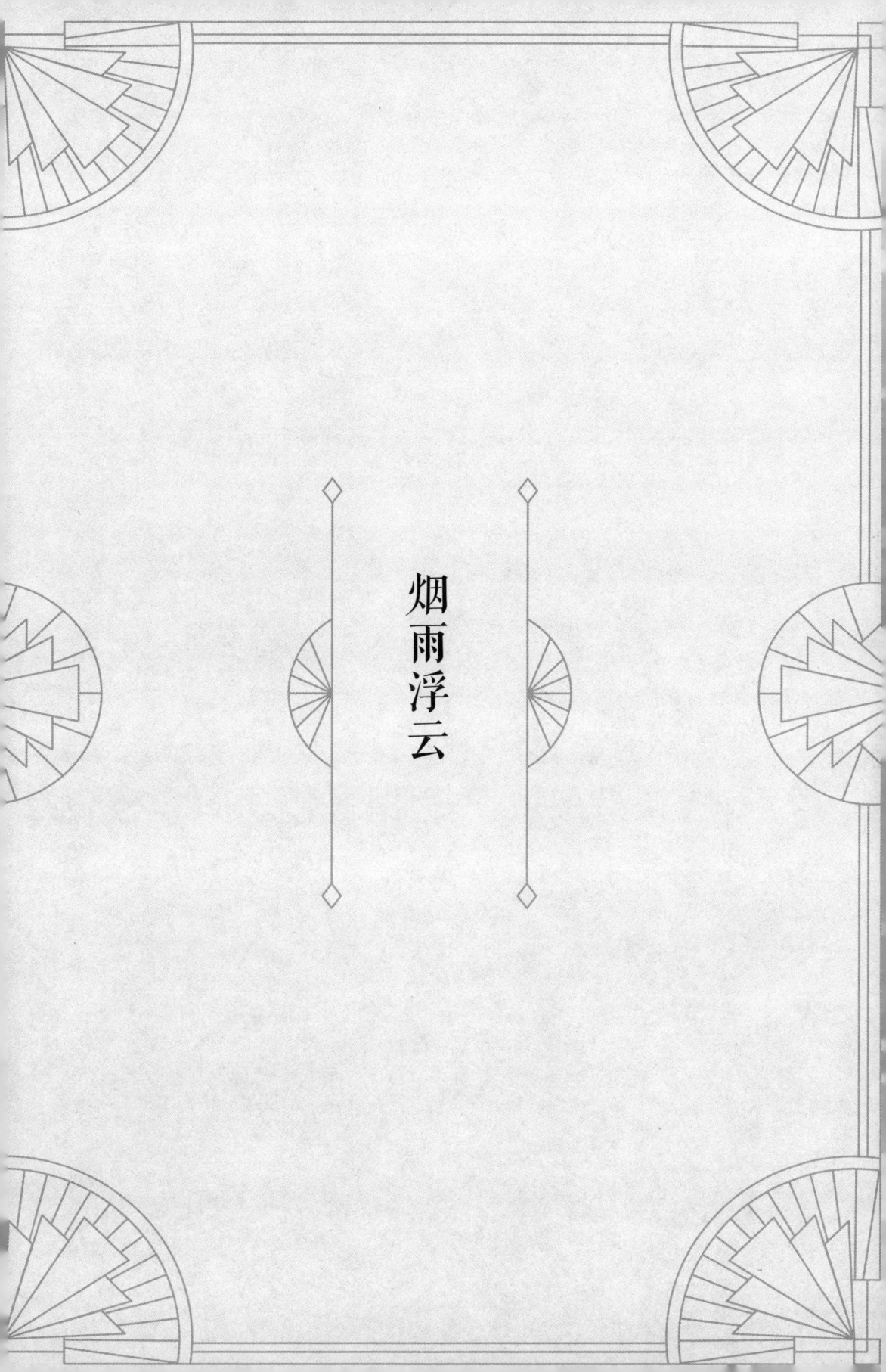

烟雨浮云

退思与彰显

在我见过的园林中退思园很令我惊叹！云烟锁钥，菰雨凉轩，金风露亭。水中红鱼绿萍、蓝天白云，园中春花秋月、垂柳奇石……整座园子不过九点八亩，却占尽江南风光。

退思园主任兰生称得上是个雅士。

退思园建筑格局匠心独运，改纵向为横向，自西向东，西为宅，中为庭，东为园，里外三进。花园则更是紧凑自然，植物奇石错落有致，清雅、幽静、舒朗，令人流连忘返。

退思园主任兰生也是一个贪官。

雅士与贪官任兰生在1885年，为官二十余年后被人弹劾损公肥私，贪污受贿。于是圣谕一下，即被革职还乡，返故里江苏吴江同里镇。据说任兰生在位时口碑不错，以至解职时有万人为之送行哭泣。任兰生乃科举入仕，凭真本事一路过关斩将跻身官场。他风华正茂、无限荣耀离开家乡，不料人到中年竟然是灰头土脸回来，虽然腰里有

任兰生还来不及享受退思园的风光，就死在重新起用的任上

钱，但颜面扫地，乡邻也无往日景仰崇敬的表情。

任兰生心里必定不痛快，但他并没忙于四处运作打点，疏通关节，官复原职，再度辉煌，而是聘请同乡画家兼诗人袁龙为自己设计一座宅园。袁龙巧妙利用不规则的地形设计了坐春望月书楼、琴房、退思草堂、闹红一舸、眠云亭等建筑。并以池为中心，将亭、台、楼、阁、廊、坊、桥、榭、厅、堂、房、轩融为一体，使诸建筑如浮水上，动静相宜。更重要的是囊括这个无限风光的大园子门脸却很不起眼，显得十分朴素，颜额上悬着一个寓意深刻、别出心裁的名字：退思园。

中国文人极善起名题匾，即便陋室远山也能贯以雅名，顿生风采，更何况豪宅雅园！可任兰生抛开惯常的"怡情园""博雅斋""宁静庐"之类文气沛然的名字，也没有像一些被贬谪的官员，题写表达不满的诗文，涂画一些怪异的山水，而是以《左传》中的一句话"进思尽忠，退思补过"取名，谦恭地表达自己退则思过之意。

任兰生花十万白银建自己的园子，两年间任兰生身在园子里忙碌，眼角却时时瞟着朝廷，期望能引得皇上的注视。任兰生罢官前是安徽凤颖六泗兵备道，一个三品武官，职位相当于现在的省军区司令员。任兰生不甘心就此退出政治舞台，仍求出人头地，彰显自己是他一生追求的目标。但眼下只能隐忍、收敛，委曲求全，韬光养晦。果然两年后，任兰生的"退思"终于引起光绪皇帝的关注。皇帝正需要这种处江湖之远忧其君的官员，正需要有时常检讨自己过失，不断修正和调整自己的干吏。于是下旨让人重新调查任兰生的旧案，结果以证据不足推翻，任兰生迅速被平反，官复三品，到异地就职上任。

退思，为他赢得这一切。

建退思园如当年姜太公的鱼钩。姜太公为引起姬昌对自己的注

退思园意不在退思

意，便隐居在陕西渭水边一个地方，每日钓鱼。一般人钓鱼，都是用弯钩，上面挂着有香味的饵食，然后把它沉在水中。但太公的钓钩是直的，上面不挂鱼饵，也不沉到水里，并且离水面三尺高。此举引得众人议论不解，最后传到姬昌耳中。姬昌意识到这个钓者可能是位贤才，于是亲自去拜访，最后请他到府中当高参。

退思园占地不过十亩，却尽收江南风光

姜太公钓鱼目的不在鱼，任兰生筑退思园不在退思，均在乎伯乐耳！

不知是任兰生退思两年中太过思虑伤身，还是复职后太奔波劳碌，总之他很快就去世了，园中的美妙景色他并没来得及品味欣赏。

令任兰生想不到的是，他的私家园林如今已被列为世界文化遗产，成为吴江的旅游招牌广而告之，引得游人络绎不绝。任兰生地下有知，不知作何感想？

西湖无边

从诗文中早就熟知西湖，然而将烟波浩渺、缥缈迷离的西湖看得真切，却得力于道荣法师引导、指点。他让我很快越过白居易、苏东坡、岳飞、白娘子、苏小小等被历代文人墨客倾情讴歌的人物，从另一个角度看西湖，于是我有幸感受到西湖的博大与浩瀚。

西子湖是喧闹的，然而它四周的寺院却有一份红尘不染的宁静。静静地来，缓缓地走，接纳各种文化并融合发扬，最后又撒向西湖，让人车载斗量运向四方。于是，西湖盛大起来，它跨越时空，横贯东西，无边无界。行走在这些寺院中抚今追昔，能感受前人静观天宇、笑对人生、波澜不惊、从容不迫的人生境界。正因为有了这些寺院、这些高僧大德，西湖才精彩纷呈，魅力无穷。

一

隆冬腊月，我赶上杭州的第一场雪。道荣法师陪我来到西湖南屏山慧日峰下净慈禅寺，寺里古树参天，檐牙高啄，新建的大雄宝殿透着古雅。寒冷使寺内香客寥寥，脚踏在湿漉漉的石板上发出"咚、咚"的回响。宁静，让有关这座寺院高僧的传奇，有关这座寺院的联想，潮水般涌现在我的脑海里。净慈寺影响最大的数永明延寿和道济两位大德高僧。延寿法师或许俗家人知之甚少，而道济法师却是家喻

户晓的济公和尚。

永明延寿法师早年从军，三十岁出家，为法眼宗第三代传人。北宋建隆二年（961）入主净慈禅寺，住持十五年，著《宗镜录》一百卷，取"举一心为宗，照万法如镜"之义，调和各宗分歧，被后世尊为净土宗六祖。

道济法师是南宋时浙江天台县人，自幼敏而好学，博览群书。十五岁父母谢世后出家为僧，因嗜食酒肉，疯疯癫癫被逐出寺院。后投奔到净慈寺，老住持慧眼识珠，看出道济不同凡响，具有大根器，于是收留他，并不多加管束，任其拖鞋破扇招摇过市。不久净慈寺被一场大火烧毁，几百和尚无处栖身，道济法师便外出向两位富有的员外化缘修庙。员外不想捐钱又不公开拒绝，指着山上树木说："只要你能一次搬走就全归你。"道济说这好办，话毕将衲裰往山上一抛，树木就顺势滑入钱塘江，再从净慈寺内的井中一根接一根往外冒，后来这口井被称为"运木古井"。我朝井底望去，仍见一木残留水底，若隐若现。道济法师乐于助人，好打抱不平，故很受百姓喜爱，被尊称为济公。济公外表任性逍遥，放浪形骸，游戏人生，其实注重修心，他所彰显的是一种自然天真、随缘人世的度化精神。

如今每至新年，吴越地区供奉济公和尚的殿堂里，朝拜者摩肩接踵，络绎不绝，其景况远胜其他殿堂。不懂艰深佛理的百姓由衷地喜欢他，因为他更接近世间，贴近生活，具有人情味，故编出许多传奇故事代代相传。济公和尚早超出佛门的范围，成为中国历史上一个鲜活的生命符号。

净慈寺的珍贵文物大多在"文革"中被毁，旧迹难寻，又因为门外扩建公路面积大大缩小。我登上楼顶，用力敲响那尊两万余斤重的大钟，耳听钟声在南屏山回荡，远扬西湖。回头再看康熙皇帝御书

"南屏晚钟"四字，仿佛重温历史旧梦，于是，过去变得并不遥远。

二

净慈寺对面小山上矗立着新建钢构铜铸的雷峰塔，不过因为太时尚现代而缺少亲和力，反而更怀念照片上沧桑的旧塔。

原塔为砖木结构楼阁式塔，八面七层，乃吴越国王钱俶为庆贺妃子黄氏得子而建，俗称黄妃塔，塔内供佛螺髻发舍利和经文。塔以砖石为芯，外有木构檐廊，重檐飞栋，洞窗豁达。历史上雷峰塔几毁几建，但都未触及塔芯。1924年雷峰塔再次倒塌，七十八年后人们清理瓦砾，想重现西湖当年"雷峰夕照"胜景，不料却有了震惊世界的重大发现。塔芯中出土了释迦牟尼的舍利、法器、佛经及其他众多贵重文物。在这些出土文物中最令我惊讶的是陀罗尼经，卷成食指大小，放入在砖上凿好的小孔中，然后再将小孔封严，若不留心很难发现内中奥秘。古人为何以这种方式藏佛经？真可谓煞费苦心！那时修佛塔大都是僧人或居士虔诚而作，没有先进机械设备，全凭人拉肩扛用心而为，故流传千年仍能感受前人的诚意。

站在雷峰塔顶抚今追昔，浮想联翩。历史赋予雷峰塔复杂纷繁的含义。流传很广的《白蛇传》中白娘子就被法海和尚压在塔下。在民间，白娘子的故事流传颇多，到峨眉山为许仙舍身盗灵芝一事更是广为流传，她的知名度远远超过许多真人。明代已有人将其编成戏曲搬上舞台。冯梦龙的《警世通言》中又将其记录整理，题为《白娘子永镇雷峰塔》。她是妖，又是仙，理想是守着心爱的人过世间平凡生活。正因为她这一特殊的想法，使她成了传说中最具亲和力的人物。当《白蛇传》中出现雷峰塔后，一个悲怆的结局无可挽回地出现了，雷峰

塔被罩上一层浓重黑影，在倒塌后无人问津，任它与黄土荒草枯叶为伴。

有人说吴越水乡出螃蟹，煮熟揭开背壳有黄色膏肉，先将这些吃完，便会露出一个圆锥形的薄膜，再用小刀小心地沿着锥底切下，取出，翻转，使里面向外，只要不破，便见一个罗汉模样的东西，有头、脸和身子，是坐着的，小孩子称"蟹和尚"，老人则说是躲在里面逃避玉皇大帝惩罚的法海和尚。

说这话大约是太喜欢白娘子了，故以此解恨。其实这些是民间传说，法海和尚真有其人，他是唐宣宗吏部尚书裴休的儿子。少年时被父亲送入佛门，号法海，因刻苦修行被称为裴头陀。

法海和尚先后到湖南、江西等地参学，最后到镇江泽心寺修禅。该寺年久失修，杂草丛生，半山崖洞有一条白蟒蛇经常出来伤人，百姓不敢上山。法海和尚为百姓解忧，与白蟒斗法，终将白蟒赶入江里，不敢再出来伤人。《金山志》中载："蟒洞，右峰之侧，幽峻奇险，入深四五丈许。昔出白蟒噬人，适裴头陀驱伏获金，重建伽蓝。"

这些以后逐渐演变成了《白蛇传》。

灵隐寺一角

三

　　离雷峰塔不远便是灵隐寺，到杭州的人几乎都想到寺中沾沾灵气。一千六百多年前印度僧人慧理来到西湖边，看到这片灵秀之地，认为是"仙灵所隐"之处，故在此建寺，取名"灵隐"。五代时吴越国王钱俶崇信佛教，广建寺宇，灵隐寺规模扩大，有九楼、十八阁、七十二殿堂，僧徒达三千余众。北宋时气象恢宏的灵隐寺被列为禅院五山之首。灵隐寺深得"隐"字之妙趣，深隐在密林清泉之中。清初康熙南巡时，登寺后山峰览胜毕，即兴为灵隐寺题匾，灵字繁体"靈"有三重结构。康熙欢喜之余，把上面的"雨"字写得过大，险些下不了台。他突然想起在峰顶时见山下云林漠漠，整座寺宇笼罩在一片淡淡的雾霭之中，云林相交，幽静宜人，于是灵机一动，顺势在雨字下加一云字，变为二重结构，赐灵隐寺名为"雲林禅寺"。

灵隐寺

灵隐寺内花木锦绣，林园错落有致，处处流淌着书香气息。住持光泉法师虽年轻却气质沉稳，颇有大家风范，令人肃然起敬。山门的耳房里候着几位清秀脱俗的年轻和尚，免费向外国游人提供英、日、法等多种语言讲解，客堂的僧人有条不紊地为游人、居士、参学者安排食宿诸事。寺中展览馆里设施完善，陈列着上百幅董其昌、赵孟頫、吴昌硕、祝枝山等艺术大师的书画作品及珍贵文物，俨然一收藏丰富的书画博物馆，令人叹为观止！

最值得一提的是寺内的大雄宝殿，大殿正中是一座高二十四点八米的释迦牟尼莲花坐像，妙相庄严，气韵生动，是我国最高大的木雕坐式佛像之一，也是一件不可多得的宗教雕塑艺术品。听说"文革"期间庙里的僧人将此尊佛像用黄布裹之，再抹以白灰，上用红漆书写"毛主席万岁"五字，才使佛像得以保存下来。

四

紧临灵隐寺的还有上天竺法喜寺、中天竺法净寺、下天竺法镜寺、永福寺、韬光寺。中天竺法净禅寺乃杭州佛学院所在地，佛学院的学生除文化课、佛学课、习练武术外，还有两门特殊课程：茶道和素点。茶室古典雅致，四围设有鸡翅木明式靠椅。架上香林、龙井、白茶、普洱、毛峰、银针、铁观音等茶，琳琅满目，应有尽有。紫砂、玻璃、瓷器，各种壶杯一应俱全。尤为特别的是一种小茶钵，仅拳头大小，类似僧人吃饭的钵盂，口小腹大，外为紫砂，内上白釉，小巧精致，令我爱不释手。道荣法师取一只小茶钵细心演示一遍：先烫钵、再沏沸水，稍后放入茶叶，待茶叶沉入水底再让我置于掌心品饮。果然妙不可言，茶远水近，香气四溢，且内卷的边缘刚好将浮起的茶叶拦住，以免顺水进入口中。杭州龙井茶名满天下，追根溯源却是香林茶，僧人因茶香染云林而取名。龙井茶因康熙皇帝垂青而定为贡品，如今龙井茶如日中天，可香林茶却大隐于寺，鲜为人知。眼下香林茶依旧按古法炒制，不施肥，不打药，以山泉煮沸沏之，其味清香无比，回甘悠长，唯有缘人才能品尝到。禅与茶密不可分，禅茶一味，在这里可谓体现得淋漓尽致。茶的最高意境是苦尽甘来，茶道精神是要从生活的细节中悟到禅。

法净禅寺与峨眉山有特殊因缘，该寺乃印度高僧宝掌和尚所建，宝掌和尚曾驻锡峨眉山。有关他的传奇故事经久不衰，传说他活了一千多年，被称为"千岁宝掌"。《峨眉山志》中载："宝掌，中印度人，生时左手握拳，掌生红痣，七岁出家，取名宝掌。"曾在峨眉山灵岩寺、洪椿坪结茅修行。因德高望重，有诗赞曰："劳劳玉齿寒，似迸岩泉急。有时中夜坐，阶前神鬼泣。"宝掌和尚在浙江浦江宝掌寺修住时，与住持朗禅师共研佛学，每有书信，即令白犬递送，饭后有青猿洗钵。故有人题壁云："白犬衔书至，青猿洗钵回。"

五

经过山脚的永福寺，寺中知客师领我们沿法镜寺侧一条林间碎石小道前行，不一会儿便见到了隐于绿荫中的"三生石"。她指着一块模糊不清的古碑，娓娓地向我讲述了一个充满友情、人性、生命轮回，与峨眉山有缘的故事。

唐朝中期，富家子弟李源，因为父亲在安史之乱中死去而体悟人生无常，发誓不做官、不娶妻、不食肉，把自己的家产全部捐出建惠林寺，并住在寺里，与住持圆泽禅师情谊深厚，常一同抚琴吟诗品

即将消失的文明

永福寺

三生石

茗。一日,他们相约同游四川峨眉山,李源提议走水路,圆泽本想走陆路,却因李源不愿意只好放弃。船至南浦,见一妇人到河边取水,圆泽流泪说:"我不愿意走水路就是怕见到她呀!"李源吃惊地问他原因,圆泽答:"她姓王,我注定要做她的儿子,因为我不肯来,故她怀孕三年不能分娩,如今相遇就不能逃避,三天以后请你来王家看我,我以一笑为证。十三年后的中秋夜,你来杭州的天竺寺与我相见。"说毕,圆泽圆寂,李源悲痛后悔,却见妇人在河边生产。

三天以后李源去王家探视,

婴儿见到李源果真一笑,李源便把一切告诉王氏,王家拿钱将圆泽埋葬在山下。李源再也没有心思去游峨眉山,返回惠林寺,圆泽的徒弟说圆泽早就写好了遗书。

十三年后,李源到杭州西湖边天竺寺赴圆泽的约会,刚到寺门外就听到一牧童拍着牛角而歌,歌词乃李源与圆泽唱和的诗句。李源知是圆泽转世,流泪上前问候,牧童答尘世未了,须今世修行再聚,说毕掉头而去,从此不知下落。又过三年,大臣李德裕启奏皇上推荐李源为官。皇帝封李源为谏议大夫,但李源不肯就职,削发为僧,终年八十岁。

当年苏东坡读这故事有感而作《僧圆泽传》一诗:

> 三生石上旧精魂,赏月吟风莫要论。惭愧情人远相访,
> 此身虽异性长存。

前世、今生、来世,三生石见证了人间无数爱情、友情、亲情,以佛家的慈悲普度众生。

(六)

离开灵隐寺院区,道荣法师又驾车带我前去六和塔。六和塔是一座佛塔,屹立于西湖以南的月轮山上,俯临钱塘江。每至农历八月钱江涌潮,两岸公路阻断,登临塔顶,挟风带雨,磅礴气势尽收眼底。

该塔始建于北宋开宝三年(970),是吴越王钱俶应延寿、赞宁两位高僧之说,为镇服汹涌的江潮、保境安民、祈求和平而建造,故取名"六和"。"六和"出自佛经,即:身和同住、口和无净、意和同悦、戒和同修、见和同解、利和同均。现存砖建塔身为南宋及清末重

建，曾为开化寺。六和塔看上去沧桑古旧，塔内斑驳的墙壁和坑坑洼洼的石阶，像一个时空隧道，蜿蜒着从清朝通往南宋。外有十三层木檐，内有六层封闭，七层与塔身内部相通。自外及里可分为外墙、回廊、内墙和小室四个部分，形成内外两环。内环为塔心室，外环为厚壁，中间夹以回廊，楼梯置于回廊之间。外墙的外壁，在转角处设倚柱，并联结木檐，可谓匠心独运，塔之瑰宝。

　　我在塔内遇到几位日本老年游客，蹒跚着向上攀登。见有僧人走来，忙退到一侧弯腰施礼，神情甚是谦恭。登至塔顶，道荣法师指着远处树林中隐约可见的墓碑告诉我，那里是弘一大师的墓塔，我惊讶之余又感慨万千。我从小就尊崇弘一大师，最早是喜欢他的《送别》一曲，大约有几部电影用作插曲，流传甚广。我对他印象最深刻的是圆寂时的照片，一身粗布衣衫安详地侧卧在简陋的木榻上。我看过他的一些文章、书法，对他的印象愈发深刻，他实在是一个才华横溢的艺术家！他出身于官宦富商之家，从小锦衣玉食，热爱艺术，诗词、书法、绘画、歌剧、金石无一不精，早就获得了物质及精神的享受。但他却毅然剃度出家，抛弃富贵荣华，选择清贫寂寞，青灯黄卷，追求内心的安宁，灵魂的解脱。

　　长亭外，古道边，芳草碧连天。晚风拂柳笛声残，夕阳山外山。
　　天之涯，地之角，知交半零落。一壶浊酒尽余欢，今宵别梦寒。

　　我耳畔又浮想起弘一大师这首曲子，心中涌出一股淡淡的忧伤，一种深沉的思念。我对着弘一大师的墓塔虔诚礼拜，转过身却见一日本老人也在礼拜，忽然想起弘一大师曾东渡日本留学，主修油画，兼攻钢琴。比起几个高声喧哗，东张西望看热闹的年轻游人，觉得眼前这位外国老人或许更理解弘一大师。我不知是喜，还是悲？

稍后，道荣法师又给我指点远山近水，我冒昧地问他出家因缘。他淡淡一笑，并未多谈。我知他家境优裕，二十五岁出家，之后在南京大学、清华大学等校学习并获哲学和佛学硕士学位。我相信，他一定会获得一个坦诚而又透彻的生命。

感悟西湖，解读西湖。因为有佛法，有无数高僧大德，有年轻的传承和发扬者，西湖将会更加浩瀚。

即将消失的文明

鲁迅为什么呐喊

恕我愚钝，虽早读过鲁迅短篇小说集《呐喊》，但难以理解他的忧愁忧思，满腔愤懑。直到看过绍兴鲁迅祖居才有所领悟，粗知其呐喊的由来。

鲁迅笔下的百草园

鲁迅的祖居大约因翻新扩建的缘故，显得富丽堂皇，占地近三千平方米。老台门坐北朝南，前临都昌坊口，后通咸欢河，青瓦粉墙，砖木结构，处处透露出周家当年的荣耀与富裕，与鲁迅笔下描绘的出入当铺的窘困生活状况有着天壤之别。我想这大约是为了吸引游客，也可能是为了维护鲁迅在文坛的地位。

据说周氏祖上也是务农的，搬到绍兴城后开始经商，家境逐渐殷实了起来。周家子弟亦走读书求功名之路,乾隆年间六世祖终于考上了举人,为周家挣得了第一块"文魁"匾,意味着周家从此跻身士林,社会地位发生显著变化。以后,周家又购地建屋,广置田产。鲁迅的七世祖周绍鹏在乾隆十九年(1754)购得此屋,经过大规模的修建,形成了现在颇具规模的周家老台门。周家如日中天的好时光不想败在了鲁迅祖父周福清手中。在众多的子孙中,周福清最疼爱鲁迅,鲁迅的名字、字、号都是他亲手改定的。七岁启蒙,十二岁就读三味书屋,对绘画艺术的兴趣,都离不开祖父影响。

鲁迅的祖屋

1871年周福清赴京会试,中贡士,殿试获得第三甲第十五名,被皇帝钦点定为"翰林院庶吉士"。可三年以后,性格孤傲的周福清并没有得到重要的官位,仅被派到江西的一个小县任知县。周福清很不满意,只得变卖田产打点,哪知花重金仅捐了个内阁中书,而这个中书又不能马上到任,要等候补缺。周福清等了整整九年,才得以抄写为职的七品小京官。做了官的周福清虽然仅是个穷官、小官,但毕竟还是有身份之人,在绍兴老家被人高看一眼,乡里乡亲有了大事要

做，都愿意找周家人拿主意。

　　1894年的秋天，周福清因母亲去世在家服丧。这一年浙江举行乡试，周氏家族有五户亲友要去应试。亲友为了有把握，便凑了一万两银钱来找周福清帮忙打点主考官。他们已打听到，这次担任主考的殷如璋是周福清的同榜进士。周福清犹豫了好一阵，他知道《大清律》对贿赂考官的量刑定罪，也清楚一旦事发后不堪设想的后果。他开初拒绝，但架不住亲友的哀求，又想到自己的儿子、鲁迅的父亲周伯宜屡试不第，于是决定铤而走险一回，他带上精明的仆人陶阿顺，乘船到苏州去迎候殷如璋。

　　清政府虽然腐败，但科举考试一事似乎格外较真，为了防止舞弊，朝廷明文规定主考官出京不得会见任何亲朋好友，也不准收发信件等。周福清熟知这些规定，所以当看到殷如璋的官船后，他自己不敢贸然前去，而是写了一信，把银票装在信封里，让陶阿顺悄悄靠上前去见机行事。陶阿顺将船靠上后把信递给了殷如璋。当时船上有一

水乡一角

人正和殷如璋在说话，就没有拆信。陶阿顺一看急了，忙说道："信里有万两银票，怎么不给个回条呢？"不料，那个跟殷如璋说话的人正是此次考试的副主考，殷如璋为了表示自己清白，立马将信递给了副主考。

不久，周福清获罪下狱，周家的大梁轰然倒塌，一夜间由荣耀走向耻辱。鲁迅和弟弟被送到乡下，周伯宜的秀才被取消，三十六岁便抑郁而死。周福清的案情报到了光绪皇帝之处，本来从苏州知府到浙江巡抚都为周福清说情开脱，但年轻气盛的光绪帝坚持自己的主张，下了一道谕旨，判周福清斩监候，秋后处决。

所谓的"斩监候"，就是把所有被判死刑的犯人押在监狱里，按省份分开，把姓名写上，以圆形排列纸上。到了秋天要斩决时，由皇帝用朱笔在名字上画圈，圈上谁，谁就被处决，没被圈的就在牢里等下一年。若三年不被圈，就改为无期徒刑。周福清算是命大，终于逃过了被圈之灾。七年后，刑部大赦，六十五岁的他才得以回家。

按照周福清设计的周家发展规划，希望后人们都能在仕途上崭露头角，名垂青史。他之所以敢冒杀头之罪去做贿赂之事，是期望通过这种办法使自己的儿子能够金榜题名，光宗耀祖。可是他的如意算盘没打中，反而让鲁迅过早感受到世态炎凉，因而脾气桀骜，内心充满反叛与激荡，但又如陷入黑暗深渊，难以动弹，感觉窒息。鲁迅不甘愿就此沉寂，想以自己的方式对待世间，于是挥笔作刀大声呐喊，于是有了《狂人日记》《药》《孔乙己》等问世。周福清是鲁迅最初呐喊的缘由。

除了周福清外，要算严复对鲁迅产生了深刻的影响。在当时，一般的读书人走的是三条道路：一条是读书做官，另一条当某个官员的幕僚，还有一条是经商。鲁迅走的是当时人最看不起的歪门斜路：进

即将消失的文明

绍兴的乌篷船

洋学堂。这条道路被视为"把灵魂卖给洋鬼子"的下贱勾当。1898年,十八岁的鲁迅离开家乡进了南京水师学堂,这是洋务派为实现富国强兵理想而兴办的学校,开设了数学、物理、化学等自然科学知识的课程。在这里鲁迅读到严复的翻译作品,被朝廷列为禁书的三部代表作。

严复是福建人,从英国留学归来,用优美的文笔翻译了赫胥黎的《天演论》、亚当·斯密的《原富》、斯宾塞的《群学肄言》。他第一次把西方的古典经济学、政治学理论,以及自然科学和哲学理论较为系统地引入中国,启蒙与教育了一代国人。《天演论》是介绍达尔文的进化论学说的一部著作;《原富》则将孔子言利乃小人的道理颠覆,认为求利也是圣人之道;《群学肄言》则讲甲地认为是,乙地却正以为非,不可盲目自大。严复因此被清廷视为大逆不道之徒。

严复为鲁迅打开了看社会、看世界的窗户,引他越过障碍,直奔高山之巅。但鲁迅没有严复那样显赫的职位,也不是进士举人,故既不需要表现出英国绅士的教养与风度,也不需依仗孔圣人借古喻今。而是直接口诛笔伐,高声呐喊,将旧制度批个体无完肤。时势造英雄,那是个产生叛逆的时代!

鲁迅后来受到毛泽东的格外看重,在《新民主主义论》中称:

"鲁迅的骨头是最硬的，他没有丝毫的奴颜和媚骨，这是殖民地半殖民地人民最可宝贵的性格。"毛泽东出身农家，更不需引经据典贯以圣人之道改制，直接举起火把，口呼革命，拉队伍上山实行武装暴动。那时毛泽东曾被作为反寇看待，敌人恨不得剿灭之。但毛泽东把握了大时代的脉搏，团结了广大农民，发动他们举起反叛的火把呐喊，打土豪分田地。于是几十年后新的中国终于走出来了……

我细想，倘若周福清没有使家道中落，鲁迅或许是清廷官员，或许是名人雅士，过着优裕生活，这样或许就没有了那一声声的呐喊。从另一个角度看来周福清败家并非祸事，而是为中国造就了一位文化巨人。

黑土记忆

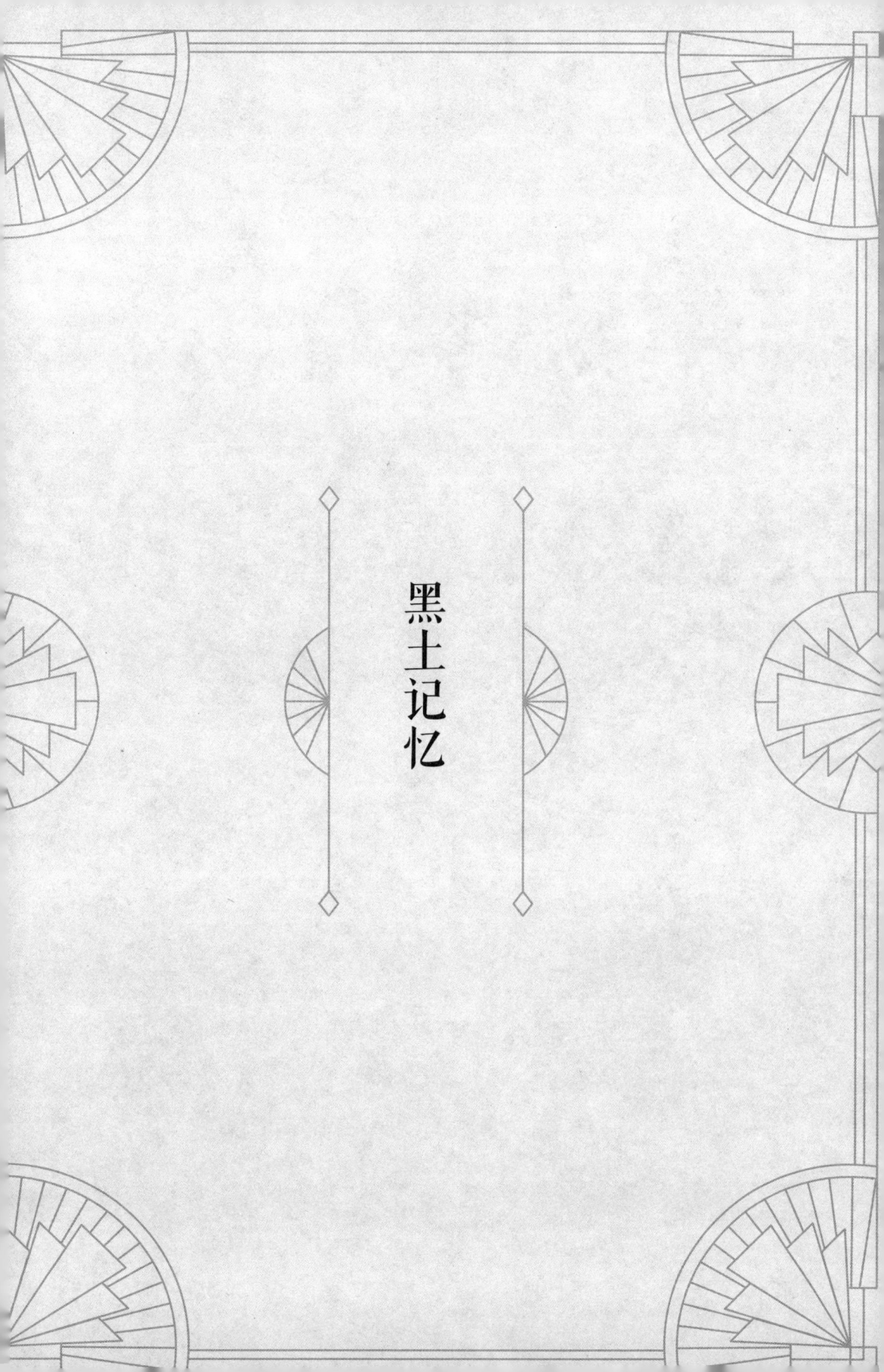

室韦风情画

即使向土生土长的内蒙古人问起室韦，得到的回答多是：室韦？没听说过。的确，即便在分省地图上也要颇费眼力才能查到它的具体位置。室韦是我国东北角上一个偏僻的边境小镇。然而，它在历史上却曾是一个很有名的部落，与靺鞨、铁勒等部统治着今蒙古及俄罗斯西伯利亚的大部分地区。

我从海拉尔出发，在辽阔的呼伦贝尔大草原上行驶了六个多小时才到达室韦，还未进入镇子远远便看见一幢幢小木屋，当地人叫"木刻楞"。虽然外形简陋粗糙，但与自然融洽，浑然一体。尤其在气温常达零下三十多摄氏度的漫长冬季，燃着炉子的木屋里温暖如春，使

额尔古纳河，对面就是俄罗斯

生命得以生存和延续。也许正是秋天，加之纬度较高的缘故，斜阳如水，蓝天白云下木屋身后是一排排宁静柔和的倒影，虽然才下午四点多，但金黄的斜阳给人黄昏将至的感觉。风，一阵接一阵地刮，稍不留心帽子和围巾就被吹走。树木草丛哗哗作响，翻涌着金黄、墨绿的丰富色彩，带来额尔古纳河畔的氤氲、白桦林的清新气息，让人神清气爽。看着那些黄发凹眼、牵着彪悍蒙古马走在回家路上的俄罗斯族村民，脑海里不由浮现出一幅幅19世纪的俄罗斯风景画。

　　天色很快暗下来，我趁房东还在做饭的空闲到镇上溜达。推开门，傍晚的寒风有些扎人，镇上仅有的几家店铺已打烊，行人稀少，街道两旁小木屋窗口透出的暗淡灯光，使小镇更加冷清寂静。忽然，我见十字街口的背风处有一个面容粗糙、身材矮胖的中年妇女正在收拾三轮车上锅灶，看样子没生意也准备回家。那妇女见我走近忙招呼："要吃麻辣串吗？"我感到有些惊讶，没想在中国最北端的中俄边境小镇上竟然有四川民间流行小吃！伸手去揭锅盖，一股熟悉的香味扑面而来，翻动着红油和香料的汤锅里还有几支串有土豆、海带、牛肉的竹签。我问她跟谁学的手艺，她用一口东北话告诉我她是四川人。她的一个妹妹在鄂尔多斯也是卖麻辣串，不过生意远比她好。这更让我吃惊，因为室韦百分之六十以上的居民是中俄混血后裔，其余便是山东、河南、河北"闯关东"来采金、伐木、打猎的移民。她怎么会在这里落户？面对我的提问她轻描淡写地答，她的父亲1951年参军去抗美援朝，转业后被分配到室韦牧场，她也因此在此落户。她是家中老三，名叫淑军……

　　我们俩正说着话，一个高大帅气、长着俄罗斯人面容，穿一身草绿色旧军装的中年汉子骑着一辆很旧的摩托车过来，准备帮妻子收拾小吃摊回家。淑军向我介绍道，这是她的丈夫，俄文名叫阿辽沙。夫

室韦民居

妻俩在外貌上有很大的差异，但神情却比较和睦，当知道我来自四川时，十分热情地邀请我去他们家做客，在这里见到四川老乡实属不易。

晚饭后我与朋友摸黑去淑军家做客，正晕头转向，不知东西，阿辽沙闻犬吠提着一盏矿灯出来接我们，淑军和她的母亲笑容满面迎在家门口。跨进门，发现他们家的简陋程度远远超过我想象，几乎没有一件像样的家具，客厅里最醒目、最值钱的就是一个为卖麻辣串准备的冰柜，坐的圆凳都是临时从饭桌下端出来的。客厅左右各连着一间卧室，一间是他们夫妻居住，另一间住着淑军的父母。一番寒暄后我仍不见淑军父亲的踪影，便向淑军的母亲夏嬢嬢打听。其实从我进屋坐下之后，就从夏嬢嬢身后的门缝里仿佛看到一个人的模糊背影，但因为光线太暗，那个人影也一直未动弹，心里一直怀有一丝疑虑。听到我的询问后，夏嬢嬢略略犹豫了一下，然后起身推开房门。一股难闻的气味冲出来，让我不由自主后退了半步，屋里只有七八平方米，

一张火炕占据了大部分空间。昏暗的灯光下一个瘦骨嶙峋的老人一动不动呆坐在火炕旁边的简易沙发椅上，目光黯淡，面色灰白，身上裹住厚厚的旧棉衣。夏孃孃介绍道，这就是她老伴，然后俯身对着老汉的耳朵大声说："四川老乡来看你了！"半晌老汉抬起头，颤抖着说了句："四川来的呀……"有些歪斜的口角处流出一串长长的涎水。

他两鬓白发苍苍，却依旧还保留一口浓浓的乡音，干枯的眼睛里分明闪出一丝泪光。他哆嗦着皮包骨头、关节变形的双手看着我们，半张着嘴却没说出第二句话。夏孃孃忙用一块旧棉衫上剪下的碎片为他抹干净嘴角，又为他整理了一下衣衫。老汉似乎想说什么，但最终还是颓然软在椅子上……

我心情沉重地走出来，从夏孃孃口中我简略得知他们一家的遭遇。她老伴名叫王银万，十九岁时参加了中国人民志愿军，雄赳赳，气昂昂地跨过鸭绿江与美军作战。战争结束后随军先后在扬州等地继续服役，并荣升排长，后来又参与开发北大荒。部队缩编后他转业到室韦牧场工作。1961年王银万在放牧中遭遇风雪，他因羊被冻死受到处分。王银万性格倔强不服，指出"大跃进"后饿死的人远比羊多，于是捅了马蜂窝，被列为批斗对象而遭退职处理。他只好拖儿带女返回四川简阳乡下老家，而那时四川也笼罩在饥饿的阴影中，未满八岁的二女儿就这样病饿而死。

1978年，王银万返回室韦牧场要求平反，然而历尽千辛万苦问题始终得不到根本解决，因为室韦等地一度由黑龙江省管辖，后来又改划给内蒙古自治区管辖。再后来随着室韦牧场合并、改制、撤销，过去的档案资料在转来转去中丢失，当事人也难以查找，故王银万的工龄不能连续计算，也就无法享受到许多应该有的福利待遇，如今他每月只能拿到一千多元的退休金。这完全无力承担医治他身患的糖尿病、风湿病等多种疾病的费用，而他的老伴一直是家庭妇女没有工作，也没有收入。比生病更痛苦的是他的心病，他的四女儿中专毕业后回到室韦当教师，由于从小压抑内向，不幸患上忧郁症，家里倾全力为她治疗，甚至去额尔古纳市、哈尔滨市等地医治，但效果甚微。无奈之下只好按当地人的习俗为她冲喜结婚，指望以此拯救她，尽管对方几乎是个文盲，两人难有共同语言。可怜这个女子婚后不久就用一条她最喜欢的纱巾悬梁自尽，结束了自己年轻的生命……

王银万参军前没上过学，靠在部队自学，仅粗通文字。他费力写了许多申诉，但都石沉大海，杳无音信。最后，冤屈连同两个女儿的死，以及自己的疾病将他折磨得筋疲力尽，奄奄一息，只能蜷缩在陋室一隅苟延残喘。当年的豪情壮志和火爆直言的性格早已烟消云散，不见踪影。

夏孃孃见我难过反倒来安慰我，叹道这是一个人的命！是祸躲不脱，躲脱的不是祸。说起这些不堪回首的往事她眼里已没有眼泪，没有悲伤，几十年的坎坷和苦难早给她的心烙下一层厚茧，也让她在无奈和挣扎中变得默默忍受、承担，为了子女，为了家庭，为了活着。

过了一会儿，夏孃孃从屋里取出一个相框，里面装着她儿孙们一张张阳光灿烂的笑容。她的五个孩子如今还有三个在世，一个儿子在四川仁寿县一个修车厂打工，已结婚生子；最得意的是她的外孙——淑军和阿辽沙的儿子，考上了内蒙古大学。夏孃孃看照片时脸上洋溢着幸福的笑容，经历了许多苦难的她，珍惜身边的每一点幸福。

在我与夏孃孃说话的时候，淑军提着矿灯到地里摘了三棵向日葵，说眼下拿不出什么好东西款待老乡，请明天到她家来吃小笨鸡炖蘑菇。小笨鸡就是土鸡，小笨鸡炖蘑菇是东北的一道名菜，也是款待贵客的标志。当我问淑军阿辽沙是否有俄国男人不做家务、酗酒、打

老婆的毛病时，淑军连连摇头说没有，笑着夸阿辽沙盖房子、刷墙、劈柴什么家务都做得好，而且还孝顺老人。而阿辽沙在一旁则显得有些手足无措，露出与他高大身躯不相符的羞涩神情。他与妻子原来在外地打工，因为岳父病重而返回故乡，以便照顾老人。

阿辽沙一家，妻子和岳母是四川人，左一为作者

离开淑军家时整个镇一片肃静，北风浩荡，直扑而来，冷得直缩脖子。这时我忽然发现地上有一层令人惊骇的光亮，抬头望去见天边悬着一轮血红的月亮，周围的云彩也被染成红色，然后一抹抹向天边伸展开来，越来越远，越来越淡，将整个夜空染成橙色。这是我从未见过的景象，先前闪烁在空中的群星和耀眼的北斗七星都消失不见，眼前这一抹月色刺得人眼睛有些发疼。寒风呼呼，夹着额尔古纳河水拍打江岸的声音，整夜在窗外作响。我由王家的事联想到室韦，古往今来，一夜辗转，难以入眠。

《新唐书》中对室韦就有记载，当时室韦以狩猎为生，主要生活在今天蒙古、俄罗斯一带，大约有二十余部，小部一千户，大部数千户。唐中宗时曾帮助朝廷攻打突厥，与唐室往来密切，无数次到中原朝拜。直到1689年中俄《尼布楚条约》签订，重新界定中俄边境线，室韦的范围才越来越小，如今是中国版图上唯一的俄罗斯族民族乡，隔一条宽约五十多米的额尔古纳河，与俄罗斯鸡犬之声相闻，而互不往来。

第二天早上才四点多钟，明晃晃的阳光就透进窗帘，满室金黄耀眼，将刚刚袭来的一点睡意驱赶而去。窗外是房东的一片菜地，黑油油的土地里甘蓝、大葱、土豆、西红柿都裹着一层淡淡的白霜，带着鲜翠透明的质感。菜地尽头长着一排灌丛，垂下一串串紫黑色的小果实，当地人叫栎子，或笃斯，用来做果酱或饮料，味道酸甜可口。隔壁烤列巴（一种俄罗斯黑麦面包）的诱人香味一阵阵飘来，远处鸡鸣、狗叫、马嘶不断，小镇新的一天在深秋金灿灿的阳光下开始。室韦的烤列巴非常香，以致将我诱惑到面包房，店主说主要是面粉好。东北寒冷，小麦生长期长，再加上揉面发酵掌握得当，有的还加了啤酒花，所以特别好吃。说着他拿出小半碗自制的笃斯果酱，让我抹在面包上吃，结果我把半碗酱全吃光了。其实笃斯果子就是蓝莓，这是我吃过最好的新鲜果酱。

我踏着朝霞刚走到淑军的家门口，夏嬢嬢、淑军和阿辽沙闻狗叫还来不及穿外套就推门出来，一边寒暄，一边拉我进屋，把准备好的三个大列巴和一包蘑菇干，不由分说塞到我的手上。他们说吉拉林有东北最好的小麦和蘑菇。吉拉林是室韦的别称，清光绪三十四年（1908），朝廷在室韦设吉拉林设治局，管理边境的行政、商贸、矿山等事宜，故当地百姓至今仍然习惯沿用旧称。王家院子里养的鸡、鸭、狗、猪见有人来，竞相引颈高叫，他们是镇上屈指可数养猪的人家，仍保持着四川人吃苦耐劳的品质。

即将消失的文明

不一会儿阿辽沙的嫂嫂、兄弟及一个朋友牵来四匹高大的蒙古马,让我们骑着上山游玩,阿辽沙自己没有马,所以有客人雇马就叫来亲戚。途中,阿辽沙的嫂子告诉我,阿辽沙岳父家如今是镇子里最困难的几户家庭之一,他家有什么需要,大家都会去帮忙。我们俩说话期间,见阿辽沙一手拉马缰绳,一边自在地哼歌,一副乐观开朗的模样。刚走到村头,一个精神矍铄的小个子俄罗斯族老头从木栅栏后走出来打招呼,亲热地抚摸母马身后的小马驹,不停地说:"这家伙,又长高了,又长高了……"他是阿辽沙的父亲,热情地请我们到屋里坐坐。虽然老头鳏居多年,但房间收拾得干净整洁,院子里农具摆放得井井有条,其中有一件他最得意的作品——自制雪橇。每到冬季他就会赶着雪橇到冰封的额尔古纳河上去畅快一番,现在村里的年轻人已很难找他那份手艺,更重要的是难有那份耐性。老头有一个很汉化的名字:杨国荣。墙上贴着先进工作者的奖状,是原来国营农场颁发给他的荣誉。

曾经挥洒自如的割草刀只能束之高阁,就像老人身后的木屋已经属于过去

杨国荣家是当地村民的代表之一，他的爷爷娶了一个俄罗斯族姑娘并生下他父亲，他父亲娶了是汉族的他母亲，而他自己则娶了一个有俄罗斯血统的妻子，生下了四个汉俄混血的儿子。其实在室韦还有许多比杨国荣家血统更多元化的家族。给我们赶马的一个村民，其祖祖娶了俄罗斯族女子，爷爷娶了蒙古女子，父亲娶一个回族女子，而她自己又嫁了一个华俄混血后裔的丈夫。虽然血缘多元化，但善良、朴实和乐于助人却是共通的，所以夏孃孃一家留在了室韦。

我沿着额尔古纳河骑马上山，见对岸俄罗斯奥罗杰村炊烟袅袅，高高矗立的哨塔上晃动着卫兵的身影。上世纪50年代两个村的百姓还经常往来，尤其是节日，大家都要欢聚在一起，大口吃肉，大碗喝酒，在手风琴的伴奏下载歌载舞。60年代中苏关系破裂后，两个村子便断了往来。苏联解体初期，奥罗杰村有人不堪忍受饥饿偷偷越境过来，但室韦百姓不便也不能收留他们，通常是一顿饱饭后又把他们送回去。毕竟，额尔古纳河已把同一种族，甚至同一家族划为两个不

与对岸俄罗斯村庄鸡犬之声相闻而不往来

同的国家。

可是额尔古纳河能将王家的过去划断吗?

我带着三个列巴上路,几千里路旅途那味道一直围绕着我,就如室韦的风久久回响在耳边。

海拉尔的秋天层林尽染,景色如画

海拉尔要塞随想

身处四川腹地的人很难切身感受到当年日本侵略中国留下的伤痛。可当你行走在东北的土地上，尤其是走进日军残留在海拉尔的地下军事要塞，那种感觉直观而又强烈。尽管时间已过去七十多年，但阴森恐怖血腥之气依然扑面而来，让人毛骨悚然，周身寒彻。

我曾经在一部电视剧中看到这样的情节：一个地下党打入日军海拉尔要塞窃取情报，并获得成功。事实上几乎没有这种可能。因为这个魔窟不但隐藏着侵华日军战略部署的高级机密，而且还有731部队的一个分部在此秘密从事细菌战研究，日军防范相当严密。抗日战争艰苦卓绝，进行了十四年，本身也说明日军难以对付。

海拉尔要塞是日本为实施征服中国、进攻苏联的战略，在中国东北边境修筑的十五处军事工事中最大的两处之一。这些要塞群绵延一百多万米，主要有三大功能，一是防御与进攻，二是兵力结集和策划，三是移民和生产。这就是伪满洲国的"三大国策"之一，也是日本关东军绝密档案中的"北边振兴计划"。其中海拉尔要塞地理位置尤为重要，被日军视为防御的咽喉之地。

海拉尔要塞于1934年6月动工，历时四年，有上万名中国劳工在此丧命，所以被称为"死亡工程"。整个要塞如一座地下城市，由地上与地下相连通的两部分组成，地下工事距地面十二米至十七米，有诸多钢筋混凝土永备火力点，指挥所、观察所及榴弹炮、山炮、步

兵炮、迫击炮发射阵地，还有顶盖工事和碉堡群。各抵抗枢纽和支撑点都有数道铁丝网屏障，有的地段还埋有地雷。大部分火力点之间都有暗道与地下工事相连，各个抵抗枢纽部都有地上地下电话线相通。山坡上还修建了大量防坦克的障碍物及宽十余米、深四米多的防坦克壕。其中北山阵地是整个海拉尔要塞的军事指挥中心所在地，也是海拉尔要塞地上地下工程最复杂、规模最大、各种设施最全的防御阵地，当时日本关东军第八十独立混成旅团司令部就设在这里。地下工事中医务室、厨房、粮仓、弹药库、供电室、油库、厕所等一应俱全，并有防毒、防水、防化学等设施，堪称固若金汤。

当年从各地抓来的上万名劳工，在海拉尔要塞修筑完后，为了不让秘密泄露，被分批全部秘密处死。只有一名侥幸逃出的幸存者，叫张玉甫。他是河北滦县人，被日本人以招工开荒的名义骗到海拉尔，几个月后被折磨得病倒了，接着红肿的左眼失明。日本人怕他传染其他劳工，就打发他到病号房，那里多为等死的劳工，但凡进去没人能活着再回工地。张玉甫到病号房后，日本人每天要来检查一次，发现僵硬的尸体就让他拖到一个席棚里堆放，过一段时间又装上卡车运到海拉尔河边的沙滩埋掉。张玉甫去过两次沙滩，内心记住出去的路线，暗暗寻找逃跑的机会。在一个风高月黑的夜晚，张玉甫趁日本人熟睡之机往外逃，他历尽千辛万苦穿过七道铁丝网，滚过一道深沟终于逃出魔窟。他怕日本人追来，在一片林子里躲了三天，就在他饿得晕晕乎乎快不行时，几个打草的人经过救了他。起初他们以为遇到了鬼，吓得魂飞魄散。的确，一年零五个月的非人生活使他状如鬼魅，蓬头垢面、骨瘦如柴，头发有半尺多长。

海拉尔河边当年埋劳工的沙滩，就是如今供人参观的"万人坑"，白骨累累，呈现出各种恐怖状，有的身上弹孔穿过，有的骨骼断裂、头颅破碎，有的缺胳臂断腿，有的扭曲身子似在做活埋前的最后挣扎，还有一条粗铁丝将数名劳工的肩胛骨穿在一起……实在惨不忍睹。

如今，许多中国人家中都有日本电器，但丝毫不减对日本的仇恨，因为这种仇恨早已透入骨髓，随血液遗传给了后人。

海拉尔要塞外纪念苏联红军的塑像

我在海拉尔听到这样一件事。上世纪70年代初，一份报纸公布了日本代表团将去东北某地考察的消息，一位老人立即做出一个重大决定：设法搞到一包毒药，准备把日本人一行全毒死。老人有这个决定不是一时冲动，当他从广播里得知日本首相田中角荣访华，日中邦交要正常化时，气得几天几夜寝食难安，他实在想不通，数千百万人的血海深仇就这样轻轻松松一笔勾销不说，还要拿鲜花赔笑脸去欢迎小鬼子！他的这个决定没告诉任何人，包括相濡以沫的老伴。他是一个高级厨师，混入日本代表团下榻宾馆的厨房并不难，可是他毕竟没杀过人，也不知面粉混入毒药蒸出的馒头会变色。他被当场抓起来，面对警察他坦然承认一切，说起杀人动机时泣不成声，而闻者无不动

容。原来他的祖父、祖母、父母及兄妹一家十几口都被日军杀死，小妹妹当时仅两岁，被刺刀划开肚子，肠子流了一地。他因当时不在家才捡了一条命……

敖包山曾经被日军作为军事基地

日军海拉尔要塞最后是在苏联红军的强大炮火攻击下，也是在日本天皇宣布无条件投降后，才得以艰难收复。苏军远东战役的一百五十七万兵力摧毁了日军在中国东北的主要军事力量，美国的两颗原子弹将日本的长崎、广岛变为一片瓦砾。第二次世界大战使世界格局发生了重大的变化，中国在同盟国的阵营里由长期被人欺负的弱国变成战胜国，而日本由强国变成战败国。原以为日本就此很难翻身，可是没想到美国又翻云覆雨，一手把日本扶植起来，为什么？因为国际事务本身就充满利益之争。由此，日本成为美国在亚洲的代言人，尽管日本对美国有切齿之恨。

如今，只要中国与日本有一点摩擦，国人就会做出强烈的反应，抗议声讨，有的甚至会去砸日货商店。假如我们的国力超过日本还会这样吗？国际争端有时也如市井纠纷，说的如风，打的是实。更有那欺软怕恶，打狗看主，半夜捏软柿子吃之辈。

战争不是强国之道，但强国却能有效地遏制战争。这是我走出海拉尔要塞最深的感受。

水天一色的呼伦贝尔草原

海上潮音

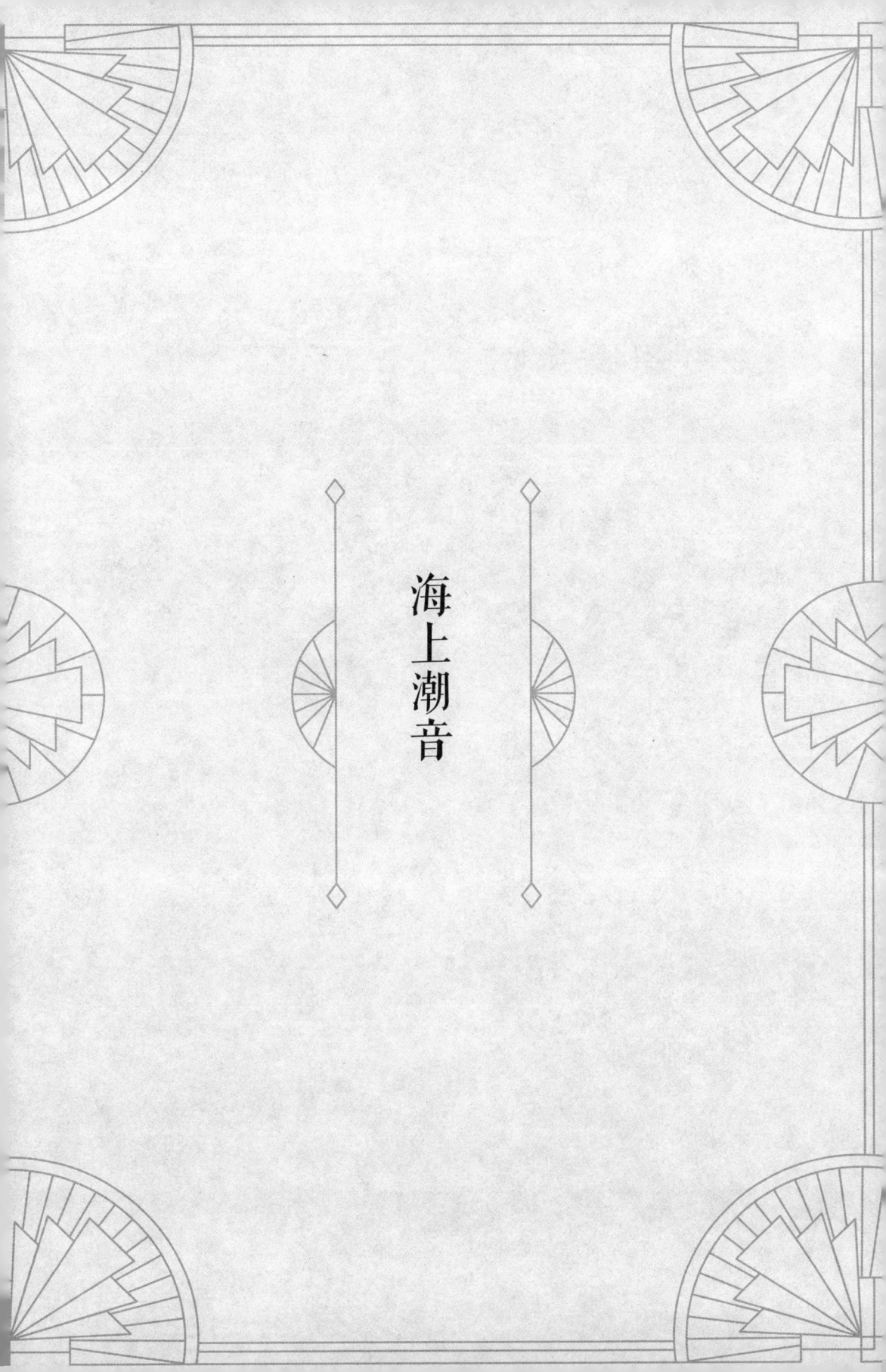

假如没有信仰

一百五十多年前,广东某地两个家族为争夺生存资源,由激烈的矛盾演变成疯狂的械斗,一时间,刀棍相见,血肉横飞,哀嚎遍地。最后,失败一方的客家人被逐出,漂泊在海上听天由命。就在粮尽水绝,生命垂危之际,得到来华的法国传教士相助。传教士带他们到一座荒岛上安身,从此客家人在这里开始了捕鱼为业,或开荒种地的生活。

这座荒岛就是后来的涠洲岛,一个火山喷发形成的小岛,面积仅约二十七平方千米,位于广西北海。

法国传教士向他们布道:天主是要建立一个和谐幸福的大家园,使人人获得自由、平安、快乐的生活。被拯救的村民感念救命之恩,

涠洲岛是由于火山喷发而形成的岛屿,也是中国最年轻的火山岛

也似乎听到上帝的召唤，于是心悦诚服地成为上帝的子民，并用十多年艰苦的劳作，在岛上建起了一座宏伟的哥特式天主教堂，其中包括钟楼、修道院学堂、医院、育婴堂几个部分。整座教堂都是就地取材，用火山石、珊瑚粒及木瓦建造，没有一根钉子，一斤水泥，可容纳教徒一千五百人，据称是当时中国几个大教堂之一。如果这是一座人丁兴旺、千帆进出的港口，有此建筑也不足为奇，可是那时岛上人烟稀少、荆棘遍地、资源匮乏，开垦的荒地里大多只能收获番薯和香蕉。由于清朝中期涠洲岛附近海面海盗猖狂，嘉庆年间曾一度封岛，限制出入。那些蓝眼睛、黄头发的传教士被称为"番鬼"，是并不受欢迎的人。

斑驳陆离的教堂，曾经是岛上居民的精神家园，如今这一切已经成为过去

涠洲岛在冷清中默默度过了一百多年，直到上世纪 90 年代我去岛上，见当地渔民生活状态依旧比较落后，房屋低矮，衣衫陈旧，男子喜赤足露臂，女子多面黑清瘦，靠打鱼和种植香蕉维持着简单的生活。天主教堂附近的村民多是教徒，每逢周日便一同在教堂里聆听上

帝的声音,平时则喜欢聚在教堂门外的大榕树下喝茶、抽烟、聊天,尤其是男人。他们抽的是一种很特别的水烟,用比手腕粗的竹筒做烟杆,长的如手杖一般,烟筒里装有水,吸烟时发出"咕噜咕噜"的声响。他们说水能过滤烟中的有害物质,也就不会伤肺。也喜欢喝茶,一种黑乎乎,有些苦涩的茶,闲暇时几乎可以从早喝到晚。当你向他们打听路时,几乎所有的人马上起身围上前来,七嘴八舌,连比带画,生怕你弄不明白,有的甚至会带你走一段。虽然客家话如同外语般难懂,但热情的肢体语言却能让人消除陌生,请外来人吃香蕉、喝茶似乎是件自然而然的事。

后来我雇了一辆摩托车在岛上转悠,途中车主两次停下抽水烟,到乡民家里讨茶喝,并闲扯了好一阵。我几番催促,怕耽误返回的登船时间,他很不以为意,觉得城里没什么好,留在岛上抓螃蟹才是开心的事。

北海老城受殖民文化影响,民居多为仿西洋建筑的骑楼

那时小岛四周一派自然天成的景象,火山口、珊瑚岩依照大自然的鬼斧神工,毫无修饰地在潮涨潮落中袒露真容,在海风削蚀里容颜

更改。岛民们并没因为对面陆地上日新月异的变化而坐立不安，他们相信遵守上帝制定的秩序，遵循上帝的诫命，就能获得和平、幸福……

不想十多年后我再次去涠洲岛时，发现岛上发生了惊人的变化！首先是二十七海里的渡海船票高达一百八十元，上岛还要另付九十元门票。原来是涠洲岛已成为4A级火山国家地质公园，广西著名的风景区之一。跨出码头见各式面包车、三轮车、摩托车塞满了狭窄的入岛公路，竞相拉客与讨价还价之声此起彼伏，喇叭鸣叫，吆喝四起，一片喧嚣和杂乱的景象。

待进入火山地质公园见一切井然有序，四处干净整洁，标示清楚，不过多走几步就发现4A级的标准造就了许多似曾相识的感觉，音箱、木栈道、整齐的石阶、牵强的人物塑像，"海枯石烂""情人桥""月亮湾"等景点，在很多旅游风景区都出现过。人造和匠心损失了原来的天然与纯朴。一路走来，已没有往昔攀岩行走的艰辛，也不会遭海浪袭击湿透衣衫，修饰打造过的景观使自然离人远去。

与自然环境相比变化更大的是人心，商业气息弥漫整座小岛，宰客和漫天要价是家常便饭。一个普通的标间收费六百元，而类似这样的农家乐房间在其他地方仅一百元左右；包一辆六座的面包车跑三个景点，耗油二十元左右，却要收费一百五十元……由于不需要质量就能赚钱，所以不考虑质量；不需要诚信就能富有，所以懒得讲诚信。经历了太久的贫穷，突然爆发的挣钱机会让岛民们有些措手不及，也有些晕头转向，担心这一切如泡影幻灭，转瞬即逝。于是拼命抓住眼前，杀鸡取卵，竭泽而渔，至于将来如何根本无暇顾及！

天主教堂仍然屹立，但因为疏于修缮显得十分破旧，后花园已是徒有其名，不少房屋空置，门窗朽败。原来门外宽敞的坝子被民房蚕食得只余很小的空间，那棵大榕树下成为小商贩云集之处，水泄不通，香蕉、仙人掌果、贝壳、鱼干、小饰品等琳琅满目。小贩们操一口带有浓浓客家味的普通话，吆喝起生意来绝不含糊。

听说如今岛上大约还有五分之一的居民信奉天主教，每到周日也聚在教堂里，但是我见忏悔室里满是尘埃，形同虚设，似乎很久无人进去反思自己的行为，忏悔自己的罪过。更多的年轻人不信宗教，不信上帝，信"顾客就是上帝"这句生意经。拉住顾客就能带来立等可取的经济效益，获得物质享受，改变自己的生活。相比起来，身边的上帝似乎比精神天国中的上帝更触手可及，贴近自己。岛上的居民看上去都很忙碌，尤其是节假日，大片的香蕉因为收购价低廉而无人收割，任其在风雨中烂掉。连孩子们也在海边忙卖烧烤，因为学校实行普通话教学，所以比起讲客家话的成年人更有语言优势。上年纪的老人也没闲着，提着篮子四处兜售，见机行事。一幢幢新楼拔地而起，不锈钢和瓷砖闪着刺眼的光，远处山头飘起海上炼油的火花……海风海浪已转化成商业潮。

建于清代的涠洲岛天主教堂

涠洲岛往昔的宁静消失了，消失的又岂止是宁静？

细雨纷飞中我又站在教堂前，看着正面墙体上"天颜咫尺，主宰群生"八个大字，再仰望那直指苍穹的教堂尖顶，心想：假如没有信仰，涠洲岛将会怎样？

闹市问禅

去广州之前给好友雯打了电话，让她陪我去华林寺，电话那头她愣了一下说：在广州生活十多年了，却不知道这个地方在何处。不过，雯是军人出身，办事雷厉风行，放下电话就开始查阅地图，可是折腾半天地图上竟然没有，但是她立马安排了一位土生土长的老驾驶员来开车，说这下就万无一失了。

我到达广州后老驾驶员才说对广州的大街小巷都颇熟，只是从未去过华林寺，不过很自信地称只消向出租车司机打听一下就能搞定。哪知上路后接连问了三个出租车司机都说不知，老驾驶员开始有点着急了，在老城里转了两圈，最后在一条小巷里向一个修自行车的人打听，对方叽里咕噜，连比带画说了好一阵，虽然我一个字也没听明白，但老驾驶员总算知道了大致方向。拐到大街上继续向

达摩东渡初到广州登岸的地方，最早称西来庵，后改为华林寺

前，原来洋溢在脸上的自信一点点减去，终于露出无奈，走走停停又问了两次，才上了荔湾区下九路。穿过一个地下隧道，我看到一个屋檐飞翘、灰瓦青砖的古建筑，一问正是华林寺的后墙。于是我们又绕了一圈，这才发现这一带十分繁华，曾经全国有名的服装市场就在附近。停下车步行走进玉器商店鳞次栉比的西来正街，华林寺就坐落在这条街上。

实在想不到这座菩提达摩居住过的古刹，距今有一千四百多年古老的华林寺被周围的民居围得密不透风，陈旧而又狭窄的小门就像旧城的普通民居，稍不留心就一晃而过，与左右装饰堂皇的玉器店形成鲜明的对比。

我站在华林寺的门口很难想象当年的情景，禅宗初祖菩提达摩从印度来中国，经过三个寒暑的跋涉奔波，最初就是在广州城外的珠江北岸结茅为庵，传播佛法。"一苇渡江"的故事就是由此而来。达摩最初结茅的地方，后人称为西来庵，也称西来初地，也就是华林寺的前身。到了唐代，广州不但是中国最大的港口之一，也是著名的国际港口，因为流动的外国人很多，官府为了便于管理便划出一块专门供外国人居住的区域，称为"番坊"，华林寺就在番坊范围之内。直到清代西来庵才易名为华林寺，那时，佛教这种外来文明不但为中国人接受，而且还成为主流文化之一，西来庵也依四周郁郁葱葱的树林而更名华林寺。可是今天"华林"已经不见踪影，狭小院子仅存一棵大榕树，艰难地在周围高大的民居夹缝中乞取阳光和雨水。苍老遒劲的树根，以令人震撼的姿态，倔强地挣扎出地面，显示出顽强的生命力。

华林寺的香客不多，我先进入右边的五百罗汉堂，这是这座寺院最有特色的地方。五百罗汉堂初建于道光二十九年（1849），由该寺住持祇园和尚奉诏始建成，宽三十三米、深四十四米、总面积为一千三百六十四平方米。五百罗汉泥塑像神态各异，而最奇的是在地藏菩萨旁边有一位尊者，这也是中国其他寺院五百罗汉中从未出现过的人物——意大利旅行家马可·波罗，名为"善德尊者"。马可·波罗的确是"西来"，但他是如何被纳入阿罗汉的行列却无从知晓，不过他在中国算是名气最大的外国人之一。五百罗汉堂在"文革"中曾经被毁，同时遭到损坏的还有舍利塔。1965年搬迁时无意发现了埋在下面的一具石函，石函中的木匣上写有"佛舍利"三个字，一同出土的文献资料表明内中有顺治皇帝御赐的二十三颗舍利。可是在后来辗转搬动中有一颗舍利神秘消失，不知去向，成为一桩悬案。在华林寺惨遭洗劫，五百罗汉像被捣毁，千斤黄铜铸成的阿育王塔不知去向，殿宇被工厂占用做厂房的情况下，谁又会追问一颗舍利的下落？

华林寺的五百罗汉里有一个特殊的人物——马可·波罗（右）

出了罗汉堂我又跨进新修复的初祖达摩堂，一尊高达七米的达摩跌坐铜像位于正中，簇新的黄铜发出耀眼的光芒，显得与这个狭小的

寺院有些不相称。虽然我知道达摩在《血脉论》中讲："自心是佛，不应将佛礼佛。"但是我还是在达摩的铜像前虔诚三拜，因为是他把禅法带到中国，还成为对中国影响最大的佛教宗派。在一旁照看达摩堂的居士为我敲了三下磬，我没有烧香，不想给这个密不透风的院子里再增加烟火。但是我相信达摩祖师能感受到我献上的心香。

离开华林寺我们又去了离此不远的光孝寺，光孝寺挤满了上香的善男信女，整个寺院笼罩在一层淡淡的烟雾中。院中红色的木棉花盛开，鲜艳夺目，在淡淡的烟雾中有一种诗意的朦胧感。在达摩离开广州北上两百多年之后，被后世称为禅宗六祖的慧能来到这里，那时光孝寺叫法性寺，明代以后才易为现在的名字。当时慧能虽然已经从五祖弘忍那里得法，但是并没有正式剃度，弘忍担心慧能遭遇不幸，让他离开黄梅南下，故慧能一直隐姓埋名。一天，他走进了法性寺，一阵风吹过，堂前旗幡动起来，两名和尚争论，一个说是风动，一个说是幡动，慧能在一旁插话："不是风动，不是幡动，而是心动。"正在

广东最大的禅林之一光孝寺

光孝寺讲经的印宗法师闻讯大惊，知道此人非等闲之辈，追问之下才知道慧能的身份。原来印宗一直找弘忍的接班人，于是在寺中为慧能剃度受戒，并将剃下的头发埋在一棵菩提树下。以后有人在旁边建起瘗发塔，以纪念六祖慧能。

当年挂幡的旗杆还在，只是不知道更换过多少次了。如今下面用青石垒了一圈，使其更加稳固，高高的旗杆在阳光下投下长长的影子。我在寺院里没有看见僧人，照看各个殿堂的都是居士，禅堂四周悄无声息，估计都在其中坐禅，门外一个巨大的活动牌子上写着"游客止步"。在禅宗的寺院里，禅堂一般不允许外人进入。

我绕瘗发塔走了三圈，一旁曾经埋藏慧能头发的菩提树枝繁叶茂，就如佛教在中国一样。我向这位使禅宗成为中国最大的佛教宗派，并且使佛教平民化的大师鞠躬。一会儿又来了几个人加入绕塔的行列中，并向瘗发塔投掷硬币，地上有不少小面额的钱币，他们以这种最世俗化的方式向慧能表示自己的敬意。不远处的木棉树下两个居士正在为重修观音殿募捐，形式是出钱买瓦，瓦上可以写上自己或者亲人的名字，地上一堆黄色的琉璃瓦上密密麻麻写着捐资者的姓名。

目前中国许多地方都在大兴土木修寺院，虽然这并不是佛教提倡的，但是在遭遇多年摧残和压制后，佛教正走向一个前所未有的兴旺时代。

慧能在光孝寺受戒以后，又去了位于广东韶关的南华寺。公元713年慧能圆寂，肉身就供奉在寺内。既未注射防腐剂，又非真空密闭，广东气候炎热，环境潮湿，历时一千二百余年，肉身却神态安详、鲜活如初，被称为金刚不坏之身，成为千古之谜。可是它却在"文革"中遭到极大的破坏，《佛源老和尚法汇》一书中记载了佛源老和尚对这段不堪回首的往事的回忆："一天，六祖真身被红卫兵用手

推车推到韶关游行，说是坏蛋、是假的、骗人的，要烧掉。结果被人用铁棒在背胸上打了碗口大的一个洞，将五脏六腑抓出来，丢在大佛殿。肋骨、脊梁骨丢满一地，说是猪骨头、狗骨头，是假的。并在六祖头上盖个铁钵，面上写'坏蛋'二字，放在大佛殿。不准我们看，但我们仍偷偷跑去看了，心里难过得流泪，偷偷把六祖灵骨收拾起来，但没有地方可藏。一者怕人知道，二者怕自己不知道哪天被打死。六祖的灵骨不能这么样被丢掉啊！于是用一瓦盒上下盖好，埋于九龙井后山的一棵大树下，做好标记。并送信给香港圣一法师，要他来时用照相机把这个地方拍下来，以待太平时取出。丹田祖师的灵骨也同遭残害，我也分别收殓。"

佛源法师是虚云老和尚的弟子，1923年出生于湖南，后来受虚云委托住持南华寺，1958年被打成"右派"并入狱，1961年出狱回到南华寺。在"文革"中受到严重迫害，因为坚持自己的信仰，牙齿几乎全被打掉。

一个月前我去五台山，在拜访万泰法师时，见到了佛源老和尚圆寂前与他的合影，他是佛源老和尚的弟子，曾经就读于云门寺佛学院。于是我们的话题一直围绕佛源及虚云老和尚，他们都是禅师中的禅师，有坚强的意志，过人的智慧。分别时他将唯一的一本《虚云老和尚年谱、法汇增订本》送我，我把女儿的名字写在一张纸上，贴在佛源老和尚的像下，期望得到老和尚的加庇。在他的像下还写有其他几个孩子的名字，他们均在两个月后参加高考。

走出光孝寺，雯说广州人有正月初一吃素、进庙烧香的习俗；司机说广州人习惯将佛请到家里。原来广州人生活节奏太快，没有太多时间去寺院，于是很多人就在家里供奉菩萨，祈求平安。

晚上雯带我们夜游珠江，在人头攒动的珠江岸边我看见不少黑人和印度、巴基斯坦人，这次来广州发现四处晃动着黑人的身影，心里暗暗有些奇怪。雯告诉我，现在大约有非洲黑人、印度人、巴基斯坦人等二十多万外国人滞留广州，其中一些人每天在各个小商品市场转悠，将货物贩回家乡；有的人为了留下，故意将护照扔掉而谎称遗失，使有关部门无法查找依据催促他们离境；有的人甚至从其他口岸入境，然后辗转到广州；还有的人通过与当地人结婚的途径，取得合法留居身份。如此庞大的外来流动人口，给当地有关部门造成很大的压力。正说着，一辆出租车从我身边慢慢开过，车内三个印度装束的

陈家书院

人，面带微笑向我频频挥手，我有些诧异，忽然瞥见自己身着一条印度风情的红色裙子，不由哑然一笑，这身装束大约有一点"西来"意味吧。尽管在佛教诞生地——印度，佛教已经没落了，但是印度人在中国总喜欢向人谈论起佛祖，这是他们的骄傲。而佛法西来，在中国能绵延近两千年，正是因为中印文化相互容纳、吸收，使其成为中国

传统文化的一部分。就如广州这样喧嚣的地方，佛法不会因为人们忙于赚钱而淡忘，因为它已经深深扎根于这片土地。

闹市有禅。

书坊轶事

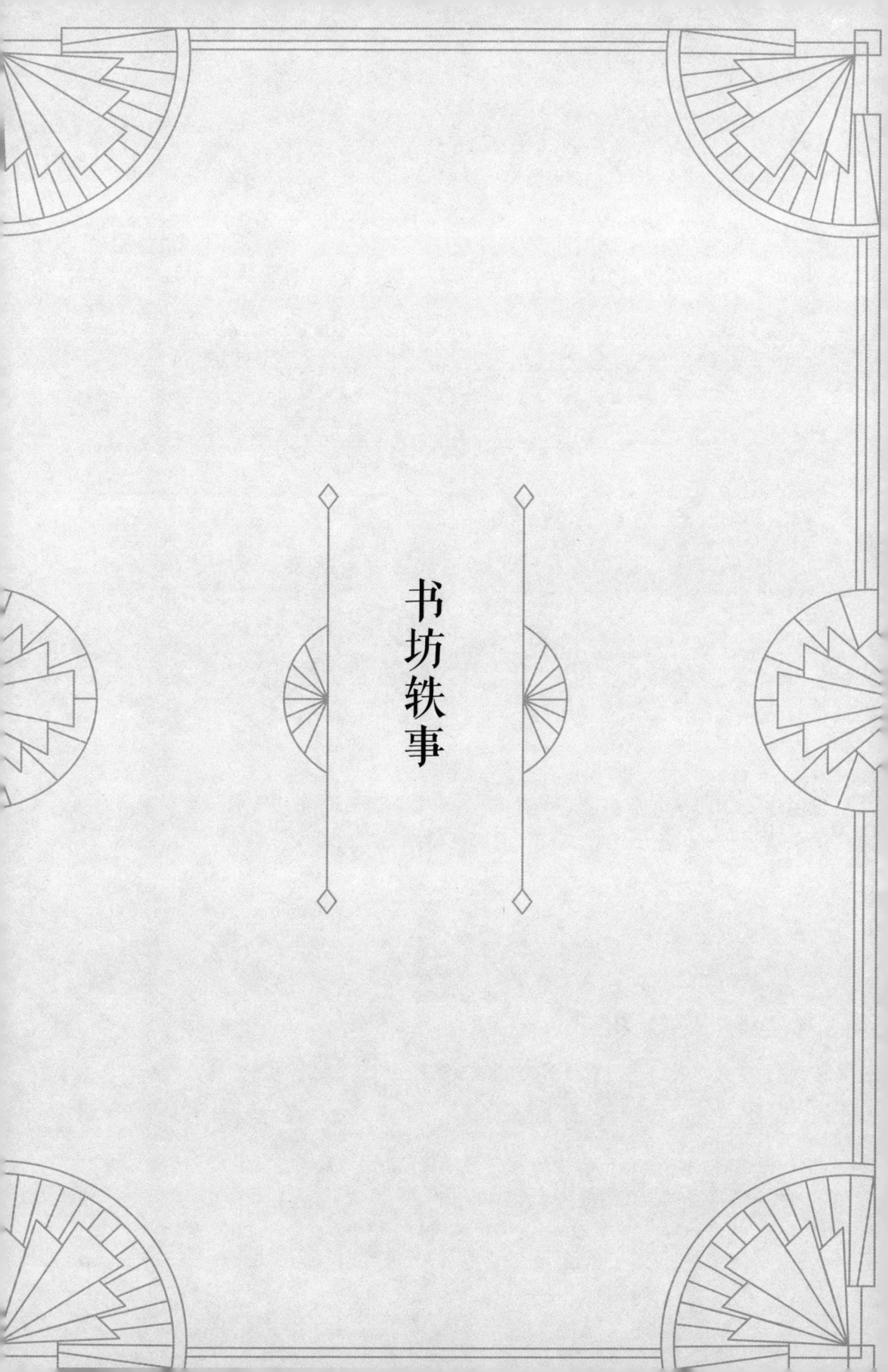

书为媒

一

X先生得知书坊将关闭，惊呼道："我托你们的事咋办?!"

X先生是某企业老总，刚过不惑之年，离异单身，虽无潘安之貌，却有万金之财，乃一钻石王老五。然寻偶多年，仍是光棍一条。不时到书坊购书，一来二往，便与几位在书坊工作的女子相熟。因见几位女子温文尔雅，诚实善良，就恳请几位女子帮忙，找一位知书达理的佳丽为伴。几位女子好言安抚道：何不去婚介所？

X先生愁云满面回答：除朋友帮忙介绍外，还在多个婚介所登记。说起婚介经历啼笑皆非，一言以蔽之：糟也！譬如，刚认识不久，女方就暗示要买衣服，又说本地样式差，于是专程赴成都等地选购。出发前女方又带上自己的闺中密友或娘家长辈，由大商场到专卖店皆相互推荐参谋，费用也自然由一份变两份甚至更多。如此等等，不胜枚举，是否有婚托之嫌，难说。并非心痛几个钱，而是觉得那些女人不值钱！故不再光顾婚介所。X先生说毕又开言道，难怪老辈们讲宁娶大户人家的丫鬟，也不娶穷人家的小姐。丫鬟在大户家中生活久了，便会熏陶得举止得体，说话有分寸；而穷人家的小姐一旦成了妇人，便会满口粗话，撒泼放野。

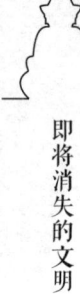

书坊里女子见他说得真切，便据实相告，自己认识的人不多，到哪里去找？

X先生一跺脚道："远在天边，近在眼前。常光顾书店的女子一定不差！烦你们暗下留心，从中牵线搭桥。"

书坊里的女子说："不可，婚姻要讲缘分。"

X先生说："我相信书中有颜如玉。"

……

书坊要关闭了，X先生失望万分，叮嘱道："关门后也别忘了我的事，我先在红高粱酒楼设宴招待你们！"

二

那位老阿姨又来书坊买书。她每隔一段时间要来选一本书回去，总是独来独往，悄无声息，甚至付钱时也难开口，只是淡淡一笑，算是还礼，所以并没留心。

这天下午书坊里很清静，没有更多的读者，我见她踮着脚尖想取顶层架上的书，便走过去帮她。她含笑致谢，不想声音轻柔悦耳，犹如年轻人一般。我见她手拿《往事并不如烟》一书，便问她是否喜欢。老阿姨答："我爱人会很喜欢。"

我忽然想起从未见她丈夫同行，猜测她丈夫可能有腿疾，行动不便。就问："您老先生在家里？"老阿姨摇摇头，半响无语。我忍不住产生好奇心，刚想追问。老阿姨看透我的心思，轻言道："他已经走了很多年了。"

我惊讶不已，无言以对。

老阿姨似乎没看见我尴尬的表情，一边翻书，一边自言自语道：

"我爱人就喜欢这类书,我有时看完以后写信告诉他,有时边看边写,我给他写了很多信,每次都在他的骨灰盒前写,我相信他在那边能读到……"

我听着直感到鼻子阵阵发酸,而老阿姨脸上却看不到一丝伤悲、惆怅和孤寂,昏暗的眼睛由于幸福的回忆,变得光彩而有神。

我仔细端详她,老阿姨看上去六十多岁,但皮肤依然白皙细腻,鼻梁上架一副无边眼镜,可以推断她年轻时是个令无数男子倾慕的美人。至今她依旧衣衫讲究,风度翩翩。看那神情,仿佛仍然活在与丈夫相亲相爱的日子里。书,是他们当初相识的媒人,如今又是阴阳相会的鹊桥。

三

如玉十七岁那年,带着一身稚气由乡下来书坊打工。如玉的父母都不识字,故如玉也很少写信回家,因为要麻烦别人帮忙阅读,还要央人代写回信。如玉少了牵挂,于是空闲下来便以读书为乐。先是看织衣绣花之类,来了兴致便依样画符,买了针线棉布操练,几番下来织衣绣花样样不差。接着又涉猎其他书籍,中外名著阅览无数,视野大开,求知欲陡增。于是又学电脑,还自修大学课程。再后来又对书法产生兴趣,临池不辍,练得一手好字,常博得顾客们称赞。

几年后如玉出落得秀外慧中,一身书卷气,俨然大家闺秀。一日,一位青年军官来书坊选购《莎士比亚全集》,认识了如玉,心中仰慕,便常来光顾,内心是想借机与如玉套近乎。如玉浑然不觉,依旧一如既往,以礼相待,不卑不亢。军官按捺不住终于给如玉写了一封求爱信,洋洋洒洒,充满莎士比亚般诗人的热情。但他最终没忘记

自己军人的身份，于是在信的末尾强调道，假如你不愿意，请千万对我缴枪不杀！

如玉后来与军官结为连理，幸福美满。

如玉左耳后有一粒痣，有位常光临书坊、研究周易的奇人说她有旺夫运，谁娶了她谁就会洪福临门。果然，如玉的丈夫婚后诸事顺利，仕途通达，节节高升，而又不失善良朴实本色。如玉婚后两年生下一个大胖儿子，寡居多年的婆婆乐得合不拢嘴，弃了老家房舍与田地前来帮助照看。如玉将婆婆、叔侄、邻里等诸方关系处理得和睦融洽。老公称她勤快贤淑，婆婆说她会处事，周围的军官们皆羡慕不已，议论道：读书多就是不一样！

四

倩儿上中学时还居"丑小鸭"之列。因为自卑，很少与院里花朵般的姑娘们为伍。跟父亲学绘画，却又并不十分投入，一有空便来书坊读书，涉猎颇广。内心很景仰日本电视连续剧《排球女将》中的女主角小鹿纯子，便在卧室里高悬一气球，常腾跃击之，并高喊"晴空霹雳"以抒发心中鸿鹄之志。

倩儿大学毕业后渐渐显出几分清丽雅致，但衣着朴素，不施粉黛，在美女如云的南安并不引人注目。倩儿自有乐趣和兴致，在书中找到了一片自由飞翔的天地。故倩儿不像同龄女孩般耐不住寂寞，喜四处玩耍交友打发时光。下班后通常躲在屋里习字绘画，绣花织衣，甚至自制各种奇巧的工艺品。我曾见她将一块瓦片打磨成形，施以彩绘，穿上麻线挂在颈上，大拙大雅，俨然出自民间工艺高手。一年，倩儿在阿坝某地骑马游山玩水，不料马儿受惊远遁。马主人怒起索赔，倩儿理论不清，更兼囊中羞涩，唯有以泪洗面。争执半响，马主人眼睛突然一亮，提出以倩儿项上饰物相抵。倩儿心想能以此物换马倒也值得，遂决定取下饰物交与马主人。哪知正在此时马儿却踏花归来，引颈嘶叫，交易中止。倩儿破涕为笑，马主人面色黯然，怏怏而去。

不久，父亲的老首长王伯来书坊郑重相托：为其小儿子兵儿物色对象。我顿感惶然，难负使命。本想推托，但见王伯一脸严肃又带恳切，既如军令，又似父老，不敢造次，只得把到嘴边的话吞了回去。待王伯离去才深感责任重大，非同小可。他老人家乃抗日战争时期从军的老革命，子女媳婿及亲家大多为军人，集结号一响可召一个排兵力。王伯不苟言笑，平日很少与子女交流，但每隔一段时间要召开家庭会，会上儿女们必人人发言，详谈近期工作、学习、生活情况，其状如军党委会。每次都是王伯正堂上方端坐主持，夫人章姨一侧严肃认真总结，末了谆谆教诲众人一番。王伯不因离休或别人议论而改变，始终保持老党员的本色，与党高度一致。譬如，党的十六大召开，王伯喜形于色，慷慨解囊，召儿女到酒楼举杯庆贺。又如，一个孙子出生时恰逢党号召全民奔小康，王伯就为孙子取名"小康"。又一个孙子出生时遇军民齐心抗洪灾，于是取名"抗洪"。

在王伯的统帅下，子女对父母如同士兵对首长，以服从为天职，不敢越雷池半步。某年，王伯大寿，长子请工匠做一匾额，上书"铭恩承志"，偕妻子与众弟兄及弟媳鞠躬而呈，口中念念有词，表达永续革命之志的决心。王伯欣然受之，悬于客厅正中墙上。左右离休干部见了皆夸他带兵有方。而王伯自谦道，自己还差得很远，说他的一位老首长不但常开家庭会，还坚持办家庭墙报，人人舞文弄墨，学习领会党和国家的大政方针。

王伯对兵儿的婚事尤为关注,因为兵儿是家中幺儿,又是军校高材生,高大健壮。有小生之俊,无奶油之腻,乃少女心中偶像,仰慕者甚多。王伯生恐兵儿寻偶有闪失,误入歧途,毁了锦绣前程,故亲自披挂上阵,高瞻远瞩,运筹帷幄。择媳标准颇为严格,既要端庄秀丽,又要家风纯正,方可千秋万代。

我从未与人做媒,担此重任不敢稍有懈怠。把所识未嫁好友细筛了一遍,觉得唯倩儿适合,便约倩儿与兵儿在公园相会。自己心中却是十五个吊桶打水——七上八下,不知双方能否如意。兵儿赴约前来书坊买了一本《廊桥遗梦》拿在手中,哪知歪打正着,正是倩儿所爱,于是芳心大悦,一下坠入兵儿的温柔陷阱。真乃女秀才遇见智谋兵,相见恨晚,话语万千。事后有好事者说,兵儿原本是学侦察的,只消将手段略施一二,便能大获全胜。此乃我军优良传统,否则小米加步枪怎能打败八百万对手!兵儿在娘胎里就得到真传,功夫好生了得!

婚后倩儿依旧爱读书,日就月将,渐益堆积,出落得楚楚动人,昔日丑小鸭的踪影荡然无存。不久参加全国青春风采大赛,从市到省层层角逐,最终在京城黄榜高中。透过银屏见站在红地毯上的倩儿亭亭玉立,光彩照人,冠压群芳,宛如天鹅一般。细看倩儿的五官,三庭五眼并没变,神情气韵却是大异。应了一句名言:腹有诗书气自华。

不但如此,倩儿以自己的人文主义思想悄然影响着堡垒式的王家。王家渐渐变了,家庭会不知何时消失了,大哥转业到地方工作,大嫂脱下军装后涉足商海,大姐下岗后开了家面馆,二姐开始商业性演出……

一日王伯遇见我,说:"据我观察兵儿现在是围着倩儿的指挥棒在转……"言语间充满杯酒失兵权的伤感。

倩儿与兵儿的婚姻让许多人羡慕不已。后来不断有熟人托我为其子女或亲属介绍对象。我暗想自己不善此道，何故引来如此牵扯？百思不得其解。一日朋友造访，旧话重提，我正欲再次推托，朋友面露不悦道："为何厚此薄彼，帮倩儿不帮吾等？"我方知症结所在，不由大呼冤枉。此乃各自因缘，前世月下老早已红线牵定，可尘世中人为妄念所惑，执迷不悟。我搜刮枯肠，冒出一计，何不将这些人情债连本带利一同悄悄挂在倩儿名下？便可落得轻松自在！

即将消失的文明

命相故事

一

一天清晨，一个农夫模样的年轻男子跨进书坊，目光游离，相貌萎靡，显得有几分紧张。只见他东张西望，把所有书架浏览一番，仍是两手空空，无知木讷的脸上流露出不知如何是好的无奈表情。我走过去问他需要什么书。他左右看了看，店中虽无第三人，但仍压低嗓子问："有无摸头的书？"他见我面露困惑忙补充道："就是喇嘛和尚替人摸头之类的书。"我立马明白他的意图，也知他是门外汉，于是解释道："那叫灌顶，乃藏传佛教内容。"云云。

那男子尚未听完便大呼小叫道："是的，是的，叫灌顶。我忘记毬！"

我以为他萌发善念，欲洗心革面，学习菩提经要，开启智慧之门，忙从书架上取出《莲花生大师本生传》《瑜伽师地论》《菩提道次第略论》等几本关于藏传佛教的书给他。哪知那男子见了这些书似乎很痛苦，眉毛眼睛都拧成麻花，嘴里发出"丝丝"的声响，半晌冒出一句："这咋看得懂哟！"

过了好一会儿那男子才缓过劲来，问有无一看就懂，马上能用的佛书。我答："佛学深奥广博，岂是轻慢之心能得！"那男子听罢放下书，拱手道："看来大姐是懂行的人，我也逢真人不说假话。我们几个兄弟伙在××县修了一座庙，想合伙经营，所以要找书翻一下。那儿是旅游热线，每天烧香拜佛的人多得排长队，高香能卖三百元一炷，最火的数看相算命……"

我禁不住打断道，怎可借寺庙之名来赚钱？

那男子一听非但不恼，反而两眼放光，舌头也灵活起来，摆出一副老江湖的派头，谈论挣钱之道，经验是挣一元钱要拿出四角勾兑打点，方能财源不断。最后以无比惋惜的口吻说道："大姐呀，我看你就是被文化害了！依你的本事在我们那里能赚下一座金山，开书店能赚啥子钱？只要你愿意，要不要过来帮我们一把，只动口，不动手，打把伞坐在一边指点，我每年给你这个数。"说着伸出五个指头。接着又继续说，我们剃光头发穿上袈裟哪个能分出真假和尚？多晒晒太阳皮肤就变黑了，与当地人相貌差不多。再说又是赚外来游客的钱！他们更搞毪不清楚，把他们麻得瓜兮兮（四川方言，意为傻）的。只要给他们看相算命，或者不说话只摸一下头，钱就大把大把揣到荷包里了……

那男子说到此禁不住眉飞色舞，得意扬扬，唾沫四溅。我忍不住斥道："你不怕遭报应吗？"他眼珠一翻，嘟哝道："报应个铲铲（四川方言，意为没有），有钱能使鬼推磨，无钱便是推磨鬼……"

二

L先生在某大学教哲学，颇有学者风度，乃书坊常客。喜欢研究《周易》，所购书籍均与之有关。因自恃学富五车，才高八斗，每在书坊相遇爱好者，皆高屋建瓴，引经据典，谈古论今。故常让那些一身

土气，相貌猥琐，摆摊设点的算命打卦者参悟不透，又高山仰止。

L先生命运多舛，在"反右""四清""文革"历次政治运动中都是受冲击的对象。于是诸事淡心，唯对《周易》与女人兴致不减。但周易并没给他带来财富，因为理论深奥难以运用于实践；而女人却让他不断破财，因为聚散频繁免不了赔偿安抚，等等。

L先生倒不色眯眯或垂涎三尺盯着女人，而是恰到好处嘘寒问暖，关心呵护，又有学识，博得不少女士称赞。譬如，年轻女教师为了能在被窝里多赖一会儿，便不吃早餐。L先生得知后，买了粽子或面包送去，轻轻敲门后说："年轻女士不吃早点会影响花容月貌，我把早点挂在门把手上，你们慢慢用吧。"说罢离去，也不多纠缠。又如，L先生与同居女友分手后，对方到校领导处声泪俱下控诉他品德败坏，玩弄女性，等等。校领导对L先生一番严厉的批评教育之后，又责令他暂时停课去打扫校园，清洁卫生。L先生也不恼怒，引经据典历数马克思、恩格斯、毛泽东、郭沫若等伟人的几次婚姻，然后提了扫把走马上任。除了指定的公共地段外，附近教师宿舍门口和通道也清理得一尘不染。日复一日，那些教师，尤其是心肠软的女教师，不但自己将门外收拾干净，还告诫家人："不要乱丢东西，你看L先生在大太阳下扫得多辛苦！"由同情到声援，L先生不久回到讲台上，讲课依然受学生欢迎，而且很快又有了同居女友。前女友不服，又到学校纠缠，校领导亦不耐烦，丢下一句话不再理睬："你是有行为能力的人，不是无知少年。"

L先生退休后仍对女士充满热情，但女士的回应日趋冷落，L先生亦明白自古嫦娥爱少年之理，于是把心思全放在《周易》研究上。晚年他准备将几十万字的研究成果整理出版，引经据典，注释补注，费尽移山心力。殊不知到出版社一问，答曰，须自费，需3万元左右。L先生吓了一跳，想想自己出了钱，还要出力搬1000本书回家真是太冤枉了。叹道：研究一辈子周易八卦，却卜不到自己的卦。还不如那些斗大的字不识几箩，在路边摆摊设点的算命先生挣钱。呜呼，哀哉！

三

先生不知何许人也，亦不详其姓字，因来书坊皆看命相之类书籍，故称算命先生。算命先生衣着陈旧，满口土语，无半丝仙风道骨，俨然一乡镇闲汉。一日，在书坊听某大学教授L先生高谈阔论讲《周易》，面露不屑，抽身离去。嘟哝道："弹花匠的幺女会弹不会纺……"

来的次数多了，对其身世略知一二：无业，有一儿一女，皆已成家。算命先生严禁子女自由恋爱，横加干涉，强令吹掉自选对象，亲自出马择婿选媳，并要对方生辰八字测吉凶而定。当初子女虽强烈抗争，但胳膊拧不过大腿只好屈从，不想婚后和睦，孙辈聪颖健康，不得不再次佩服老爸高瞻远瞩，英明决断，料事如神。往后更是俯首帖耳，不敢造次！算命先生要求女儿与媳妇不得涂脂抹粉，袒胸露背，称那是妖精妖怪，易惹祸上身，应素面朝天，本色做人。儿女们点头如鸡啄米，如奉圣旨。

一日，一中年妇女来书坊选书巧遇算命先生，算命先生口称老师，神态颇为谦恭。原来中年妇女曾是算命先生子女的中学老师。

算命先生一番寒暄告辞离去后，中年妇女一脸困惑不解，沉默半晌后对我说："他（指算命先生）是个无业游民，两个子女读书都是瘟猪子，却个个谋得一份肥缺。奇怪！不知他有何法？"

一晚，我冒雨去探望病中朋友。天黑路滑，忽然背后一道光闪，一辆豪车从后面缓缓而来。我闪至一侧让路，不料窥见算命先生与一经常在电视中露脸的要员，两人钻出豪车后低声交谈一阵。我大惊，以为黑夜自己眼花，张冠李戴。定睛再看，确无差错，看那情形两人如知心老友，非前来讨偿或打秋风的乡间穷亲属。颇为诧异，不得其解。

后来听说这位算命先生不时出入豪门，为其择吉化凶，甚是灵验，故慕名携重金相求者甚多。然算命先生并非见钱眼开，招摇撞骗，而是因人而相，据慧根进言。

多年后有友人来访，闲聊时提起那位经常在电视中露脸的要员，功成身退，在乡间栽花种草，颐养天年；而另一位同年共事的要人却沦为阶下囚，晚景凄凉。友人又补充道："传说颐养天年的要员背后有高人指点迷津，故逢凶化吉，遇难呈祥，免除了牢狱之灾。"

我惊讶之余，方知江湖中确有人怀揣葵花宝典。我等尘世中凡夫切不可以貌取人，等闲视之。

江湖琐记

一

T先生在衙门里有一份闲差，故是书坊的看客之一。称其为"看客"是因仅看，但并不买。书坊最长的看客是十五年光顾而从不买，逛书店只是为打发时间而已。

T先生年轻时在仕途上颇费心机，然年过半百仅居于幕僚，七品芝麻官位可望而不可即，呜呼嗟叹一阵便转而想挣钱以补偿心中的失落。可瞻前顾后，又无底气辞职下海经商，思来想去，别无他途，在别人的怂恿下开始涉入淘宝行，梦想有朝一日掘个金娃娃，跻身于百万富豪之列，让人刮目相看。几番下来倒是堆了半屋子旧货，颇为得意。不时约人去观赏，不懂行的人只顾看热闹，懂行的人碍于颜面又不点破是赝品。T先生的发财梦尚未实现，江湖上的朋友却识得不少，常挂在嘴边炫耀。

一日T先生在书坊，说他有一从事考古学研究的朋友欲在城郊建一座博物馆，请他当顾问，同时准备选购一些文物鉴定方面的书籍。不一会儿，这位专家按T先生电话中指点来到书坊，看上去三十多岁，精瘦的脸上戴一副眼镜，神情颇为倨傲。T先生忙呈上刚选好的一大摞书。这位专家操一口京片儿指点道："你怎么看上蔡文忠

的书？这是我学生，不行。我操！王世襄还算可以，是我老师，《锦灰堆》的手稿就放在我那儿。这些他妈的什么书？垃圾！当年我在社科院拿了好些书，我操！偷书不算偷，读书人的事……"

这位专家说出一连串学术界泰斗的大名，家丑隐私无一不晓，俨然若自家七姑八姨，舅子老表。震得书坊里工作的女子如初见驴子的贵州老虎，险些遁地而去。这些大名她们是从书封面识得的，书中的深奥内容恐怕一生无法读懂。稍后，这位专家左右看看又道："你们书坊的书不错，我全要了，博物馆正需要一个大图书室。你们赶紧打包吧！"

书坊的女子正暗喜今日遇到大财神，立马动手登记打包。正忙着又听这位专家说，目前筹建博物馆资金有点紧张，钱缓一步给你们划过来。你们放心，T先生是当官的还能差这点小钱么？

书坊的女子慢慢清醒过来，逐渐由景仰敬畏变为警惕小心，最后婉言说须现款现货。这位专家见久不奏效，心生烦躁，言语不恭，末了仍未忘丢下一句大话："日后带上支票再来！"临走时T先生欲赊账取走先已选定的十多本书，称以后由这位专家一同结账付款。几位女子一听，连忙从T先生手上拿回书放入柜台，说以后付钱后再取不迟。T先生无奈，只好讪讪离去。

此后，T先生和这位专家皆音讯杳无。几位女子议论道："好在没给他书，否则也是肉包子打狗有去无回。"

事后我望着几大柜书暗暗庆幸，问几位姑娘何以当初心明眼亮。一个女子答曰，幼时家贫，常随当搬运的父亲在码头玩耍。父亲告诫女儿："一个码头就是一个江湖，舵爷、骗子、滚龙、下三烂，无奇不有！世道再变，江湖亦在，把戏不同，目的一样，就是把别人包里的钱骗到自己包里来。"父亲的话至今记忆犹新，虽然读书不多，但生活经历教会她辨别好人、坏人与骗子。

我若有所悟，忽然觉得她们比我聪明很多，尽管我读书远比她们多，但在辨识人方面经历不足，这是书本上学不到的。

几天后我仍有些不明白，想T先生也算人精怎会着那假专家的道？码头搬运工的女儿又告诉我，她今天在菜场远远瞄见T先生，手里还提了一大包刚买的新鲜蔬菜。于是试探着给他打了一个电话，问他是否还要选定的书。T先生答正在北京开会，等返回后与专家一同来取走。

由此可见T先生平时极少说真话，谎话张口就来，舌头比思维还快，早已习惯成自然，自己浑然不觉。原来T先生还想从假专家身上揩油，真乃魔高一尺，道高一丈。

二

吴博士在某大学任教，戴一副深度近视眼镜，微驼，清瘦，不苟言笑，一望而知属于刻苦钻研的高级知识分子。他将去南方某大学参加一个学术研讨会，因为不是学校公派的，所以只能按会方要求，往返交通费自理。吴博士工薪不高，也难找外水，儿子马上又要上大学，故平时十分节俭。只是眼下感冒初愈，南下路途需要近两天，经反复考虑才下决心买了卧铺票。

火车即将启动，一个民工模样的青年男子上气不接下气地冲进车厢，坐到吴博士的对面还不到二十分钟，便用荤笑话与美食与周围的人打得火热，唯吴博士专心看书没搭理他。午饭时间人们陆续到餐车去吃饭，男子见左右无人，凑上前问吴博士到达后住哪里。吴博士据实相告：某大学的招待所。青年男子好言央求道：可否帮登记一个房

间？吴博士爱答不理地回了一句：校外有更便利的小旅馆。话刚落音，男子一拍胀鼓鼓的腰包道："你以为我没钱？笑话！不是吹牛皮，四五星级的宾馆老子随便乱住！"

吴博士不解道，既如此为什么要去大学招待所住？男子小声答：学校里安全。吴博士忽然意识到情况有些不妙，挺起身子放下书严肃地问："你是干什么的？"

青年男子一边挖鼻孔一边答："收文物的。"

吴博士推了推眼镜把对方上下打量一番，见他灰头土脸，目光愚昧，满身粗俗，与文化扯不上半点瓜葛，便问他是什么文化程度。男子满不在乎答小学二年级。这下吴博士有点哭笑不得了，心想你连字都认不了几个，更不要说历史、地理、考古之类的知识，简直是异想天开，胡说八道。那男子似乎猜到了吴博士的心理活动，振振有词地辩解道："老师，你不要看我没文化，但比着箍箍买鸭蛋还是会的！刚开始跟着别人跑，看着看着也学会了几招。再说我脑壳也比较滑刷（四川方言，光滑，比喻头脑灵光），不是吹牛皮，比好多大学出来的嫩桃儿还强！妈哟，他们那些人花他妈老子一二十万元去读书，出来还当不了我这些文盲！"说着从包里拿出几枚民国银圆及古铜钱炫耀。又接着说他这趟正是要去一个边远山区看一样东西，如果是真货就买下云云。

吴博士忍不住打断他，劝他先回去好好读一点书。因为他要去的那个地方在新中国成立前还是奴隶社会，刀耕火种，自己尚且没有文字，哪里会有什么明代大家的字画！若说在中原一带可能还挨点边。

哪知男子听了非但不恼反而露出得意的表情，眼珠也飞快转起来，说中原文物虽然多，但战争频繁大量被毁，尤其是经历"文革"后更是所剩无几。而那一带懂行的人又多，即使有漏网之鱼，也早被眼尖手快的人淘走了，哪里还轮得上我去？我在这里还算一条鱼，到中原连只小虾米都不如！别小看边远山区，当年战乱时曾有中原的富豪躲过来，也有官僚用古玩字画买通那些土司头人借兵打仗。而当时那些土司头人大多数连汉语都不会说，更搞不懂字画的行情。他们喜欢硬通货，金条、银圆，要不就是枪和珠宝。大山旮旯里路难走，话不懂，不小心被砍翻了连尸体都找不到，所以外面的行家不敢去。可他在那里有线人，去了还能淘到一点，说不定就是一条大鱼！

吴博士见青年男子得意扬扬，忍不住嘲弄道：若是买到假货怎么办？青年男子嘴巴一咧，说："莫来头，瞎子买来瞎子卖，还有瞎子等着在！"

吴博士听着来气，引用了一段名言教育他："没有文化的军队是愚蠢的军队，而愚蠢的军队是不能战胜敌人的。"

青年男子翻了下白眼，没好气地问："这是哪个说的？"

"毛主席呀！"

"他是哪个？也是搞我这行的？"

这下吴博士目瞪口呆，无言以对。

娶色与娶智

余先生其貌不扬，但聪颖过人，少年得志。谈婚时犯了男人易犯的通病，在两个候选女子中弃姿色平平的慧，选容貌出众的芬。余先生之母出身书香门第，又执教多年，将两女子稍作比较便让儿子娶慧。理由是：慧是一名教师，兄妹皆敏而好学；芬是一位工人，家人虽厚道，但皆不善读书。母亲见儿子痴迷于芬遂提醒道："同源择偶方为良缘！女人过不惑之年容颜不相上下，后代愚钝乃是大痛。"儿子不服道："智力可以培养，容貌不可改变！以我之智培养她绰绰有余。"

母亲哀叹道："汝将来必悔之！"

余先生婚后得一女，取名爱莲，宠爱有加。但爱莲体弱多病，出入医院乃家常便饭，四岁上幼儿园还三天打鱼两天晒网。在幼儿园不是哭闹，便是生闷气不吃饭，再不就尿裤子摔跟头，令老师头痛。稍大，见其容貌似己，智商如母，生出几许担忧。进小学读书，常被人欺负，屡遭派款索物，老师亦无奈，只说要学会自我保护。余先生只好化装亲自出马，墨镜长发，赤裸胸膛，绘以蛟龙，扮成黑道人物恐吓恶少，爱莲才有了清静之日。虽勤奋学习，但成绩居下。余先生忧心如焚，每日亲自开车早送晚接，还兼启发鼓励，答疑解惑。但爱莲竭尽全力难见长进。进入初中后更是举步维艰，余先生又高价聘请家教，以图易子而教能有突破。哪知英语、语文、数学、物理等都令爱莲望而生畏，如谚语所说："条条蛇都咬人，乌梢蛇不咬也吓人。"爱莲如此，自不讨老师喜欢，其班主任心中早有目标：只保班上前二十名，对其他学生睁只眼，闭只眼，得过且过。初三时又担心差生拖累该班的升学率，影响自己日后的职称、晋升、奖金，等等，遂动员爱莲等同学转读中专或职业技术学校，彼此都能轻松。余先生闻讯大怒，视为大耻，先将国家教育体制痛斥一番，又将班主任臭骂一通，独不忍责怪爱女。想自己在社会上颇有颜面，女儿竟被纳入"瘟猪子"之列，气得半宿未合眼。第二天上班心中仍是恶气难消，秋风黑脸向同僚宣泄，不想遇到同道人，几个高智慧的爸爸都摊上愚钝的女儿。于是同病相怜，相互安慰，将女儿的智商总结为：加起来除以二。即爸爸智商（聪明）+妈妈智商（愚笨）除以二等于女儿智商。最后一致决定效仿童话作家郑渊洁做法，让孩子退学，自己教育培养。几人讨论半日心情稍好，各自散去，哪知第二天又按时送子女上学，垂头丧气回到办公室，彼此相望无语。谁也不敢冒此风险！因为都是独生子女。

后来余先生又是托人走后门，又是花重金，才将爱女送入重点高中。爱莲自卑，极少与同学玩耍，每日郁郁寡欢端坐于桌前。不久班上转来一男生，名思恒，恰与爱莲同桌。思恒调皮捣蛋却各科成绩优秀，且活泼开朗人缘颇佳，抽屉里常放有同学们讨好的美食与礼物。老师对他也如掉在灰堆中的豆腐，吹也不是，打亦不是。一日，思恒向爱莲借橡皮擦，爱莲未允。思恒并不恼，凑近身子说："看在你爸爸和我姑姑耍过朋友的分上也该借给我，我们差点就成亲戚了，你还这么吝啬！"

爱莲大惊，如坠云中，思恒见状便细说由来，原来他正是慧的侄儿。又道：当初你爸若娶了我姑姑，说不定你学习比我还好。我姑姑

的儿子品学兼优，德智体全面发展，保送省城全国重点高中。

爱莲半晌无语。后向思恒讨教学习方法，思恒道每节课只需认真听二十分钟便可，其余就是玩，玩得好才会学得好。自己玩法很多，其中之一是学间谍007，故"你爸爸"与"我姑姑"谈朋友的事不费吹灰之力就调查得一清二楚。

爱莲回家将此事告诉父亲，余先生无限感慨，五味杂陈。后来在街上远远见到慧，气质端庄大方，由于书卷气的熏染，容貌远胜过当年。后一打听方知慧已升为校长，颇有建树。回家一对比，发现妻子不但姿色平平，早不复当年花容月貌，而且无情趣爱好，除油盐酱醋，婆婆妈妈外别无长处。仔细一想，岳父母家族中虽多俊男美女，却不见半颗文曲星，皆为庸碌之辈。叹道："外清内浊乃大哀矣！"美女无知在年轻时可称天真无邪，而到中年则易被人谑称"瓜婆娘"（四川方言，意为"无知""愚蠢"）。更觉母亲当年高瞻远瞩，英明正确。自己不听老人言，吃亏在眼前。心想若有来世，一定细问家族血统，智商在前容貌在后，方能荫余子孙，合家欢喜。

书坊留痕

我生长在书籍匮乏的年代，图书馆里能借到的为数不多的书，几乎都充满了阶级斗争或者空泛的政治口号。同学们私下里传看的"禁书"，大多是无头、无尾、开裂、缺页的，有的甚至状如朽木，小心翼翼翻动，仍然会有纸渣掉下。可就这样的书也是稀世珍宝，不是轻易能借到的，意味着极大的人情，还必须限时归还，后面还有许多人如饥似渴地等待。

于是，我从小就梦想自己有一个很大很大的书房，甚至把这些梦想画成一张张画贴在墙上。小时候家里有几本俄罗斯风景画册，是从即将焚烧的所谓"四旧"中偷偷拿的，那时候是禁书，只能悄悄欣赏。

当时母亲所在单位有一间房子总是门窗紧闭。有一天勤杂工王大爷捣鼓了很久才把生锈的大锁弄开。王大爷是个半傻驼背的孤老头，其实年纪并不大，只是看上去显老相而被人称大爷。他经常嘀嘀咕咕自言自语，不管在何处只要坐一会儿就开始打瞌睡，年年被评为先进分子，因为出身贫农，又好使唤。见王大爷如此，我好奇地问："里面装了什么？"王大爷答："有毒的。"我赶紧躲开，害怕中毒，因为中毒就意味着死亡。过了一阵子我返回，见王大爷搬出一捆捆旧书堆板车上，这才知道原来王大爷说的"有毒的"竟然是书！那些我从未见过的封面让我惊讶不已，得知要送去焚烧，我趁王大爷转身进屋时

赶紧拿了几本就跑。

这其中就有俄罗斯风景画册，俄罗斯乡村的木屋、壁炉、落地大书架是我梦寐以求的宝物，也成为我经常临摹的范本。那时老师常对我们讲社会主义的最高阶段是共产主义，而共产主义可以按需分配，我随时都盼望共产主义早日实现，那样我就可以得到一个装满故事的书房。

可是我来不及等到共产主义，就开始为实现一个装满故事的书房奋斗，我开了一个书店。

一

上世纪90年代初的乐山，除了国营的新华书店外，个体书店极少，我在新村开了一间不足二十平方米的书坊，取名为"白鹇庄"。"白鹇"是一种峨眉山的珍稀鸟类，优雅，自在。以此命名，是期望书店能自由诗意地栖息在生活之上。虽然店面比较简陋，但由于书籍比较独特新颖，与国营书店的经营模式不同，每天读者盈门，我也因此结识了许多有趣的朋友，见识到了一些光怪陆离的市井社会。《书为媒》《命相故事》《江湖琐记》系列就是那段时间一些经历的点滴记录。

书坊的第一位顾客是个刚上小学的女孩，当时书还没整理上架，她就在门外探头探脑地看了两次。开业的前一夜她满头是汗地跑来，脱掉鞋从袜子里取出又湿又皱、零零散散的五元多钱，反反复复计算，既想买一本期盼了很久的童话书，又想让我把摆在柜台上的报春花卖给她，因为明天是她妈妈的生日，钱是从每天妈妈给的早餐费中一点点省下来的。

每年寒暑假，远在北京、上海、南京、湖南等地的大学生回到家乡，总喜欢到我的书坊来聊聊天，他们从小就在我的书坊里看书，于是很愿意给我谈谈他们眼中外面缤纷的世界，讲讲过去的老师，说说如今的师长，阐述着他们的新思想、新概念，指点江山，激扬文字，浩气满胸怀。

在上海学经济管理的唐明，小时候一放学就往我书坊里钻，好几次天黑后被妈妈揪着耳朵回家。一天晚上他提着垃圾桶飞也似的冲进书坊，从怀里拿出两节用报纸裹紧的腌熏香肠放在柜台上，说他妈妈下班后把他盯得很紧，他只好利用倒垃圾的时间把外婆做的、不是一般好吃的香肠送我，想以此获得经常免费读书的特权，那时他只有八岁左右。他上大学后，经常在一个慈善机构做义工，照顾残疾与智障儿童。

在北京上大学的李晓很喜欢漫画，几乎每期的《画王》杂志都不落下，但书总要被很少在家的父亲缴获，父亲称之为乱七八糟的东西，经常扫荡他的卧室，无论藏得多隐秘都会被搜查到。后来他告诉我他找到了藏书最安全的地方：他父亲的书柜背后。从此逃过了父亲的历次扫荡。不过，上高二后他不再买漫画书，认为太幼稚，他觉得自己是大人了，要看有深度的书。

赵乐长得很胖，夏天总爱坐在凉悠悠的地砖上看书，戴一副度数很深的近视眼镜。他喜欢写作，曾把他参赛的科幻小小说给我看，让我提些修改意见。他的想象力很丰富，后来学的是计算机。

来书坊年纪最大的顾客是位近九十岁、留着稀疏胡子、仙风道骨的老人。身着一件蓝黑色的对襟衫，像出家人一样扎裤脚，足蹬双鼻梁的圆口布鞋，走路又轻又快。老人想买一套《资治通鉴》，我把店里三种不同版本给他看，他均不中意，他想要竖排、繁体、商务印

馆刊印的，我答应帮他想办法买一套，老人十分高兴。离开书坊后他在我的店门外左右细细端详，然后又返回店内对我说：

"宝号一定会兴旺发达的！"停了片刻他又说："我麻烦你半天，什么都没买，你还是笑嘻嘻的。好！"

我那时除了在电影、小说里知道"宝号"的称谓外，生活中第一次听到这个古董词，心里直乐。我想自己将来老了不会成为古董吧？在老人面前总觉得自己不会老。

后来老人来询问书到了没有，交谈中得知他1949年以前经营盐和丝绸，很小便在重庆、武汉、上海等地闯荡，能讲英语，双手打算盘。老人年轻时一定精力过人，现在说起话来依然情绪盎然，这个年纪还要读《资治通鉴》，可见心不老，人只要心不老就会青春常在。他说他现在可以安安心心读二十年书，我掐指一算，老人自信可以活到一百一十岁。可谓书心不泯，生命之树常青。

老人家里儿孙满堂，重孙正在读研究生。

"老人家您福气好，重孙那么有出息。"我说。

"猪！"说到重孙他一脸不屑。又说："二十多岁的人还要他妈照顾吃穿，专职读书，没得出息！"

老人到现在都不喜欢别人照顾，他认为别人来照顾自己，就说明自己已经没用报废了。

后来我再没见到老人，不知他云游到何方，心里一直在为他祝福！那套竖排、繁体、商务印书馆出的《资治通鉴》，长久地陈列在书架上，静静地等待着这位老人……

二

书坊虽小,但书中的世界却气象万千,书坊犹如太空中的小星,不时看到星河中闪耀的光芒。那些年高玉宝、贾平凹、高缨等著名作家分别来过我的书坊,他们的作品伴随我从童年长大,可以说影响了一代人。

小说《高玉宝》中的"半夜鸡叫"一段,被改编成木偶戏拍成电影,在中国家喻户晓,剧中的周扒皮是残酷剥削农民的地主代表,也成为上世纪六七十年代刻薄和吝啬的代名词。可惜高玉宝先生和他夫人在乐山各个书店都没寻觅到一本《高玉宝》,这让他们很失望。高玉宝的夫人不断地给我讲哪里请高玉宝做报告,哪里请高玉宝讲课,像翻一册可爱的书一样,一心想和众人共同欣赏。高玉宝先生送我的名片后面赫然印满某某省、某某市、某某县以高玉宝命名的学校、班级等。

后来我一位侨居国外的好友带七岁的儿子来乐山,孩子要我讲两个很中国的故事,必须是我小时候觉得最好听的故事。我给他讲了《高玉宝》中的片段"半夜鸡叫",以及陆柱国的《闪闪的红星》。没想到他听完故事完全没有我当年沉迷进去的模样,而是眨动着似乎在不断思考的大眼睛问:

"财产是地主自己的,别人为什么可以去分?还要把地主抓来枪毙?"

我忽然觉得自己像一个答不出老师提问的小学生。

"周扒皮连闹钟都没有怎么是富人?"孩子又问。

"那时大多数中国人都吃不饱,周扒皮就算富人。"我已经有点心

虚，但还是硬着头皮往下撑。

"为什么穷人要打倒富人？"孩子再问。

我简直哭笑不得，觉得自己似乎犯了一个错误。孩子生长在安徒生的邻国，安徒生笔下流淌着世界上最优美、最动人的童话，他从小被这种温情、浪漫的童话包围，我讲的故事对他来说犹如天方夜谭。

1993年夏天，贾平凹先生到乐山时大病初愈，一脸倦容。中等个子，微秃的脑袋，朴素、随便的装束，若不是那双睿智的眼睛，和陕北农民没什么两样。他的话比较少，他说他讲不好普通话，陕西话别人又听不懂，所以他只好少讲。曾有个聋哑学校请他去讲课，送了他一只印有聋哑学校字样的包，他外出时常把印有"聋哑学校"的那一边向着外面。

贾平凹先生写过许多优美的小说和散文，不知为什么别人总爱谈论他的《废都》，并颇有微词。我问他是不是把《邵子神数》研究透了，人就会渐渐失明。他说所谓心明眼亮就是指一个人只要心里明白，不用眼睛也能看清这个世界。他问我对《废都》中印象最深的是什么，我告诉他是"埙"，这种土陶制作形状如鹅蛋的吹奏乐器，据说兴盛于秦汉，发出的声音单调而又悲凉。后来乐器越来越多，音色越来越美，"埙"渐渐被人淡忘淘汰了。我觉得"埙"在书中是一种隐喻和象征。说到这里，贾平凹先生轻轻点点头，我不知道自己是否读懂了他这部充满茫然和痛苦的《废都》。

我告诉他，我很喜欢看他写的有关商州农村的小说和散文，带着秦川泥土的气息，充满东方神秘文化色彩。他说人生真正的苦难在乡下，但真正的快乐也在苦难中。

谈话中我把赵朴初一本新出的关于佛教方面的书给贾平凹先生

看，没注意旁边伸过来一颗时尚的脑袋，小伙子大着嗓门说：

"啥子，赵朴初他娃儿好久写书了？"

我愕然看着他，他得意地又对我说："信不信，老子对他一个传呼就可以把他喊过来！"

原来小伙子将此赵朴初当作彼赵朴初了。

当我把小伙子的话翻译成普通话讲给贾平凹先生听时，都忍不住大笑……

2001年底，我的书店从新村搬到县街，面积扩大到一百八十平方米，更名为"知行书坊"。因为"白鹇"的"鹇"有些生僻，常被一些人误读成"鸟"，有的人读错了还会振振有词地辩解："四川人生得憨，认字认半边。"可是奇怪的是总是读右边的音，而不读成左边。

书坊新址有上下两层，楼下是书店，楼上是书吧。书吧布置朴实自然，本色木质地板，竹木藤桌椅，摆放了几盆植物，四壁挂了几幅书法，还有一些蜡染和木雕。于是，咫尺之间似乎与喧嚣闹市隔开，品茗，读书，遐想，沉思，是一些读书人喜欢的地方，很快就有了上百的读书会员。

就在这时，我开始整理多年来对峨眉山的调查采访笔记，这是自己有兴趣的事，没有功利和目的，因此做得有滋有味。

2002年的大年初二的早上，街上几乎所有的商店都还未开门，我就早早来到书坊，想利用这份难得的清静继续手中的事。不料忽然来了几位不相识的读者，他们选好书后，又饶有兴趣地到二楼书吧浏览，为首的是位瘦小和蔼，看上去五十出头的先生。他彬彬有礼而又十分睿智，内行地向同行者点评书吧四壁悬挂的书法作品。当他得知这些书法皆出自我的手时，非常高兴地说，没想到如此文静的女士能写出这样苍劲有力的字。接着坐下来，向我询问书店的定位及读者群

即将消失的文明

著名作家徐康（右一）、阿来（右二）、熊召政（左二）来访

方面的问题，非常关注文化动向。他认真地看完我刚整理好的一段关于峨眉山伏虎寺的笔记，又问我还写过什么。我把发表在《沫水》杂志上的几篇散文给他看。这时，有电话催他上路，他便带上杂志匆匆离去。临别时我才知道他是四川大学党委副书记吕重九先生。半年后我再次见到他，他鼓励我将峨眉山有关历史、宗教、文化方面的采访、札记、散文、传奇等编集出版。

2003年初，我完成了二十五万字的《布金满地——神秘的峨眉山佛门传奇与揭秘》（第一部），8月由四川大学出版社出版发行。第二年9月，二十九万字的《布金满地——神秘的峨眉山佛门传奇与揭秘》（第二部）出版。再后来，我又陆续出版长篇历史小说《最后的大佛》、旅行散文集《藏地八千里》，以及论文、电影剧本、散文等。

书坊使我有幸得到智者的指点，醍醐灌顶，茅塞顿开，迅速越过徘徊与迷茫，重新定位自己的人生方向。

第一部书的出版，可以说是我人生的一个转折点，后来放弃经营书坊，云游四方，潜心创作，也多源于此。正如作家段传琛老师在《书香袭人》一文中写道："在书籍的影响、培育下，她（指我）由一个嗜书者、卖书者进而上到书写者的高度。"

书坊造就了这个转折点。

2003年春节前，著名作家高缨先生来到知行书坊，他当时客居峨眉，正潜心创作反映上个世纪50年代凉山彝族民主改革的长篇小说《奴隶峡谷》。他说这是四十年前第一次去凉山就萌发的心愿。上世纪60年代影响深远的小说《达吉和她的父亲》、长诗《大凉山之歌》都是从他心里流淌出来的凉山情结、彝族情结。

著名作家段传琛老师（右一）、高缨老师（左二）与作者（右二）

他刚从北京参加全国作家代表会回来，说到朱镕基总理时不断竖起拇指："了不起！敢讲真话！很务实！"他说总理在会上鼓励作家们大胆写作，尤其对一些腐败现象要大胆揭露，朱总理的讲话不断被掌声打断……高缨先生讲起这些完全是一个热情似火的年轻人。他一生历经坎坷，然而受到周恩来、朱镕基两位总理的接见，又是他一生的

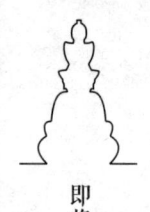

荣幸与自豪。

得知我撰写的《布金满地》（第一部）已经脱稿，大加鼓励。并告诫我："在写长篇的同时，不要忘记记录生活的点滴，写一些短篇，以免思维固化在一个点上。"我深受启发。同年8月书出版后，乐山市民间文艺家协会在书坊举行了一个座谈会，高缨先生因为身体原因未能前来，托作家郑自谦先生带来一首他写的诗，以示祝贺。诗曰：

祝徐杉《布金满地》问世

佛教文化　奥秘玄深

峨眉仙山　集其大成

徐杉女士　不畏攀登

博览经籍　胸有古今

凝目巧思　挥笔耕耘

采莲立传　汲水钩沉

刚柔并济　文思运行

布金满地　一洗凡尘

高缨先生的鼓励我一直深深铭记在心中。后来他因为心脏病手术，健康状况不好，我给他打电话常开玩笑说："您要向杨振宁学习哦，他比您大十岁还精神抖擞。"而他哈哈一笑总会鼓励道："要抓紧时间创作。"

三

由于书坊的文化气氛，越来越多的外国友人聚集于此，期望了解更多的中国传统文化，也由此演绎出许多东西文化碰撞的火花与趣事。

澳大利亚总理特使汤姆·伯恩斯（右）在书坊与小朋友愉快交流

2003年11月我在书坊举办了名为"致水和土地"的澳洲土著艺术展，这是自1998年澳大利亚昆士兰州赫维湾市与乐山市结成友好城市以来，最大的一次文化交流活动，澳大利亚总理特使汤姆·伯恩斯，以及二十多位外国友人亲临现场。展出期间，一位年轻的英国背包客从书房门口经过，无意间看到招贴画进来参观，连连惊叹：真是不可思议！太不可思议了！在中国西南一角，居然能看到澳洲土著艺术展！

澳洲土著绘画出自土著人之手。澳洲土著人口极少，以致很多人不知哪里还有与欧洲后裔完全不同相貌的原住民，也就是土著人。在欧洲移民未到达澳大利亚以前，他们是那块土地最早的居民，过着居无定所的游牧生活，由于地域关系他们与世界上的其他地方完全隔绝，总计有五百多个部落，约七十五万人口。1770年，英国航海家詹姆斯·库克发现了这块大陆，从此大批欧洲人开始向澳大利亚移民，在这个过程中与土著人为土地与生活资源发生了激烈的冲突。到1933年，澳洲土著仅存七万人左右，后来逐渐受到澳大利亚政府的

保护而人口增加。澳大利亚土著人有语言，没有文字，他们奇特的绘画往往记载了本部落的历史与传说，有些抽象，不是一眼能看懂的，但蕴含丰富，需要慢慢品咂。

2003年知行书坊举办澳洲土著艺术展

赫维湾市在乐山展示的土著艺术作品中，包括传统与现代的油画、纸画、雕刻编织等。艺术馆长玛吉·苏利文在序言中说："展览旨在开创激动人心的文化交流渠道，成为乐山市与赫维湾市更多文化交流的良好开端，并增进乐山与赫维湾两市人民的进一步了解。"并强调："我们真诚感谢知行书坊的徐杉女士，为'致水和土地'在中国乐山展出的东道主。"

这次展览规模虽然不大，但《华西都市报》《乐山日报》《乐山广播电视报》等媒体相继报道，因为这是澳大利亚土著艺术第一次走进中国西南，使人们对这一陌生的领域有感受和了解。

2005年4月我又在书坊举办了"赫维湾市摄影艺术展"，这次展览由赫维湾市艺术馆长玛吉·苏利文带队，她也由此在乐山逗留了一个多星期。不想短短几天，完全不懂中文的她，竟然不可思议地爱上了一位中国男士。其间，我们曾苦口婆心地劝阻她，语言障碍、文化差异、生活方式差异、兴趣爱好不同，等等，很难有圆满的结局。她丝毫听不进去，到夹江千佛崖游览时，向一算命先生求问婚姻之事，对方将她生辰八字仔细测算一番，答曰："无果。"她很难受，一路闷闷不乐，但还是固执己见，回国后辞去艺术馆长一职返回中国。然好景不长，双方矛盾渐起，冲突加剧。当那

到乐山展出的澳大利亚土著绘画作品之一

位男士提出分手时，她痛不欲生，以致我不得不每天找人来陪她，以防意外。大年初一的晚上，她在我家放声大哭，第二天在车站送别她时，我分明感到她全身瑟瑟发抖。乐山的冬季阴冷潮湿，她只穿了一件薄呢大衣，她内心的寒意胜过气候的寒冷，也许她没想到一场浪漫的爱情，最终是这样凄凉无言的结局。四十多岁的女人如此不顾一切追求爱情，我想她大约是将对中国文化的情结融入其中了，她在中国待的时间越久，对中国文化越有感情。

在后来的文化交流中，Dale Cox 先生又是一个颇具个性的代表。他是美国吉尔伯特市 MESA 公立中学的校长，来乐山考察教育时，几番来知行书坊。他能讲一口流利的汉语，说此行让他感到在中国，教师是很受人尊重的职业，他所在的学校对学生管理相比宽松许多，家长也不允许打骂孩子，否则孩子有权报警。他问我："中国的小孩挨打会报警吗？"我告诉他一件趣事：我有位朋友上小学的儿子因贪

玩电子游戏，没完成作业。老师通知家长后，父亲将其狠狠揍了一顿。第二天孩子把这件事讲给同班好友听，好友立即打抱不平出主意道："电视上讲现在有《未成年人保护法》，你爸爸打你，就打电话到110报警！"儿子壮胆拨通了110。警察听完他的叙述后说："你不乖才打你，该打。打是亲，骂是爱。换了别人他还懒得打！像你这样不做作业，光知道玩的娃儿就该打……"

Dale先生听后放声大笑，赞许道："这位警察一定是位好父亲，主张严管孩子。"

Dale先生与中国十分有缘，他的父亲曾在新加坡南洋大学任教，林语堂先生曾担任这所大学的校长。他十二岁那年随父亲到了新加坡，最初的两年里因为听不懂汉语，也没有朋友，于是在寂寞的时光中，跟着收音机学会了钢琴与吉他。当他学会讲汉语时，又随父亲去了香港，在那里入乡随俗地又学讲粤语。

因为他热爱中国文化，所以积极推进乐山与吉尔伯特市的友好往来，并担任友好城市理事会董事。后来他应邀到北京担任顺义国际学校校长，2011年他携夫人和女儿再次来到乐山，他说生活在中国很惬意，物价便宜，生活闲适，中国人好客，喜欢交朋友。

书坊虽不大，却是本土文化的一个窗口，这些年瑞典电影代表团、德国电影《汤若望》剧组、日本茶道专家佐野静江，以及日本友好城市、美国、荷兰、印度、法国等友人先后光临书坊。而他们又如同一扇扇打开的窗户，让我有机会感受到不同的文化。

澳大利亚某地中学生在知行书坊交流

四

2008年，由于多种原因，我决定关闭知行书坊。这个决定我反复考虑了很久，十多年来，书坊已经成为我生活中的一部分。消息传出后，很多读者前来关心、劝阻。这些年来书坊是他们精神交流之地，他们不愿意书坊从他们的生活中消失。

我几乎每天向前来的读者解释。

我听到的多是叹息、惋惜。

有一位年轻的母亲，每天晚上都带着两岁多的女儿过来，很晚才离去。她说自己从中学起就经常在我的书店里读书，上大学时一放假就来书坊，现在的丈夫就是当年在书坊里结识的书友，所以书坊与她有特殊的因缘，让她依依不舍。

书坊关闭前的最后一晚,时间已经过十点,比平时营业时间延长了一个多小时,读者们仍然不肯离去。我心里有说不出的感动和难过。这时在乐山市医院工作的李小宇,手捧一大束鲜花走来,说自己代表远在北京、武汉、上海的向珂、朱自刚等同学向我献花,并说无论将来我计划做什么,他们都为我祝福……他们从小在我的书坊读书,书香孕育了他们的成长。

那一刻,我眼泪险些掉下来,鼻子酸酸的,强忍着,那种感动是金钱与荣誉无法带来的。那一刻书坊里悄无声息,在场的所有读者也被感动。有人如此爱书,爱伴随自己成长的书坊,如同文明的火种在一个物欲横流的社会里点燃。虽然后来我一直没有机会向那几位未见面的同学致谢,但心里一直默默感谢他们。其实,我与他们一样也在书的世界里成长。

书坊的留言簿里记下了许多读者的心声,我一直珍藏着。

书坊是个好地方,一本书中,群星灿烂,读者尽管生于不同的时代,但到了这里仿佛自己立即变成热烈的参与者。这里没有尊卑,没有贵贱,只有知识上的长幼,大家静静地看,彼此不相识的人因话题相投即成为知己。太空真大,星星太小,相遇相识是一种缘。书,成为彼此共同的朋友,给生命和情感最好的慰藉。

虽然书坊已经关闭,但有关它的事,有关它的人,一道道留痕如同酒一样,越存越浓。以致后来无论我云游到哪座城市,都喜欢去看看书店,而在家时,每当面对那一排排顶天立地的大书架,就会想起曾经的白鹇庄、知行书坊。

我的家是另一个书坊。有一天我也会老去,但因为有书的陪伴,有知识的滋养,有智慧的力量,我想我会优雅地老去。

四年前,我在《乐山广播电视报》读到一篇文章——《消失的白鹃庄》。作者1993年考进乐山某院校，说自己当初尽管囊中羞涩，却是书坊的常客。如今"生活越来越好，衣食倒是可以轻松对付了，看书的时间却变少了，更是很少买书了。常常想起那个消失的白鹃庄，似乎自己当初那种读书的狂热也一并随它消失了"。

的确，随着网络的迅速发展，实体书店越来越少，经营也越来越艰难。在看了听了很多负面的指责之后，冷静想一想，现代社会传播文化的渠道多种多样，减少一种形式又如何？连我自己也在网上购书，方便、快捷，享受不少折扣。我们走过的路，后人不一定要重走，年轻的生命可以在更广阔的空间里拓展。

一个文明逐渐淡隐，我相信新的文明会从中升起。

峨眉星月

享受停下

峨眉城里有家味道不错的馄饨店,每天食客盈门,店主是一对中年夫妇,可是他们总是在下午就打烊关门。一天下午刚过三点我去此店,发现已经关门,见老板娘悠闲地坐在门外一张竹椅上,一边晒太阳,一边织毛裤。那毛线不知拆洗过多少次,粗细不匀,颜色陈旧,还有不少接头,老板娘不得不加入一股新的细线一同编织,使毛裤看起来有一种怪怪的色彩。

我看了很不理解地说:"你多开一会儿店,卖馄饨赚的钱可以买一条新毛裤,何必用旧线劳神费力?"

老板娘仍然不停地编织,眼光时不时扫过手里的活,用很有韵律的峨眉乡音说:"钱都找得完哦?"

"开店不就是为赚钱吗?"

"哟,够吃嘛就对了嘛。"

老板娘疑惑地看我一眼,那意思似乎在说你为什么会发此问。

当时在我看来她这样是一种浪费,因为从事餐饮业的人大多十分忙碌,无论餐馆大小,无论在什么地方。开餐馆最担心没有顾客,生意好却又不抓紧时间赚钱,停下来享受阳光,实在是一件不可思议的事。

老板娘的举动让我联想起另一个人,也是在峨眉,一个美籍意大利人,他连续几年一直在做不赚钱、甚至赔本的生意。他原是一

个电脑专家,后来到中国任教,退休后没回去,在峨眉定居并开了一家很小的电脑公司。他不会讲中文,生意自然不好,可是却懂五种语言,于是有人劝他:"你为什么不办一个外语班?"许多家长愿意出高价送孩子到他那里学外语,可是他不愿意。理由很简单,不喜欢。

许多人不理解,说他放着手边的钱不赚,却要去做赔本买卖,无疑有点犯傻。意大利人不知该如何向这些好心人解释,因为他忙碌了大半生,东奔西走去过许多国家,虽然不富有,但生活有保障,所以他停下来。在峨眉享受生活,听小草生长的声音,看天上飘过的浮云。在他的理念里享受就是做自己喜欢的事,不在乎是否赚钱。

后来我又去过馄饨店,只有老板娘一人在,她说丈夫到峨眉山上避暑去了,主要是喜欢与庙里的和尚们聊天。我还去了意大利朋友家,他迷上了陶艺,烧坏了两个微波炉还不肯罢休。正谋划到自贡荣县一带去看看土窑,那里乡间有很多用传统工艺烧制泡菜坛、酒坛、花盆的小作坊。

其实,这是一种境界。

享受停下。

记得小时候听父亲说,他的理想就是有两分地,在地里种菜,看花开花落,停下,慢慢享受。他离开军队前开了一小片荒地,认真施肥除草,不让任何人插手帮忙。后来地里长出硕大的蒜头和长长的辣椒,那份惬意让他一直念念不忘。

后来我才慢慢领会到停下的享受。有一年到峨眉山洪椿坪遇上下雨,便停留在庙里,吃过简单的早餐,坐在木楼的回廊上,一杯清茶相伴。没有人知道雨什么时候能停下来,也没有游客喧闹的声音,静静地看着云在身边飘来飘去,听雨水打在树叶上发出的"沙沙"声响,忽而山风吹来,云雾散尽,忽而岚气蒸腾,湿了头发和衣衫……那时我感到时间停下来,有种一生一世留在峨眉山的心情。忽然想起一个高僧的话:"日日是好日,时时是好时,一切重在自己。"

峨眉山"风"

假如将峨眉山文史类比《诗经》的风、雅、颂三部,那么,我们今天能读到的多属"雅""颂"。人们从中能看到姹紫嫣红、千姿百态的神韵,也能领会借喻转意、艰深晦涩的哲理。然而未加任何修饰、直接反映风土民情的"风"却踪迹难觅,似乎已烟消云散。所以当我听到九十六岁的常真法师给我念起这首类似"风"的峨眉山民谣时,不免十分意外和欣喜。因为民谣虽粗糙直白,却表达了一段历史真实和生活状态。

> 报国寺的谷子,
> 伏虎寺的竹子,
> 洪椿坪的蜂子,
> 九老洞的锭子,
> 洗象池的猴子,
> 金顶上的银子。
> ……

常真法师向我一一解释道,过去报国寺田产较多,每年要收租达几百石的黄谷,所以颇有些惹人眼红,她曾目睹峨眉九里一带有名的土匪头子汪三麻子,光天化日之下率上百号人马到报国寺打劫,故称报国寺的谷子;伏虎寺内原有十二个天井,从山门到大雄殿、财神

殿、送子殿,直至罗汉堂,廊腰缦回,两旁翠竹森森,绿荫掩映,故称伏虎寺的竹子;洪椿坪四周山花烂漫,野蜂成群,和尚们做了许多蜂箱安放在山间,每年要收获大量野蜂蜜,故洪椿坪的蜂子有名;拳头,峨眉方言称"锭子",九老洞和尚善武术,加上所处地势居高临下,易守难攻,多次打得土匪丢盔卸甲,狼狈逃窜,最终不敢冒犯,"九老洞的锭子"由

常真法师(左)豁达开朗,记忆力惊人

此而来;洗象池猴子成群,经常拦路向行人索食,成为峨眉山一道妙趣横生的风景线;金顶是峨眉山顶峰,到此朝拜的游人信徒大都要捐献供奉,故被说成是全山收入最多的寺庙。

常真法师是目前峨眉山健在者中最年长、也是出家时间最长的比丘尼。她俗名赵宗林,峨眉人,九岁时因父母病故,遂到峨眉县青龙大觉寺出家为尼。做出这个决定并非偶然,她的祖父就是一个虔诚的佛教徒,吃斋念佛,为人善良宽容,潜移默化使常真法师从小就对佛门充满向往,所以当有亲戚表示要收养她时,她毫不犹豫地拒绝了。

大觉寺是一个破旧冷清的小庙,当时的峨眉县境内有九座类似的比丘尼小庙,过着农禅并举的生活。常真法师在大觉寺度过了自己的少年时代,出落成一个端庄清秀的比丘尼,古佛青灯、田间劳作是她每天生活周而复始的内容。她原以为削发为尼就意味着斩断尘世烦

恼,进入一个清静世界,可她没想到在近一个世纪的人生中,前后经历了两次蓄发三次削发变故,而每一次变故都与国家的转折、经历密不可分。

1950年,时代变迁的洪流卷进每一个角落,也改变了常真法师的生活,她不得不按有关部门的要求脱去僧衣,蓄上头发,恢复俗名,并进入合作社劳动。外貌变了,但出家人的信念没变,她坚持住在庙里,吃斋念佛,四方乡邻也不为难她,还把她评为合作社的积极分子。

1956年,峨眉山佛教协会成立,将境内九座尼姑庵的二十一位比丘尼迁往伏虎寺居住,这时长发过肩的常真法师第二次削发。很多法师都如此,她们说起各自的经历,以及散去道友姐妹的命运感触颇多,也为能聚在伏虎寺欣喜万分。她们又开始新的农禅并举的生活,共种植水田五亩三分,菜园三亩,旱地八亩,以后又陆续在大雄宝殿后的山坡上开垦荒地八亩。她们还按要求每年向国家交八头生猪,而国家也每月补贴她们每人两元钱生活费。

常真法师的师兄常清法师担任伏虎寺的第一任女住持监院,伏虎寺由此从一座比丘寺院变成比丘尼寺院,峨眉山也开始重新有比丘尼驻锡。

相对平静的日子刚过了十个年头,"文化大革命"开始了,震耳欲聋的"造反有理"

峨眉山伏虎寺一角

歌声铺天盖地而来。起初，谁也没料到这场暴风骤雨会有多么猛烈无情，没容她们冷眼旁观，疯狂野蛮的"造反派"已冲进佛门清净之地，彻底打破僧尼们的静修生活。不容她们周旋，"造反派"下令所有僧人还俗，蓄发，脱僧衣，恢复俗名，否则，轻则断绝粮食供应，重则按坏分子论处。

坚持不脱僧衣、并住在雷音寺的常真法师被断了口粮，她只能用米糠加老白菜叶、白菜帮子，或者野菜捏成团子蒸熟充饥。即便如此也不能获得生存空间，"造反派"几番来驱逐，常真法师只好像打游击一般，白天躲到山里，晚上潜回庙中。经过一段时间的拉锯战，恼羞成怒的"造反派"夜袭雷音寺，他们抓住常真法师想往山下拖。可是常真法师却紧紧地抓住门框不松手，那是一双长年劳动、强健有力的手，一双顽强与命运抗争的手，几个年轻的"造反派"竟奈何不了她，于是挥起皮带一阵抽打，一边打，一边恶狠狠地骂道"寄生虫""吸血鬼""死不改悔的老封建！"如此将她连拖带打拉下山仍不肯罢休，还强令她与和尚结婚！否则就以反革命罪赶出峨眉山，永不许返回！

常真法师懵了，这不仅是逼她放弃信仰，还要逼她以残酷的手段背叛信仰、亵渎信仰。

佛教传入中国已有近两千年的历史，影响了上至王公贵族，下至黎民百姓的意识形态、价值取向、生活方式，所以妇孺皆知僧人不成家、不食荤腥、不杀生等基本戒规。在僧侣内部若是触犯了淫戒将受到重罚，并逐出僧团。可是眼下常真法师却被逼破戒，怎么办？孤独、贫穷、饥饿等无数困难她都挺过来了，但眼下她却陷入绝境。她痛苦、彷徨，甚至想到死。就在她最绝望的时候，师兄常清法师拉住了她。常清法师献计道，何不来一个假结婚？有夫妻之名，无夫妻之

实，就当有一个同参兄弟，彼此关照，相互鼓励。当年唐玄奘去西天取经，经历的九九八十一难中，也有被逼结婚这一难呀！只要把心放下，哪个环境都可以修成正果！常真法师心中豁然开朗，坚强地活下来。她被迫改变生存方式，开始前所未有的求生挣扎，与峨眉山的一位和尚善行法师组成一个家庭。善行法师俗名万泽云，四川省夹江县甘江镇人，十三岁时父母双亡，收养他的姑妈本来生活就不宽裕，又添一张吃饭的嘴更嫌累赘，所以难有好脸色看。一次与姑妈一同去赶场，他趁没人注意悄悄躲进一片油菜地里，然后偷偷跑到峨眉山求庙里的师父收留，从此成为一名小和尚。

　　常真法师选择与善行法师在一起的重要原因，是因为善行法师患有严重的胃病，身体比较虚弱，需要有人照料。而常真法师自己也因过去在水田里干活被划伤，没及时治疗落下腿疾。于是两个同病相怜的法师，在一张结婚证的掩护下终于留在峨眉山，虽然他们已被迫蓄发，着普通人服装，使用俗名赵宗林和万泽云，但心里依旧把自己当成是出家人，只不过多一份慈悲心去关怀对方。不久，常真法师被调到九老洞当服务员，负责洗衣做饭，最忙时九个工作人员一天曾煮八百斤大米接待全国大串联的红卫兵还称没吃饱。而那时常真法师每月的工资仅六元，一年发三尺布票。生活清苦，世道混乱，但常真法师清醒坦然，尽管她已被认识或不认识的人唤着"赵孃孃"或者"服务员"。就在她自己生存最困难的时候，也没淡忘慈悲济人的佛家精神，曾将那些被丢弃不要的萝卜皮捡起来洗净晒干，切成细条伴上盐、辣椒存起来，遇到窘迫和穷困的人便慷慨相赠。那个物资匮乏的年代买不到糖，也买不起高价黑市糖，常真法师用自己可怜的薪水设法买到一点糖精，用它替代白糖，于是拌入糖精的萝卜皮也如甘露一样，点点滴滴甜入人心。人们感受到的不是廉价的物质，而是寒冷冬天里温暖的人间真情。

常真法师在九老洞工作九年之后，又被集中在白龙洞、万年寺一带劳动开荒，接受所谓思想改造。直到云开雾散，国家重新落实宗教政策时，七十三岁的常真法师与善行法师办理了离婚手续，并第三次削发。在艰难漫长的岁月里她已被磨砺得坚韧刚强，不再胆怯，也不相信眼泪，可当她再次穿上僧衣时，忍不住流下一串串晶亮的泪花。她是为宗教来到峨眉山，可是如今已有了超越宗教的感受。佛祖对身边痛苦的反思，终于在菩提树下收获了精神果实。常真法师在苦难中明白对于出家人来说，出世和入世是相对的，没有超越世间的空中楼阁，也没有可以避世的人间净土，个人的命运是和国家连在一起的，一荣俱荣，一损俱损。常真法师不埋怨任何人，只当是修行途中的考验，也当是在苦行中积福，她体会到只要心中有佛，处处都是道场。

接下来她做出一件令人意想不到的决定：恢复废弃的中峰寺。当她带着两个考察生来到中峰寺时，眼前的情景不禁让她们惊呆了！这座曾经被誉为山中六大古寺、高僧辈出、禅风最盛的寺院，如今杂草丛生，满目凄凉，殿堂内外门窗全无，佛像倒塌，满地瓦砾。大雄宝殿被人改搭成两层，上为鸡舍，下是牛圈，臭气熏天的鸡屎牛粪溅起半墙高，污浊不堪，烟熏火燎毁坏了原有的壁画和灵幡宝盖，往昔的一切荡然无存，连稍好一点的石碑、石块也被人尽数撬走，用于建屋、铺路或修猪圈……

人们常以"家徒四壁"形容穷困，可是这时的中峰寺连能遮风挡雨的"壁"也不全，仅有一点布满苔藓和杂草的残垣断壁。常真法师她们捡来一些树枝砖头，在空敞的殿堂地上铺开自己单薄的被褥。风雨施虐，蚊蝇侵扰，蛇鼠出没，白手起家，一切从无开始，没有锅，没有灶，甚至连一只缺口碗、一双旧筷子也没有，最初她们不得不到

附近的中药学校食堂去买饭。不过,有时如果去得稍晚,或者那天食堂打牙祭吃肉,她们往往只有忍饥挨饿。每天天不见亮,常真法师就开始一背篓一背篓往外运垃圾瓦砾,仅清理大雄宝殿内的鸡屎牛粪就花了近两个月的时间。其间的辛劳和艰苦一言难尽,难以述说。后来常真法师向佛教协会借了两千元钱,买回法器、一千斤大米、一千块蜂窝煤,以及一些菜油和生活必需品。荒凉的中峰寺终于再次响起暮鼓晨钟,梵音经声,千年老树又一次绽放出新芽,迎来生命中的又一个春天。不久,四位峨眉山高僧通孝法师、韦清法师、善行法师、善全法师一同来到中峰寺,他们的年龄都在七十岁以上,额头和眼角的皱纹记录了他们人生的坎坷与沧桑,也练就了他们从容不迫、豁达大度的胸怀。他们身披袈裟在简陋的大雄宝殿里举行了一个简朴而又庄重的仪式,把中峰寺正式交给常真法师住持。这座由道观变为佛殿的寺院,这座有近两千年历史的庙宇,第一次由比丘尼栽上曼陀罗花。

峨眉山萝峰庵普同塔林

1991年除夕,八十岁的善行法师在报国寺结跏趺坐三天后安详圆寂,他事前安排好了一切,使身边的人没有半点慌乱和无措。常真法师告诉我,善行法师是一个好人,正如他的名字,一生慈悲行善。

这个评价朴实而又中肯，远比那些洋洋洒洒，满篇华丽辞藻的祭文更打动人。

在中峰寺被设为峨眉山佛学院男众班后，常真法师又回到伏虎寺。如今，上世纪50年代与她一同到伏虎寺的比丘尼道友，已有十九位不在人世。不仅如此，曾教过她武术的海灯法师，讲解过佛经的隆莲法师、遍能法师，以及许多让她获益匪浅的峨眉山高僧也先后往生西方净土，而她依然精神饱满，思维清晰，红光满面，皮肤细腻。她风趣的谈吐常让我消除拘束，无所顾忌，能与她如同辈人一样随心所欲地聊天，轻松自如地沟通。我曾多次问她同样的问题："来世您会出家吗？"常真法师不假思索地答："会的，肯定会！"

她九十六岁高龄仍然坚持每天早晚念佛，每周有两个下午过午不食。她居住的小屋门上有一张小纸条，上面写着"念佛时间，请勿打扰"，每当她念佛时，就会关闭房门，以免有人打扰。她除了自己念佛之外，还时常观听其他年轻法师讲经说法的影碟，谦虚好学，虚怀若谷，不因年长而变得故步自封，墨守成规。

抚今追昔，常真法师十分珍惜现在的生活。她说过去峨眉山，尤其是二峨山盗匪出没，打劫、绑票的事时有发生。上世纪20年代的一个夏日，她目睹土匪头子汪三麻子率上百号人马，手拿扎着红布条的梭镖、大刀光天化日之下吆喝着到报国寺抢劫。傍晚，那些土匪肩挑手提满载而归，有的甚至头上顶着被褥、怀揣铜盆，连新一点的棉衣棉裤也尽数掠走。沿途的百姓无人敢阻拦声张，任土匪嚣张而来，摇摆而去。那是个有枪就是草头王的年代，身处佛门也难有安宁。常真法师常念叨："眼下我还能自己动，佛教协会就安排了一个居士来照顾我的生活，这是共产党的恩德！"言语中流露出发自内心的真诚感激之情。

峨眉山比丘尼

我也接触过一些经历坎坷的人，他们中有一小部分要么性格扭曲，偏激狭隘；要么满腹牢骚，愤世嫉俗；还有的臆想幻觉，疑神疑鬼。经常拿别人折磨自己，也拿自己折磨别人。而常真法师能坦然走过来，淡定地走下去，我想是因为她有信仰的支撑，惠通、茂真、继业、别峰、贯之、别传等峨眉山高僧都是她走过来的动力。她也用自己的行为给后人一个表率，她的胸中跳动着一颗积福、惜福，充满感恩的心。

对常真法师的采访虽然结束了，但我仍然会经常去拜访她，不止是为了佛法人生、亲情友谊，也为了那即将消失的峨眉山"风"。

蓝缕开疆

2012年5月1日,成都至西昌的高速公路全线贯通。据说,这一天有十万辆以上的汽车飞驰在这条穿过大小凉山的路上,热闹非凡。而这一天,我却登上人烟稀少、浓雾弥漫,海拔两千八百米的蓑衣岭。这里曾经是由成都去西昌的必经之路,开凿于抗日战争最艰苦的时期,是乐西公路(乐山—西昌)上的咽喉要道,也是最险要的山峰,仅打通这一处就死伤三千多人。如今乐西公路年久失修,路况极差,如果不是四轮驱动的越野车很难行走。七十多年前发生在这里的一幕幕惊心动魄、悲壮惨烈的往事又有多少人能知?

金口大峡谷

的确，在飞机、轮船、高速公路四通八达的今天，萦绕在西南崇山峻岭之中的乐西公路毫不起眼。它弯弯曲曲，狭窄不平，卑处一隅。然而在抗日战争最艰苦的岁月，在纵贯南北的平汉铁路、粤汉铁路，以及对外联系的粤港交通遭日军封锁后，乐西公路成为我国唯一通向国际的陆上通道。源源不断的抗战物资通过滇缅公路进入云南，再从云南祥云、四川西昌、乐山转运到中国各地。

难以想象，乐西公路瘦弱的身躯曾背负着民族的兴亡、历史的重任。

峨眉山九十六岁的老和尚永诵法师就是筑路见证者之一。他俗名张银山，22岁在峨眉山金顶华藏寺出家，1938年下山背粮食时，不幸被国民党兵抓为壮丁，押去修筑乐西公路。老和尚告诉我，当时修路十分艰苦，尤其是蓑衣岭，终年云雾缭绕，滴水成雨，马帮驮夫翻越时必先带上蓑衣斗笠，否则衣衫湿透，蓑衣岭便是由此得名。在那里干活整天浑身上下都湿漉漉的，又冷又饿，人瘦得皮包骨头，如一具骷髅。好些人生病得不到医治，眼睁睁地看着一个接一个死去。有的头一天晚上还在茅草篷里挨着大家睡，第二天早上醒来发现已经僵硬了，脸色又青又黄，大张着眼睛和嘴巴，吓得人毛骨悚然。除此之外，他们还时常遭遇地方民团、土匪的武装袭击。一天，他所在的连队在施工中被一股土匪包围，土匪凭借山顶洞穴易守难攻的地势向他们射击，战斗打了整整一天，死伤很惨重，他们连只剩下二十多人。最后连长打红了眼大声嘶叫道："弟兄们冲啊，洞里全是金银财宝，打死他们大家平分……"

乐山与西昌相距五百多千米，古有蜿蜒的驿道，各县间亦有小路相连，但自明末以来，尤其是清朝中期水路、海运日渐开通发达后，这条马帮驮夫行走的山间驿道日趋衰落。加之常有山洪、泥石流侵扰，地震塌方袭击，逐渐梗阻荒弃，最后沦为蚕丛鸟道。

1935年蒋介石在峨眉山下创办军官培训团时就萌发了修筑乐西公路的想法。当时从四川去云南须绕道贵州，行程遥远，极为不便。若能打通乐山到西昌的道路，则大大缩短行程，方便快捷。但因地质情况复杂，施工难度太大而搁浅。直到1938年抗战形势日趋严重，主要交通干线受阻，修筑乐西路不得不重新提上议程。与此同时，蒋介石还提出若日军继续进攻，陪都重庆保不住，则迁都西昌的计划，并成立了"委员长西昌行辕"。因此修筑乐西公路迫在眉睫，蒋介石极为重视，下令，若不在1940年年底修通乐西公路，将以贻误军机论处！

留学美国康乃尔大学的高才生赵祖康临危受命，担任公路总指挥。修筑乐西公路的艰难程度是难以想象的，赵祖康在后来的回忆中写道：在他的筑路生涯中，西兰路（西安至兰州）、西汉路（西安至汉中）、乐西路堪称人生炼狱，其中尤以乐西路为甚，让他备受煎熬，险些丧命，还惹下牢狱之灾。

乐西公路沿线山高水深，多为彝汉杂居地，物产匮乏，人烟稀少，荒僻闭塞，与外界隔绝不通往来，甚至被人称为"独立倮倮"。

如刀劈斧砍一般的金口大峡谷下是汹涌的大渡河

清末一个名叫克来尔的英国人进入探险被当地土人所俘,部落首领见他外貌怪异,遂问从哪里来?克来尔在北京聘了一个翻译,到成都又聘了一个懂四川话的人,进入凉山后再聘了一个懂土语的人。部落首领的发问经过三个翻译后意思也发生了变化。克来尔答:大不列颠帝国。北京翻译直译:英国。四川翻译心想土人长年不与外界往来,哪知英国是何物?于是意译:很远很远的地方来。凉山翻译此时已经吓得有些发晕,连蒙带猜翻译:从天边来。部落首领一听心里犯嘀咕了,忙找巫师前来问询,巫师一番占卜问卦后说此人是来偷我们月亮的贼人。这还了得!月亮是土人心中的神,岂容他人染指!首领顿时变脸发怒,克来尔就成了土人的刀下鬼。此事险些酿成中英外交纠纷,付出了沉重代价,此后让不少人望而却步,再不敢进入凉山腹地。

由于战事紧急,乐西公路在准备尚不充分的情况下匆匆开工,更增加了施工的难度。公路副总工程师张佐周在回忆录中写道:"奉命于抢修之际,受任于西康之间,深入所谓不毛之地……政令不及,萑苻遍地,'司令'称王,杀生颐指。毒贩结队,扬长过市,白天帮会横行,杀人越货,夜间狼嚎墙外,焚尸而食。身处于虎狼之乡,幸存于恶霸特务之间,至今思之,不寒而栗。"

西昌当时属军阀刘文辉管辖,可是大小凉山山重水复,道路阻隔,一些部落或各自为政,或占山为王,时常发生械斗,刘文辉很多时候也无可奈何,只能听之任之。加上刘文辉又与蒋介石矛盾重重,故乐西公路除川、康两省的省政府、行政专员公署,成都、西昌两个行辕插手外,还设了川省民工管理处、康境民工管理处、夷民筑路司令部、南段督修司令部、北段督修司令部、西昌行辕政治部边民筑路队政治指导员办公室等十六七个冗繁的管理机构。正所谓虱多不痒,账多不愁，冗官冗员，重重叠叠，相互推诿，办事拖拉。不但有那些损公肥私、中饱私囊之徒从中蚕食鲸吞、贪污克扣，使筑路工程雪上加霜，还有中央军与地方部队争斗，特务渗透，地方恶霸逞凶，挑拨离间，造谣生事，弄得人心惶惶，不得安宁。最凄惨、最可怜的是那些被征集来的民工，被抓去充军的壮丁，整日衣衫褴褛，食不果腹，疾疫相侵，瘴岚为灾，弄得人七分像鬼，三分是人。不少人或染病而亡，或失足悬崖，或死于炮火。

永诵老和尚被抓走三年半后终于逃回了峨眉山，这时乐西公路已全线开通。他说是普贤菩萨保佑他死里逃生，他当时心里有一个顽强的念头：无论如何一定要返回峨眉山！一定要回到普贤菩萨的身边！若不是信仰的力量支撑，若不是他有坚强的毅力，也许就早客死异乡、暴尸荒野了。

有一个与他经历相似的乐山籍壮丁就没有他幸运，逃到半途被土人抓去当了奴隶。他不堪忍受几次逃跑都被抓回毒打，最后奴隶主把他的锁骨也打上铁环，再穿上铁链拴在木桩上干活。直到上世纪80年代初第一次全国人口普查时，他才战战兢兢道出自己的真实身份和不堪回首的往事。他的神情举止已与当地人不相上下，和一个山里女人生了一堆孩子。有所不同的是他的锁骨上至今还留着一个手腕大小的铁环，长在肉中无法分离。他思念家乡，却又无颜返回，好不容易鼓起勇气央人写信回乡打听，才知道父母哥哥姐姐都已不在人世。他伤心地大哭一场，然后做了几块木牌，上面刻上亲人的名字扔在河里为他们招魂祈祷，从此不再想走出大山……

乐西路上的辛酸何止这些！当年筑路死去的民工大多数无法葬回故乡，只能就地掩埋，早化为山间的泥土茅草，石块树木，与乐西路融为一体。没留下一个可供人凭吊缅怀的陵园和墓碑，唯有山风为他

采访永诵老和尚（中）

们哀鸣哭泣。

1941年1月，乐西公路历时三年多后终于通车，赵祖康写下了"蓝缕开疆"四个大字，刻石留在海拔两千八百多米的蓑衣岭上，以纪念十四万开筑民工。这些普通民工，在被征集筑路前大多数是乡间的青年，老百姓的儿子，淳朴、贫穷、吃苦耐劳，也许还有一些无知和愚昧。但正是他们支撑了这个国家，筚路蓝缕，以血肉之躯将蚕丛鸟道变为康庄之途，迎来抗日战争的胜利。他们是国家的功臣！

乐西公路第一期工程完成后，国民党行政院组织了一个以参事王家桢为首的考察团，1941年7月从乐山出发，哪知刚走到富林（今雅安汉源县境内），就忽然遇到山洪暴发，桥梁冲毁，道路垮塌，被困九天不能动弹。事后有人诬告赵祖康贪污修路款，偷工减料，致使道路质量下降。蒋介石闻报大怒，立刻下令组成专案调查组。赵祖康蒙冤受屈，病重咯血，险些丧命。最后调查证明赵祖康清白，蒋介石特地拨出一万元，用于赵祖康调养身体，补充营养，并派宋子文专程前去看望。1946年，赵祖康因主持修筑滇缅公路获美国总统杜鲁门授予他自由勋章。由于中美两国关系数十年来曾处于不正常状态，直到1984年，美国政府又举行了一次特殊授勋典礼，才把勋章授予赵祖康。赵祖康由于身体原因未到场，由他人转交给他，他又转交给了中国革命博物馆。1995年赵祖康走完了自己九十五个春秋的人生，被誉为"中国公路泰斗"。

赵祖康是乐西公路总指挥长，也是"蓝缕"中的一员。

开疆的"蓝缕"中有许多普通而又传奇的人物，如峨眉山永诵老和尚。峨眉山一位法师告诉我，他初到峨眉山出家时最难适应的是每天早上四点起床早课，感到整日头昏脑涨，心烦气躁，常找借口偷懒，想多睡一会儿。一天清晨上殿早课前，他无意间看到永诵老和尚在林中习武，当时老和尚已经七十多岁，却将一根缠着红布条的齐眉棍舞得虎虎生风，出神入化。人们常以闻鸡起舞形容勤奋，然而莫道君行早，更有早行人，老和尚每天都在众僧的酣睡中起床习武。后来这位法师出于好奇，偷偷去拿老和尚的齐眉棍，想舞弄一下，不料却是根沉甸甸的铁棍，提着都感到吃力，更别说挥舞施展。这件事给他很大的震动，使他感到无地自容，羞愧难当，从此奋发努力，不敢稍有松懈。

永诵老和尚晚年一直住在万年寺，他的听力大大下降，年轻时落下的风湿病也让他行动不便，但是他依旧坚持走动。尤其是在牡丹花、玉兰花开的时节，他常会在花前伫立很久。我曾问永诵老和尚："出家修行几十年最深的感悟是什么？"他说峨眉山是普贤菩萨的道场，普贤菩萨苦行为先，他当一个行脚僧人是菩萨对他的考验，他无怨无悔。

我想，若没经历坎坷的人生，他怎能悟透生命的真谛？又怎能有

今日的淡定从容，笑看堂前花开花落？一个有信念的人，一个有毅力的人，才可能逢凶化吉，遇难呈祥。命运掌握在自己手中，机遇是留给勤奋的人的，"蓝缕开疆"是他人生中的磨难，也是他人生中的财富。2009年永诵老和尚带着安详的微笑走完了人生旅途。

永诵老和尚与赵祖康，两位完全不同背景的世纪老人，共同经历了乐西公路的磨难，是乐西公路上的标志之一。

如今蓑衣岭上赵祖康题写的"蓝缕开疆"，以及第十七工段长王仁轩书写的"蓑衣岭"石碑还在，但是往来车辆极少。自从金口大峡谷到汉源的公路开通后，两地距离也大大缩短，更主要的是免除了翻山越岭之苦。其实，乐西公路的险峻并不是狭窄，也不是弯曲，而是陡峭，有很大的坡度。这也许是当时工程进度要求，也许是地理位置的关系，还可能是科技水平所限。因为陡峭，下坡有坠落的感觉；因为陡峭，比平时增加了一倍以上的油耗，以致那天险些在山路上燃油告罄。我在山上遇到三个护路女工，正在往被载重大货车压出的一道道深坑里填石块。是附近一座小磷矿雇用她们的，因为运送矿石的货

蓑衣岭上"蓝缕开疆"与"蓑衣岭"石碑

车要经过这条路到乌斯河镇。这是蓑衣岭硕果仅存的运载量,如果不是残留的石碑及路标,已经与山区的乡道、村道不相上下。七十多年前曾经紧张繁忙的景象早已经消失在历史的风烟里,默默无声的"蓝缕开疆"石碑见证了这一切。

我在石碑前看到一小堆燃烧后的灰烬,这也许是在祭奠亡灵,也许是在祭奠乐西公路这个即将消失的文明。

我没带香烛,在心里默默为蓑衣岭点燃了一炷香。

即将消失的文明

秋之菩提

　　秋天的菩提树叶五彩缤纷，它用最绚丽的色彩展示生命的瑰丽。秋天菩提树叶飘落，是为了养育春天另一片新芽的来临。

　　许多年前的一个初春，我如约去峨眉山白龙洞采访宽清法师，当时他已七十九岁，是山上为数不多还健在的老僧之一。听说他虽然早已双目失明，但却有惊人的记忆力和洞察力，经历坎坷，命运多舛，并熟知峨眉山许多不为人知的往事。

　　我刚走到半道，大雨忽然而至，转眼间刚才还熙熙攘攘的路上顿

峨眉山白龙洞相传是当年白蛇娘子修炼的地方，后来与青蛇一同去了杭州西湖，并与许仙相遇

时游人绝迹，蜿蜒的山路也因此变得宁静而纯美。

白龙洞是一座小庙，也曾叫白龙寺，位于清音阁与万年寺之间，四周是古木参天、郁郁葱葱的"古德林"，坡下流水潺潺，清音随风而至。相传《白蛇传》中的白蛇正是从这里去了杭州西湖，演绎了一段家喻户晓、缠绵悱恻的人妖之恋。过去，白龙洞上行不远还有一个更小的寺院，名金龙寺，传说原叫青龙洞，寺后有洞与白龙洞相通，可如今早已旧迹难寻。

当我到达白龙洞时，全身几乎被雨水湿透了，宽清法师没顾得寒暄客套，转身从桌下拖出电烤炉，让我赶紧脱下鞋袜烤干。我正犹豫不决，担心此举有失礼节。哪知宽清法师一下洞悉到我的内心活动，开口道："不要客气，山上潮湿，春寒伤骨，小心凉了……"

热茶烤炉，简陋的小屋里暖意浓浓，窗外雨声淅沥，《大悲咒》的低吟浅唱随风时远时近，给整个山谷带来一种红尘不到的清新气韵。在超然物外的氛围中，宽清法师给我讲述了许多峨眉山的往事，其中一件事特别让我称奇，在以后很多年中总是若隐若现，挥之不去。

宽清法师俗名辜祥明，四川乐山市辜李坝人。1925年在他十一岁那年，抽鸦片的父亲耗空了家产，无法维持生计，不得不将他送到位于峨眉山顶的卧云庵出家为僧，师从果琳和尚。不久，果琳和尚就吩咐他每隔一段时间去一趟万佛顶，为一位在那里结茅棚修行的和尚送一点米和盐。那时，万佛顶还是一片古木森森，藤蔓缠绕，野兽出没的荒僻之地。宽清很长一段时间都不知道那位和尚长什么模样，多大年纪，因为他总是静静地待在用石头、树枝搭建的低矮茅棚中。宽清每次把东西送到后招呼一声，茅棚里的和尚也不多言，回一声谢又悄无声息。只有一次，宽清见他站在离茅棚不远的水凼边眺望远方，虽然看上去年纪很大，脸上布满皱纹，但腰板挺直，目光深邃，神情举止颇有军人威仪。一天，宽清又背米过去，但连喊了好几声，茅棚里都没有回应。宽清忍不住透过柴门缝隙往里看，才发现那位老和尚盘腿而坐，微低着头已经过世了。宽清吓得慌忙跑回卧云庵禀告果琳师父，果琳师父一听二话没说，疾步去见他的师父——昌如老和尚。昌如老和尚似乎早有所料，面色平静地带着他们俩去万佛顶。在清点那位过世老和尚的遗物时，宽清看到一块银质免死牌和一张写有"右府将军"字样的委任书。昌如老和尚沉默半晌开口道："阿弥陀佛，我现在可以告诉你们实情了，这位往生的老和尚法名霞光，今年九十四岁，俗姓李，过去是位战功卓著的将军，因舍命保卫皇帝而授免死牌。同治年间奉命率军到贵州黄平等地镇压苗民起事，见尸横遍野，血流成河，顿悟生命无常，看淡功名利禄，于是抛家弃子，到峨眉山出家为僧。他是一位苦行僧，想以此洗清自己的罪孽。他先在夹江华佗乡间的观音寺隐居了一段时间，然后又到金顶舍身崖结茅棚，最后去了人迹罕至的万佛顶……"

宽清这才知道了老和尚的真实身份，心中一阵唏嘘感叹，然后与师父和师爷一道在山上安葬了霞光法师。之后，随着昌如老和尚和果琳和尚的相继圆寂，这段往事就像峨眉山的许多不为人知的隐秘一样，被掩埋在了历史的长河中。宽清遵照师父的叮咛没对任何人讲，他在峨眉山金顶一待就是四十多年，除每日的早晚功课外，大部分时间都在制作雪魔芋。雪魔芋不但是峨眉山冬季缺菜，以及大雪封山、运输艰难时寺院的主要副食，也是维持寺院生活的经济来源之一。很多游客到峨眉山金顶后都要买一些雪魔芋，带回家分送亲朋好友。宽清正是由于长年在雪地里劳作，患雪盲没及时治疗而双目失明的。我问他过去手工做的雪魔芋与如今机器做的雪魔芋有什么区别。宽清法师答，手工，其实是用心，用诚心来做，因为师父们常用雪魔芋给那些跋山涉水、不远万里来的善男信女结缘。所以不需要像生意人那样算成本，求利润，而是诚心诚意，希望借此给他们种下善根，所以味道不同。

上世纪60年代"文革"期间，宽清法师与峨眉山许多出家人被集中在白龙洞一带开荒种地，强制接受所谓的"教育改造"。因为眼盲的原因，宽清法师被安排去养猪，每天切猪草，煮猪食，在一个完全陌生的环境、一个毫不了解的行道中，他不知吃了多少苦头，摔过多少跟斗。然而说起这些不堪回首的往事时，他却无怨无忿，波澜不惊。宽清法师出家前只上过两年私塾，出家后果琳师父对他要求很严，若有过错，轻则罚跪重则挨打，成年后他才体会到师父的良苦用心。果琳师父早逝，三十多岁就离开了人世，但师父的教诲却深深铭记在心。之后，宽清法师又在报国寺方丈果玲任院长的佛学院学习了一年，当时学员有三十多人，大家都很珍惜这来之不易的机会。宽清

采访宽清法师（中）

法师认为穿上僧衣并不意味着就是一个真正的出家人，若不刻苦学习修行，只能算"米饭僧""应酬和尚"，是佛门的悲哀！

离开白龙洞后，我时常回想起宽清法师讲述的往事，尤其是那位曾经当过将军的霞光老和尚让人难以释怀，于是我查阅了与清代贵州苗民起义有关的资料，想试图找寻他的踪迹。贵州是苗族聚居地区，苗族人民长期以来与统治者矛盾尖锐。清朝咸丰五年春，贵州东部台拱厅（今台江）苗民要求减免新加的赋税，遭清政府拒绝。被激怒的苗民索性要求官府永免征收，并打土豪分田地，将汉族地主拥有的田宅分给贫苦苗民，地主企图组织团练实行镇压，双方展开了激烈的争斗。不久，苗民便在台拱西部集会举行起义大会，推张秀眉为"大元帅"。两年后，起义军迅速发展到几十万人，陆续占领台拱、凯里、黄平等几十个州县，建立起以台拱为中心的黔东南根据地。并在辖区设官职，没收官府和地主财产。直到同治九年，湘军首领席宝田再次奉命率大军围剿苗民，张秀眉被俘殉难，长达十七年的苗民起义最后惨败。

由于宽清法师记不清霞光老和尚的俗名和籍贯，所以我一直不能

曼陀罗花是佛门的象征之一

确定他的身份。之后，我又在郭沫若《芭蕉花》一文中读到他对那段历史的描述："我的母亲六十六年前是生在贵州省黄平州的。我的外祖父杜琢章公是当时黄平州的州官。到任不久，便遇到苗民起事，致使城池失守，外祖父手刃了四岁的四姨，在公堂上自尽了。外祖母和七岁的三姨跳进州署的池子里殉了节，所用的男工女婢也大都殉难了。我们的母亲那时才满一岁，刘奶妈把我们的母亲背着已经跳进了池子，但又逃了出来。在途中遇着过两次匪难，第一次被劫去了金银首饰，第二次被劫去了身上的衣服。忠义的刘奶妈在农人家里讨了些稻草来遮身，仍然背着母亲逃难。逃到后来遇着赴援的官军才得了解救。最初流到贵州省城，其次又流到云南省城，倚人庐下，受了种种的虐待，但是忠义的刘奶妈始终是保护着我们的母亲。直到母亲满了四岁，大舅赴黄平收尸，便道往云南，才把母亲和刘奶妈带回了四川……我们的祖宗正是在清初时分入了四川的，卜居在峨眉山下一个小小的村里……"

郭沫若的家乡是乐山市辖下的沙湾区，他的故居如今已对外开放，供游人参观。郭沫若的外祖父从峨眉山下去贵州做官，镇压苗民起义的李将军又从贵州到峨眉山出家，人的因缘有时就是如此阴差阳错，不可思议。

记得那天与宽清法师告别时，我说我会再去拜访他，宽清法师并没有说欢迎再来之类的客套话，而是自言自语地讲，这些天总是感到有人在与自己讲话，其中有他的师父、师爷，以及那位霞光法师，还有他的父母……我下山后将此事告诉一位法师，法师微微一愣说："老和尚恐怕要离开我们了。"果然时隔不久我就接到了宽清法师圆寂的消息，说他走得很安详，就如一片秋天的菩提树叶，随风轻轻飘下。一片菩提树叶浓缩了他近八十年的人生。我难过之余也为自己没

有及时再去记录他讲述的峨眉山往事而深深遗憾。

几年过去了，一天一位峨眉山的朋友来访，说起峨眉山最近发生的一件奇事：山顶重建挖地基时掘出许多用铜、铁、木等材料雕刻的人物，这些雕刻神态各异、服饰不同、大小不等，有的精工细作，有的粗糙不堪，不过每个雕像上面都刻有人名。我知道那是过去一些人因为各种原因不能来峨眉山，于是托亲人朋友带上自己的替身前去，以表达内心祈福消灾的愿望。我正神不守舍地乱想着，朋友的一句话让我大吃一惊，他说一个民工在掘土时发现了一块银质免死牌，上面刻有铭文，等等。我不由联想起那位将军出家的霞光法师，立刻让朋友赶快去找那位民工，因为很可能就是霞光法师留下的那块免死牌。可是待朋友回去找那位民工时，却踪影全无，不知去向……

我又一次想起宽清法师，想起那些离我们远去的高僧大德，其实他们并没有走远，他们依旧在峨眉山。

每年我都会在不同的季节去登峨眉山，尤其是当秋色尽染层林时，从高山之巅洒下的阳光明澈而又悠远，温暖而又慈祥，总让我想起金色的菩提树叶，带给人的无尽眷恋和遐想，仿佛能听到峨眉山的千年细语。

一段峨眉山奇特真实的往事

2011年8月的一天，我接到一位陌生女士从北京打来的电话，她语气急促，言辞恳切，想请我帮她辨识其父孙明经1938年在峨眉山、乐山拍摄的老照片，说这些照片让她绞尽脑汁、费尽心力，依旧是疑虑重重。她是从《四川佛教》杂志执行主编王荣益先生那里了解到我的，希望能得到帮助。对一个教授英美文学、戏剧，于佛教十分陌生、又远在北方的人来讲，淹没在历史风烟中的峨眉山往事的确费解。

这个电话拉开了峨眉山往事的序幕。

这位女士叫孙建秋，今年七十二岁，退休前是北京外贸大学英语学院的教授。其父是我国著名电影先驱、摄影家，上世纪三四十年代拍摄了许多影片，50年代初从南京金陵大学到北京电影学院任教，因为经历坎坷，直到1992年去世，都极少向子女提到自己早年的经历。而他当年行走各地留下的科学考察照片与笔记，均在"文革"抄家时被焚或无有踪影。1980年9月，北京电影学院后勤处干部赵永生，在朱辛庄校园遇到孙明经长子孙健三，说："'四人帮'被抓后不久，工宣队匆匆逃走，临走的夜里，将他们的全部材料连夜在大操场上烧毁，第二天，我去收拾工宣队原来存放材料的房间，看到屋内空空，仅门后边堆着三个麻袋，三个麻袋口都用白布条拴着，每个布条上都写着'孙明经材料'五个字，我就把麻袋归到杂物库房里去了，现在电影学

院要给农学院腾房子，你问问你爸爸麻袋里的东西还要不要，要是不要了，我就当废品处理了……"

孙健三赶紧随着赵永生到库房，打开麻袋一看，全部是孙明经过去拍摄的照相底片和教学授课用的幻灯片，麻袋下半截已经因为暖气跑水沤烂了。孙健三将三个半截麻袋里的照相底片和幻灯片拿回家里，时年六十九岁的孙明经看到这些时，顿时泪流满面……

孙健三试着将一些照片清洗冲印出来，其中比较完整地保留下来的是父亲1939年西康、1938年自贡的照片。而1938年在峨眉山、乐山、重庆等地拍摄的底片和笔记，直到2011年才找到，而那时孙明经已经不在人世了。

为纪念孙明经一百周年诞辰，孙建秋与二弟孙建和开始整理峨眉山、乐山、重庆等地拍摄的底片和文字，把其中一些底片扫描放大，想看清照片上的文字，并配合笔记试图弄清照片背后的故事。可是常常一筹莫展，因为笔记除字迹潦草外，还充满化学符号和工业名词。孙明经丰富的化工、机电以及物理知识为其后人增加了辨识难度。而这时贵州民族学院正承办"中国高教学会影视年会暨孙明经电影教育学术研讨会"，欲纪念孙明经一百周年诞辰。接到邀请，孙建秋催促出版社尽快出版，以便使与会者能一睹孙明经的摄影和文字遗作。

电话交谈中孙建秋老师提到故宫文物南迁峨眉山、大佛寺中的千手观音塑像、峨眉山军官培训团等照片，令我大为吃惊！因为这些遗迹峨眉山早已荡然无存，也没有留下任何影像资料，那些影响重大的历史事件如同烟云一般消散，哪知如今却是这般不可思议地出现！

峨眉东城门　　　　　　　　　峨眉县城老城门之一

　　这个电话持续了一个多小时，如果不是因为时间太晚，也许还要继续下去。接下来几乎天天都有邮件往来，孙建秋不断发来照片让我辨认，并时常在电话里交流。后来《孙明经手记》一书出版，孙建秋老师在后记中写道："直到出书前最后一两个月才与徐杉老师联系上，真是相见恨晚！"

　　从第二天起，孙建秋老师几乎每天通过邮箱发照片来，峨眉山往事如电影一般在眼前展开，让人激动而又心酸，高兴而又难过，感慨万千。尽管一些照片有不同程度的损坏，但仍然非常珍贵。在那些照片中，有几张特别值得一提，因为背后有许多不为人知的故事。

　　一是两张峨眉旧城的老照片，一张是东城门，一张是中正门。瓦房、石板街、城墙、背篼挑担穿长衫的人，西南古老小城的韵味扑面而来。东城门上方写着"实行新生活复兴中华民族"的标语，左侧有几个更大的字："抗日救国。"

　　地处西南腹地的峨眉山原本是宁静安详的佛教圣地，然而从1935年起，逐渐聚集了许多军人，最初是蒋介石以国民军事委员会的名义在峨眉山举办了三期军官训练团，调集了四川、西康（于1955年撤销，金沙江以西昌都地区并入西藏自治区，金沙江以东并

入四川省）、云南、贵州等省营以上军官和部分县级政教人员，共计四千零三人进行短期培训。地址就设在报国寺周围，为了修筑营房，征集了很多民工，并在周围砍伐树木。很多年前我在峨眉山采访时听说了这样一件事。当时一个法名叫胜瑞的和尚，见报国寺至伏虎寺一带珍贵布金林被砍，气得上前阻拦，说布金林是峨眉山的几大禅林之一，依照佛经一字一株，明清两代皇帝都曾下令不得砍伐云云。可是那些军人并不把胜瑞放在眼里，仍然我行我素。胜瑞见拦不住，就闯到蒋介石官邸声称要向总统告状，可是蒋介石的官邸守卫森严，平时连高级官员要面见都不易，何况一个普通和尚！胜瑞受到阻拦也不吵闹，就地盘腿跌坐，卫兵无可奈何，两小时以后见胜瑞还是一副稳坐泰山，不达目的誓不罢休的模样，只好进去向蒋介石通报。蒋介石终于被这个倔强而又大胆的和尚

齐白石赠果玲的画

打动，下令不得砍树，以竹子代替树木。

竹子是速生植物，以它作为替代，使百年布金林中珍贵的桢楠、冷杉等得以保存。

布金林凝聚了峨眉山几代僧人的心血，正是他们以生命为代价保

护，才使布金林免遭厄运。上世纪60年代"文革"中，红卫兵也带了斧头锯子准备砍伐布金林，当时伏虎寺住持常清法师双手紧紧抱住树干说："要砍树先把我砍死！"她虽然身材瘦削，又已经六十出头，但在胸中迸发出的豪气却震慑了一群年轻力壮的毛头小伙子。当年我采访她时曾问她难道不怕吗？她说根本来不及想怕不怕的事，听说有人来砍林子，冲出庙来就上前阻拦⋯⋯

十多年前，峨眉山一些健在老僧，回顾过去，常常会谈到这些事，说蒋介石与报国寺方丈果玲交往甚深，不时偕夫人宋美龄由红珠山散步到报国寺，有时到方丈室与果玲品茶聊天，有时在庙里食用素斋，甚至还有不带侍卫前来的时候。现存报国寺里"精忠报国"的匾额，就是蒋介石应果玲之请而题写的。果玲是一个颇有学问的人，出家前曾在大学里教授国文，不少到峨眉山游览的文人雅士，都以能与他唱和诗词为荣。如今峨眉山博物馆里还能看到齐白石等著名书画家给果玲题赠的书画作品。诺贝尔文学奖评委中唯一的汉学家马悦然，1949年在峨眉山研究方言时，曾向果玲学习汉朝五言诗、乐府、魏晋南北朝诗，等等。这个高鼻子卷发的瑞典人，后来在汉学方面取得了很大的成绩。而果玲和尚却命运多舛，因他是报国寺的方丈，上世纪50年代报国寺的庙产一下全算到他头上，转眼就成了剥削农民血汗的大地主，加上不少国民党要员到峨眉山游览时拜访过他，于是又多了一个罪名：国民党残渣余孽。最后被折磨致死。记得当时一个老和尚讲述果玲被害的经过时，听得我心惊肉跳，毛骨悚然，至今回想起来依然不寒而栗。

1938年峨眉山再次聚集了许多军人，一是抗日战争全面爆发，一部分故宫文物被转移到峨眉，城中的大佛寺被临时征用做存放文物的地点；二是纵贯南北的平汉铁路、粤汉铁路，以及对外联系的粤港

交通遭日军封锁后，蒋介石决定修筑乐山至西昌的公路，以便连接滇缅公路，打通国际通道，为此在乐山周边各县征集了十四万民工。

可是筹划修筑滇缅公路最初遭遇了缅甸方面的拒绝，内中的原因复杂，但表面却以佛家认为开路会伤及许多生灵为由。缅甸是一个全民信仰佛教的国家，这个借口让中方感到为难，谈判一时陷入僵局。这时正在报国寺闭关的方丈圣钦（1869—1964）秘密前往缅甸，以救助更多众生，行菩萨之道苦口婆心，最终在各方的共同努力下，缅方点头同意。圣钦是四川三台县人，十五岁到峨眉山出家，德高望重，行事低调。

圣钦法师八十六岁留影

1938年孙明经在峨眉山为一位十四岁小和尚拍摄了照片，这个小和尚就是圣钦的弟子，后来曾任峨眉山佛教协会会长，法名宽明。

当年国民党军队为修筑乐西公路，四处抓民夫和壮丁，就连峨眉山僧人也未能幸免。我曾在《蓝缕开疆》一文中记叙了万年寺永诵老和尚年轻时的这段特殊的经历。文章发表后，有几家报纸组织了重走乐西公路，寻访历史遗迹等活动，并连续报道。

当时有个别军官闲暇时也到庙里来走动，与和尚聊天，甚至听讲佛法。一位浙江籍年轻军官走动最频繁，他曾就读于国立艺术院，毕业于中央军校，后来在峨眉山腹地的大坪禅院出家，法名通禅，如今是研究儒释道的世界知名学者南怀瑾。

孙明经笔记中记载了普超法师针对抗日战争所说的一段话："……都望将来峨山至少能出一营人，原以军政为职业者十之四五。"

普超当时是中华佛教总会四川分会峨眉山支部的负责人，他的话道出了部分峨眉山僧人的出家前的身份。

普超法师三十五岁留影　　　　普超法师老年留影

第二张特别的照片是明代大佛殿千手千眼观音像，这是目前发现的唯一存世的照片，弥足珍贵。

据《峨眉山志》记载，明代无穷禅师主持修造了这尊千手千眼观音像，他是四川铜梁（今重庆市铜梁区）人，1573年抛家弃子到峨眉山出家。一生躬操苦行，忘身为法，是峨眉山苦行僧代表之一，除观音像外，还主持修建了慈圣庵、大佛殿等。

在峨眉山流传着许多关于无穷和尚的传说，其中就与观音像有关，大意是，万历皇帝的母亲慈圣皇太后是个虔诚的佛教徒，闻听无穷欲修造千手千眼观音，不但捐出私房钱，还让皇帝从内帑拨出一笔

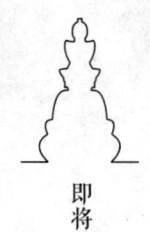

银子助修。无穷购得十万余斤黄铜铸造观音像，原本打算运到慈圣庵供养，但是由于佛像高十二米，无法运上山，只好在县城建大佛寺供奉。工程结束后无穷进京禀报，万历皇帝随即派人悄悄来视察，可是来人走遍全山寺院都没有看见铜铸的观音，于是禀报皇帝，怀疑无穷私吞了这笔银子。皇帝闻讯大怒，于是不问青红皂白下旨将在延寿寺讲经的无穷斩首，后来得知真相，追悔莫及，不但追封其为国师，铸金头赔罪，还派两个官员护送无穷的遗骨回峨眉山钵盂峰安葬。

大佛寺后经扩修，成为西南规模最大的寺院，而这尊千手千眼观音则是大佛寺的镇殿之宝。据不少峨眉老人回顾，那时每年到峨眉山朝山的人，都必先到大佛寺焚香，称为"起香"，从起香即日不食荤腥，有的还会要求家人亦如此，然后再逐庙拜佛敬香上灯。抗日战争时期，故宫文物南迁乐山、峨眉，其中一部分就安放在大佛寺中，为了安全起见，大佛寺一度由重兵把守，严禁入内，直到抗日战争结束才恢复对外开放。千手千眼观音因为在"文革"中遭到彻底破坏，所以在峨眉山、乐山的文史档案中均没有图片资料。大佛禅院恢复重建时，峨眉山佛教协会曾四处搜寻，但一无所获。就连当年在大佛寺里负责故宫文物的那志良（1908—1998），也没有留下照片，只在笔记中写道："大佛寺是峨眉山下的一个大庙子，有一座大铜佛，是千手千眼佛，高丈余。凡是到峨眉旅行的人，在上山前，都来这里参观，现在这个大殿里放了文物，是谢绝参观的。"

孙明经是个眼光敏锐独到的人，1938年到峨眉山大佛寺拜访故宫有关人员时，拍摄了这张千手千眼观音塑像。

看到这张照片我感到奇妙而又不可思议。十年前我写《布金满地——神秘的峨眉山佛门传奇与揭秘》（第一部）时，就写到无穷禅师修造千手千眼观音的往事，一睹这尊佛像的容颜，是我心中多年的夙愿。在收集素材的采访中，凡遇见过这尊观音像的人，我必详细询问，乃至周边的环境也不放过。我甚至还请几位法师带我去位于钵盂峰的无穷禅师墓地，希望能有所发现。那天正在下小雨，山路又溜又滑，我重重摔了一跤，弄得一身稀泥，十分

明代无穷禅师主持铜铸的千手千眼观音

狼狈，虽然没有线索，但冥冥之中总有一种预感：有一天我能见到这尊佛像。那时没想到孙明经先生拍摄了千手千眼观音像，也没有想到底片能躲过"文革"之灾，更没有想到孙明经的后人能清洗整理出来，通过114查询台找到峨眉山档案馆、峨眉山佛教协会，又找到王荣益先生，再找到我，并让我目睹四百多年前的观音圣容。这中间哪怕任何一个环节稍有挪位，就可能失之交臂，这些事表面上看起来并无任何联系，却最终交会到一起，真是奇妙的缘分！

与之有关的还有一个真实的故事。多年前我采访一位老僧时，谈起大佛寺里的千手千眼观音像，她记忆犹新，说"文革"时是城里一个名叫汪××的带人拿了铁棒钢钎等去砸观音像的，此人早年家中贫困，晚景亦很凄凉，靠国家救济发放的低保度日，如今一家人都不在世了……

这个世界有很多虚幻的东西，然而因果却是真实不虚的。

第三张特别的照片，是一个快要倒塌的茅棚，位置在峨眉山万佛顶。四壁空敞，树枝穿过屋顶。出版社认为丑陋弃之不采用，孙建秋老师也不明白父亲为什么会拍这么一个破旧无人的破棚子。看到这张

即将消失的文明

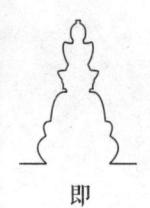

苦行僧在峨眉山万佛顶搭建的茅棚

照片，我不由感慨万千，这个茅棚里素未谋面的主人在我心中萦绕了十多年！

那是十多年前。采访已故宽清法师时，从他口中得知了茅棚主人的故事。

宽清法师俗名辜祥明，四川乐山市辜李坝人。1925年十一岁那年，父亲抽鸦片耗空了家产，便将他送到位于峨眉山顶的卧云庵出家为僧，师从果琳和尚。不久，果琳和尚就吩咐他每隔一段时间去一趟万佛顶，为一位在那里结茅棚修行的和尚送一点米和盐。那时，万佛顶还是一片古木森森，藤蔓缠绕，野兽出没的荒僻之地。宽清很长一段时间都不知道那位和尚长什么模样，因为他总是静静地待在用石头、树枝搭建的低矮茅棚中。宽清每次把东西送到后招呼一声，茅棚里的和尚也不多言，回一声谢便悄无声息。只有一次，宽清见他站在离茅棚不远的水凼边眺望远方，虽然看上去年纪很大，脸上布满皱纹，但腰板挺直，目光深邃，神情举止颇有军人威仪。一天，宽清又背米过去，但连喊了好几声茅棚里都没有回应。宽清忍不住透过柴门缝隙往里看，才发现那位老和尚盘腿而坐，微低着头，已经往生了。宽清慌忙跑回卧云庵禀告果琳师父，果琳师父一听二话没说，疾步去见他的师父——昌如老和尚。昌如老和尚似乎早有所料，面色平静地带他们去万佛顶。在清点那位圆寂老和尚的遗物时，宽清看到一块银质免死牌和一张写有"右府将军"字样的委任书。昌如老和尚沉默半晌开口道："阿弥陀佛，我现在可以告诉你们实情了，这位往生的老和尚法名霞光，今年九十四岁，俗姓李，过去是位战功卓著的将军，因舍命保卫皇帝而授免死牌。同治年间奉命率军到贵州黄平等地镇压苗民起事，见尸横遍野，血流成河，顿悟生命无常，看淡功名利禄，于是抛家弃子，到峨眉山出家为僧……"

宽清这才知道了老和尚的真实身份，与师父和师爷一道在山上安葬了霞光法师。之后，随着昌如老和尚和果琳和尚的相继圆寂，知道此事的人也仅剩下宽清，但宽清遵照师父的叮咛守口如瓶，直到圆寂前才说出。

这个故事深深打动了我，采访结束后，查阅了许多与清代贵州苗民起事有关的资料，想从中了解霞光法师出家前的经历，可是由于不知霞光的俗名和籍贯，如同大海捞针。为此，我又一次登上万佛顶，期望能找到一点蛛丝马迹，可是丛林里什么遗迹也找不到，一位曾参与修筑金顶到万佛顶观光小火车道的民工说曾看到废弃茅棚，只留下一些石块，还在密林中挖到装有骨灰的瓦罐……

就在我对探询此事感到失望时，忽听一个朋友说金顶重建，一个民工在掘土时发现了一块银质免死牌，上面有一些铭文。我立刻联想到霞光法师，心里又一次燃起寻找他踪迹的希望，赶紧让朋友去找那位民工，只想目睹一番免死牌，可是那位民工却带着免死牌悄然离去，不知去向。若隐若现的霞光法师又如一缕烟云，再次消失在遥远的天边。

时隔多年，没想到霞光法师闭关的茅棚竟然出现在我眼前，让人感到离奇而又意外！

我把照片放大很多倍，又用放大镜仔细辨认，发现门上贴有一些纸条，但字迹模糊不清，只有"南无阿弥陀佛"几个字还能辨识。

这个破烂的茅棚见证了一个人的心灵回归，见证了一段历史，也

见证了峨眉山苦修者的传承。

一个多月的时间里,我与孙建秋老师往来了许多邮件,在此过程中我对她的父亲有了更多的了解。其父孙明经于1911年出生于南京一个富庶的书香门第,故从小就能接触到当时十分奢侈的照相机,并对此产生了浓厚的兴趣,由"玩"而成为一代大家。他一生行走了很多的地方,行程超过万里的拍摄经历有四次:第一次是1937年,从华东至西北的科考;第二次是1938年至1939年到四川、西康科考;第三次是1940年至1941年在美国的科考;第四次是1942年至1945年到云、贵、川科考。这四次除摄制电影外,还拍摄了数以万计的照片,丰富地记录了中国上个世纪三四十年代的人文历史、百姓生活状态。教育家蔡元培感慨称:"孙明经是用影像记录历史的当代徐霞客!"

右一为孙明经

孙明经在1957年被打成了"右派"，以后二十年间几乎没有拍过一张照片，直到"文革"结束，孙明经才重新回到北京电影学院的讲台上。他的很多学生都成了现在电影界、摄影界、教育界的中坚力量，如张艺谋、顾长卫等。

　　记得一位高僧曾说：一个人的经历与起心动念有关。峨眉山这些珍贵的老照片能失而复得不正是如此吗！

　　（注：除圣钦、普超和尚老年照片来自峨眉山佛教协会外，其余来自孙建秋老师。）

即将消失的文明

山中隐潮

古韵悠长的峨眉山寺院

　　雨后峨眉，寂静的后山小路游人绝迹。松风，雨露，空山清幽。上行过雷音寺，登解脱坡，经纯阳殿，还未到万福桥，便遥闻潮水澎湃之声。起初以为是山涧瀑布挟风带雨奔腾而来，疾步走近，涛声依旧，却不见水踪。我心中暗暗称奇，眼光四处搜寻，想探知这其中的秘密。然而，放眼看去脚下是崎岖的山路，前面是连绵的大山，四周苍松翠柏，茂林修竹，绿光闪烁，岚气轻拂，圣水禅院高翘的檐角从树丛中飞出，时隐时现。这里既不见飞瀑流泉，也不见山溪幽潭，唯有一缕晶莹泉水从远处石缝下缓缓渗出，飘然而去，亦无涧路可寻。左思右想弄不明白潮声来自何方，又将流向哪里。

潮声伴我继续前行，过万福桥见一巨石巍然横于途中，石上历朝名贤摹刻颇丰，其中有明代进士徐文华、安磐等人的墨迹。当年他们因仗义执言被贬回乡，是峨眉山钟灵毓秀的山水驱散了他们心中的阴霾，涤荡满腹的悲凉和愤懑，于是在困境中办学著书，以教育福泽一方，被百姓尊称为"嘉州七贤"，敬仰厚爱。巨石左边也矗立一大石，彼此遥相呼应，石上道家神仙陈希夷和吕洞宾等所题写的"福寿""大峨"清晰犹在，似乎在给被利欲搅扰得骚动不安的人们指引一条清净超脱之道。

大石下有一水穴，泉水缓缓溢出，晶莹闪亮，慢慢前行，最后消失在万福桥旁。走近大石侧耳细听有汨汨之声自上而下，然而转瞬就被潮声淹没，消失无踪。我早听说有名的峨眉山"圣水""神水""玉液泉"出于此，大石后的圣水禅院，亦称神水阁，就是因此水而得名，然这山中潮水之声却闻所未闻。

正疑惑不解，圣水禅院内步出一中年的比丘尼法师，面色红润，手持木勺茶壶走近泉边取水。她告诉我，此乃山潮，非水所致。久晴时来必有雨，久雨时来必天晴，此外潮之大小又能预测一年的盈缩，极是灵验。我惊讶之余，接二连三向她提问。法师又告诉我清代时这里是登峨眉山顶的主要通道，周围庙宇众多，曾有山中六大古寺之一的华严寺、中峰寺，还有著名的大峨寺，由唐僖宗敕建，内中曾供有建峨眉山普贤道场的高僧——慧通法师的塑像。三个大寺院附近还有星罗棋布的小庙，如胜峰庵、弥陀庵、立禅庵、呵呼庵、流春庵、圆教庵、灵文阁、曹溪阁等。可清末以后庙宇逐渐减少，如今只留下寥寥几个，尤其是至山顶的公路和缆车开通后，很少有人愿意劳神费力沿此路徒步登山，自然也无缘领略这山潮奇观……

我又问她的生活状况如何，为什么留在这个冷清的寺庙，等等。

法师淡淡一笑，并不多言，让我先到四周转一转，回头到庙中品茶。

我顺着圣水禅院右边坡下一条小路走到荒草萋萋的歌凤台前，正吃力辨认石上漶漫不清的字迹，忽一声震耳的狗叫从草丛深处传来，接着狂吠不止，吓得我拔腿就跑，慌不择路间摔在地上。这时一位采药老人拄杖走出，叫我别害怕，他的狗不会咬人的。话毕，那只大黑狗立刻安静无声，摇着尾巴站在老人身边。我按老人的指点从难以辨认的荒路走到寂静冷清的中峰寺。如今的中峰寺面目全非，面积不及过去的五分之一，清初被毁的几重大殿已被一片枝繁叶茂的密林覆盖，厚厚的落叶下旧迹难寻。我穿行在林中，满脑子都是有关中峰寺悠远历史的遥想，而眼前这般冷寂静谧，更让我心潮激荡，难以平静。这里曾是峨眉山禅风最盛的寺院，高僧辈出，代有奇人，他们在此思索研究，呕心沥血，为后人留下多少精神财富！这里也曾惨遭朝代更迭的战火，疯狂的杀戮是否在它身边留下一片血腥？

我正胡思乱想着，忽然瞥见树林尽头有一个身着灰衣的男人，盘腿坐在一个棕蒲团上聚精会神地看书，阳光在他的脸上投下柔和的线条，由内到外散发出超凡脱俗的气息。走过去攀谈，方知他是佛学院的老师，谈吐谦和，目光睿智，和蔼可亲。他原是一名军人，后在南

清泉石上流

方一所重点大学任教，在哲学领域颇有成就，尤其对黑格尔有较深入的研究，曾在国家核心期刊上发表多篇论文。他说最初选择学习哲学，是觉得中国人思维太过散乱、随意，应该引入西方的哲学思想加以改良，才能培养出思辨力强、严谨认真的新人。然而他慢慢有了一些疑问，也发现一些哲学领域深感困惑的问题，却在佛学中找到了答案。于是他开始学习佛法，研究佛学，一步步深入，一层层感悟，学佛为他开启了智慧之门，也带来了无穷的快乐，而这一切是荣誉、金钱和物质不能替代的。于是，他毅然舍弃繁华富裕的都市生活，将妻子女儿送到国外，自己来到峨眉山与隐潮为伴，潜心佛学。

深山古寺

离开中峰寺我从大路折回圣水禅院，智者大师的七米高的衣钵塔耸立在禅院大门口，未经刷新维修的石塔沧桑古朴，透露出历史的悠远。我眼望古塔抚今追昔，智者大师是一个充满传奇的人物，俗姓陈。公元591年应隋炀帝杨广之邀到扬州为其受菩萨戒，事后杨广亲自写了一篇受戒文记录此事，并赠"智者"号，故后人常称他智者大

师。智者大师将中国佛教的止、观、教合为一体，讲求止观并重，定慧双修，在中国佛教史上构成了一个完整的宗派——天台宗。他一生云游四方，不但在峨眉山圣水禅院门口留下衣钵塔，还有"神水通楚"的传说经久不衰。

走进圣水禅院，见先前那位面色红润的中年比丘尼法师刚从地里劳动回来，手脚上满是泥土，背上大背篓装满了刚摘下来的新鲜白菜。原来庙里的几位比丘尼法师在废弃的大峨寺前开垦了一片菜园，种植萝卜、青菜、辣椒、茄子、南瓜、豆子等，四季不断，因不施化肥，不打农药，故虽然个头不大却保留了最原始本色的味道。她们还将吃不完的菜晒干加上盐和辣椒，以及各种香料，做成腌菜或辣酱，成为最受欢迎的凉菜。我打开她们腌菜的坛子，酸香麻辣的味道令人垂涎，忍不住用手夹出一块放在口中大嚼。

法师收拾妥帖后邀我到门外石凳上品茶，过去玉液泉左右曾有"竹月松风"和"一卷一勺"两个六角小亭，泉右九曲流杯池引无数高人韵士听潮赋诗，泛觞唱和。如今虽无曲水流觞，亭台楼阁，但遗韵犹存，仍是个听涛赏景品茗的好地方。果然，本是极普通的绿茶，用玉液泉沏之不但清香扑鼻，回甘悠长，而且茶汤始终清澈透明，不浑不浊，法师说这是因为水好。泡茶讲究七分茶，三分水，玉液泉清冽甘甜，能将普通的茶沏出上品茶香，就如人闻佛法能获得更多的智慧和快乐一样。茶与禅密不可分，禅茶一味，茶，不仅让人们体会苦尽甘来之乐，也让人们从生活的细节中去悟禅……说话间，见一个上了年纪的男子背着两个大塑料桶来泉边取水，他告诉我他每周从峨眉城来此一次，他原来患有高血压、糖尿病等多种疾病，到圣水禅院来背水两年后，不但体重减轻了二十斤，而且其他病情也逐渐好转。

其实，玉液泉祛病强身的功效早有记载，当年智者大师在荆州玉泉寺生病后，龙女感念大师的恩德，悄悄将峨眉山神水引到玉泉寺，并将智者大师存放在中峰寺的锡杖也顺水漂去，果然大师饮神水后身体康复。法师告诉我，她正是因为喜欢这山中隐潮而留下，她原本在一个香火很旺的大庙，生活远比这里方便舒适。

  我眼望四周并无奇景，然而佯狂避世的春秋鲁国人陆通，峨眉派武功的开山鼻祖、南北朝的淡然大师，隋朝天台宗创始人智者大师，横跨佛道两家的药王孙思邈，宋代大文豪黄庭坚、苏东坡、陆游，南宋的别峰禅师，明代四川巡抚吴用先，民国的冯玉祥将军，等等，都在此流连忘返。为什么？站在这里我心里渐渐明白，山中隐潮如天籁梵音，他们听音，留音，笑看潮涨潮落。

即将消失的文明

一个另类英雄的人生

小东在2008年"5·12"汶川大地震后的抢险救灾中，因冒死从废墟中救出十几个人，而被所在部队授予功臣称号，成为一名英雄。通知他去北京参加表彰大会他不去，却开口要机票钱，好在顶头上司理解他，知道他经常有一些不合常理的另类举止，所以也不为难他。原来他打算把这笔钱一部分寄回家乡的大觉寺，另一部分资助两个贫困的孩子上学。

小东做的这些事只有几个与他关系很铁的战友知道。

大觉寺是小东一手建起的寺庙，在四川南方一个偏僻的乡间。小东中学毕业后不顾父母强烈反对，要到峨眉山出家为僧，他的理想是要当一个武艺高强、行侠仗义的高僧，可是到了峨眉山才知出家并非易事，需要先经过一年的考察。小东是个耐不住

峨眉山金顶十方普贤

寂寞的人，加上学过一点拳脚，经常找人较量，逞强好胜，有时还惹是生非。一天被一名平时从不显山露水的师父一巴掌打倒在地上，半天爬不起来，羞愧难当，无地自容，于是用背篼装上自己简单的衣物，一顶斗笠，一张蓑衣，匆匆下山离去。

小东满腹委屈回到家，不想父亲没好气地说："你不是要当和尚吗？哼，和尚倒把你打了，背时，活该！有本事你就滚出去！"

小东气得转身就走，一个背篼，一顶斗笠，一张蓑衣开始了流浪生活。他在成都流浪了很久，靠乞讨为生，甚至在爱道堂的门外一连住了几个晚上。爱道堂是个女众寺院，有人施舍了一床棉被，还有人施舍了饭食。"爱道堂的屋檐比较长，不然衣服被子都会被雨淋湿。"小东念念不忘。

一段时间后小东又返回家乡，但觉得没有脸去见父母，转来转去，最后在一个废弃的采石场搭了个窝棚，并在周围种了一些玉米和瓜菜糊口。这里没有人认识他，以为他是一个无家可归的流浪汉。

不久，他开始在采石场修庙子，肩挑背磨，一石一瓦，艰难异常。乡间农民纯朴善良，见一个流浪汉有如此善举大为感动，都来帮忙，有的还捐赠了一点水泥、砖瓦、河沙、木料之类的东西。很快一座简陋的小庙落成，并供上菩萨，设了香炉蒲团。小东自己剃光头发，换上一身袈裟，开始为乡民们念经，做法事，在峨眉山学到的一点皮毛，此刻全部派上用场。再加上他性情直爽，乐于助人，与周边百姓相处甚和。后来一位从北京来县里视察宗教工作的领导知道此事后，为他的寺院取名并题写了匾额，于是他的寺院的合法性得到了肯定。

后来部队到此地来招兵，他想了想就脱下僧衣去参军，把庙子交给一个信得过的人帮忙照看。部队驻扎在一个大城市，周围的生活五

即将消失的文明

峨眉山卧云庵

彩缤纷，令人眼花缭乱，他经常半夜偷偷翻墙跑出去。两个战友发现后，偷偷跟踪，结果发现他一身乞丐装束，四处拾荒。追问之下得知他把拾荒挣的钱，连同津贴都寄回家乡的大觉寺。战友知道原因后替他保密遮掩，因为小东平时十分节俭，连一瓶矿泉水也舍不得买，上街都是用军用水壶装开水带上。

小东提干以后收入增多，开始帮助一些贫困的孩子上学，他的收入一部分寄回大觉寺，一部分给孩子，他自己一直没有谈婚论嫁。也曾有人给他介绍女朋友，但多是女方拂袖而去，原因归结起来主要有两点：一是抠门，二是另类。更主要的是抠门，商品社会一切都待价而沽，姿色是有价值的，不付出岂能得到？可是小东听到忠告总是哈哈一笑："我才不想为她们改变自己，抠就抠，我就是抠！"他说得振振有词。他很喜欢部队，说吃穿不要钱，每月还有三千多元的工资，他准备将来离开部队后回到自己的庙里，或者再到峨眉山去当和尚。

前不久，小东利用获得"抗震救灾英雄"称号者在四川各个旅游景点免收门票的优待机会又去了峨眉山。他去拜访了当年教导过他的

金顶华藏寺

师父,下午惬意地在万年寺喝茶聊天,告诉师父有一个月他捡饮料瓶卖了一千多元,甚是得意。黄昏时与师父告别,说准备返回成都。哪知走出山门时他突然改变了主意,决定徒步登峨眉山金顶。半夜一点半他给师父发了一条短信:"师父,我在金顶。"

第二天师父起床看到这条信息,忙打电话问他:"你昨晚住哪里?"

他答:"在庙子的屋檐下坐了一夜。"

峨眉山金顶海拔三千零七十七米,即使在炎热的夏季,夜里也要盖上棉被,而他只有一身单衣。

师父听罢只说了一句:"你还是老样子。"

小东嘿嘿大笑,说话像打机关枪一样快速无间断。

息心

早就想到息心所附近的山谷去了解那些正在闭关修行者的状况，可是又担心多有不便，或者被阻止，直到心空法师答应带我去，才得以成行。心空法师是万年寺的知客，曾任峨眉山佛学院的教务长，为人和善宽宏，长得一副弥勒佛相，与我是多年的朋友。

头一天我晚上刚赶到万年寺，山雨就飘然而来，接着哗啦啦下了一夜，直到天亮后才慢慢停下。抬头望去只见山间雾气蒸腾，在密林中飘忽不定，风一来，又飘洒阵阵微雨，夹杂着松柏的清香，带着蝉鸣鸟叫悠长的回音。

万年寺

早饭后心空法师带我们上路，湿漉漉的石阶盘旋而上，一道拐接一道拐，好像要延伸到云端，总也走不到尽头，不一会儿我的衣衫就被汗水湿透。心空法师摇着扇子告诫："慢慢走，多看风景，不要坐下歇气。"看来他深谙此道，所以尽管有弥勒佛一般的体态，看上去却犹如闲庭信步。

自从通往接引殿的公路开通后，徒步登峨眉山金顶的人越来越少，即便有也多选择走洪椿坪、九老洞一线，因此这条山路上颇为幽静。走到观心坡俯瞰山下，万年寺、清音阁、牛心寺，以及远处的大峨寺、圣水禅院尽收眼底。这些年山间就如同春天的竹笋一般，一下冒出许多新建的民居，开设农家乐带来的丰厚收入，让山民们趋之若鹜。

一个多小时后我们到达建于崖畔的息心所，定禅法师拿出一个西瓜来款待我们，在不通公路的山里，西瓜显得十分珍贵，每一口都让我感受到奢侈享受。

与峨眉山众多气势恢宏的庙宇相比，息心所是座不起眼的小庙，唯有一座大殿，前面供奉观音菩萨，后面供奉药师佛。它似乎不为四处大兴土木扩建庙宇的热潮所动，正如它的名字一样，万籁无声心自息。小庙最初建于明代嘉靖年间，当时为一小庵，相传为息心居士静习之处，后开建为寺，故名息心所。明末清初荒废，乾隆年间德辉和尚重建寺宇，现存寺院为清光绪初年建筑。由于平时香客较少，简陋中透着一份宁静。

定禅法师话不多，举手投足透着沉稳与敏捷，这是长年习武学佛所致。他的身世颇为奇特，经历了由道到佛，由习武到修禅的转折，在息心所一住就是十二年。他的房间里有两捆红砖，每一捆八匹，用绳子捆扎成型。追问之下，方知是他练习蹲马步时，手中的托举

之物。

稍稍休息了一会儿，定禅法师就带我绕过寺后一小片菜地，踏着荒草向山谷走去。由于刚下了一夜雨，地上的苔藓就像加了酵母的面团一样膨胀开来，踏上去"吱、吱"冒水，稍不小心就打滑。不久，两间相距不远的关房小院出现在眼前，红砖墙覆以灰色的水泥瓦，荒草已经蹿到半墙高。房门紧锁，悄无声息，如果不是事前知道这是关房，眼前的情景就像是一座废弃的空宅。大门旁一扇一尺见方的小木窗，只有在护关者送午饭时才打开，每日一餐，过午不食。从门上交叉而贴的封条时间上得知，里面的人已经闭关三年有余，在此之前，两位僧人分别有在终南山和鸡足山闭关的经历。

僧人闭关的关房

如今这附近已经有七间关房，其中六间已住人。剩下的一间因为刚建完，里面还没有收拾妥当，暂时还没有人住进。趁这个机会我得以进去。推开院门是一个约四十平方米的长条形院坝，一排房子被隔成三间：佛堂、卧室和卫生间。定禅法师说闭关需要超人的毅力和信念，在整个过程中与外界隔断，基本禁语，物质生活降到最低的状态，所以他希望尽量给他们提供好一点的环境。

为此他整天都在忙碌。护关并非易事，与闭关有同样的功德。

离开相对集中的几间关房，继续向前，一条大约一尺宽的陡峭石阶，在树林里弯来弯去向下延伸，一直伸到飘忽不定的白雾之中。心空法师指点四周告诉我对面就是九老洞，下面是石笋沟，顺着石笋沟向前就到达曾经很有名的大坪禅院了，通永、通孝、通禅（南怀瑾）等法师曾驻锡于那里。精美的木雕五百罗汉在"文革"中被红卫兵付之一炬，深山古庙也没逃过疯狂的浩劫，如今只剩下一些残垣断壁。

走到此，被我自己体温烘干的衣服再次被汗水湿透，离开息心所时我忘了往水壶里加水，此时幻想树林里能出现一眼山泉，让我酣畅淋漓一番，有时做白日梦也能安抚人。

跟着两位法师继续向山谷里走，小路的尽头正在恢复重建消失近百年的地藏庵，准备为更多的闭关修行者提供清静的场所。这里真是峨眉山腹地一个风光绝佳的好地方！万籁俱静，郁郁葱葱，俨然世外仙境。我们刚停下一会儿，就有一片浓雾升起，顿时四周云遮雾罩，如白纱铺天盖地，三四米以外便模糊不清。雾越来越近，越来越浓，似乎将身体紧紧裹住，一张嘴就直入咽喉。转瞬间脸上、头发上就蒙上了一层水汽，渐渐地水珠顺着面颊往下流，如同水洗一般。当我试图走近悬崖边时，立刻被定禅法师阻止，他说这里已经到了悬崖的尽头，下面是几乎垂直的峭壁！我小心翼翼探出身子，隐隐听到浓雾深处传来的流水声。

定禅告诉我前不久峨眉山发生了一件奇事：一位八十四岁的老人从安徽到峨眉山拜佛，这是他四大佛教名山之旅的最后一站，可是当他独自从万年寺后的小路入山时，却不幸在古木参天、藤蔓遍野的山

谷里迷失了方向。他以为沿着山谷可以走出去，于是继续向前，哪知走进了石笋沟。越往前越艰难，几乎要靠身体从茅草中挤出去，深一脚浅一脚，并连连摔跤，他想折回万年寺，可是总也找不到来时的路线，那些被脚踏过的草不知怎么回事转眼间呼啦啦恢复原状，竟然找不到任何痕迹。他深深后悔自己冒失，但又孤立无助。就这样在山谷里转了三天，一会儿云雾缭绕，一会儿细雨蒙蒙，他又饿又冷，浑身乏力，只好用山溪水充饥。后来大雨倾盆，山溪暴涨，浊浪翻滚的溪水不能饮用，他就用嘴吸岩石缝里的清水。到第四天他已经筋疲力尽，完全绝望了，以为就此命绝峨眉山，于是在一个巨大的岩石旁躺下，就在意识有些模糊时，耳边忽然响起一个轻柔的声音："不要怕，跟我走，前面有庙。"老人一个激灵，翻身坐起来，可是四周空无一人，他挣扎着向前走，不久听到远处传来一阵叮叮当当敲打石头的声

通向峨眉山腹地石笋沟的山路

音，不由激动万分，于是循着声音向上攀登，最后被两个在地藏庵干活的民工救起，并送到附近的息心所。老人爬上来的位置，正是我探

出身子张望被制止的地方。我实在无法想象一个濒临死亡的老人如何能攀绝壁而上？一个身强力壮的年轻人也难以做到！是什么给了他力量？

定禅法师说，老人被救到息心所时连连说是菩萨救了他！当法师给他端来粥时，他没有急不可待地狼吞虎咽，而是先整理衣衫，到大殿观音菩萨像前虔诚叩拜。

接着景区派出所来人，对失踪四天又安然无恙返回的他大为惊讶。

世间有一些在外人看来不可思议的事，但是对于佛教徒来说都能找到合理的解释。

万籁无声心自息，一身非我物同春

我向定禅法师询问有关禅修的事，他说修禅需要大根器，非一般人能为。曾经有一位来自五台山的法师，用报纸糊了门窗，在漆黑的屋子里闭关了一个星期，整个过程只饮用了两瓶矿泉水，而出关时却面色红润，双目有神。对一般人来说寂寞是件难受的事，而比寂寞更

可怕的是黑暗，因为黑暗往往使人产生恐惧，进而疯狂甚至崩溃。"那叫闭生死关！"定禅法师说。他又说，还有一位法师，进入关房后将床上的被褥、棕垫全部卷起来放在一边，一直盘腿跌坐，每天二十四小时如此，称为"不倒单"。还说，并非所有闭关者都能够顺利结束，于是对初次闭关者可以开方便法门，以免出现意外"破关"。

我向他询问闭关的意义，他说就是排除杂念一心参悟，佛教历史上的大成就者大都有闭关修行的经历。他自己早就打算闭关，因为护关的重任暂时还不能离开，不过已经选好闭关的地点，在更偏远僻静的地方，那里依山临水，他准备就地取材，筑茅棚而居……

云雾缭绕的峨眉山

我们返回的途中，一个中年汉子手提两个饭盒迎面走来，点头与定禅打招呼，并不说话。我见对方一身俗家人装束，低声询问，方知是一名护林员，闲暇时常来寺院做义工。因为闭关者每天只吃一顿，并且过午不食，所以寺院总是赶在开饭前先给闭关者送餐。关房是一个苦修的世界，也是一个寂静的世界，他们远离红尘，在这里逐渐与周围的草木融为一体,故护关人都懂得要轻语缓步,不扰乱四周的和谐安宁。

踏着小路走回去,云雾渐渐散开,蝉鸣声此起彼伏,我望着远处山峦心想:无论社会经济如何发展,总有一些人不受诱惑,愿意远离世俗生活,放弃财富和奢华,在远离人群的地方,用毕生的精力寻找佛的指引,研习佛经,体会佛法,探索生命的意义。定禅和那些在山里闭关的法师就是这样的人。

我忽然联想起息心所的一副对联:万籁无声心自息,一身非我物同春。

息心,是为更深入地探索。

即将消失的文明

顽猴

峨眉山的猴子在江湖上颇有顽名,拦路索讨,强夺智取,围追堵截游人的事时有发生。它们有时一二十只成群结队散布道路两旁,有时三三两两出没林间,伺机而行,相互配合,身手敏捷。俨然一副山中无老虎,猴子称霸王的景象。

很多年以前,我就曾在山上遭到猴子袭击,被抢走了手提袋,可是当它打开见只有方便面和榨菜时,以不满的眼神回头看了我一眼,然后一扬手扔到了山坡下。峨眉山的猴子被游人宠坏了,对食物很挑剔。

我一位重庆的朋友第一次去峨眉山,对其习性毫不知晓,途中相遇一只猴子,便将一只熟鸡蛋递了过去。猴子接过后"叭"一声扔在石阶上,朋友以为是猴子不小心掉下的,遂弯腰帮捡,不料猴子蹿上前重重给她一个耳刮子,打得她眼冒金星,脸上的红印很久不散。事后朋友大惑不解,求问于山民,答曰:"猴子的吃食你千万别动,猴子扔鸡蛋是为破皮取食,它见你捡蛋以为要抢回去,故出手

运筹帷幄的母猴

打你。"

曾有一个小伙子上山时不听劝阻，嚼着火腿肠摇摆而行。忽听林间一阵"唰、唰"的轻响，两只猴子从天而降，拦路伸手索要。小伙子哈哈一笑，说："耶，给老子要买路钱……"话未落音，一只猴子跳起抢过火腿肠，另一只猴子越上小伙子肩头，一把抓过照相机又蹿到树上扬扬得意。直到小伙子狼狈不堪，忙不迭告饶讨好，猴子才把照相机放到地上。

如此等等，不胜枚举。峨眉山猴子脱不了一个"顽"字。

游人觉得逗猴子很开心，猴子也觉得与人斗智斗勇很有趣。有猴子玩，峨眉山多了一分生动。没游人玩，猴子少了一分灵性。

顽皮可爱的猴子

峨眉山清音阁一带是猴子自然保护区，有工作人员持棍巡逻，向游人讲解注意事项，一旦发现猴子有不轨行为则棒喝教训。可是猴子极不愿受人约束，聚集在一个固定的区域里，故经常涉水爬树，如齐天大圣孙悟空一般翻筋斗跑出保护区，四处游玩，逍遥自在。万年寺是猴子们最爱光顾的地方之一，因有前车之鉴，我每次前往都小心翼翼，唯恐遭到袭击。

一次去寺中拜访一位法师，说到猴子的种种劣迹时有些不满，可法师不以为然，说猴子极有灵性，接着给我讲起一段猴子的往事。

前面有情况！

那年冬天峨眉山格外寒冷，一只降生不久的小猴子死去，母猴的哀鸣声经久不绝。此后母猴天天抱着死去的小猴在万年寺内转，十天过去了，小猴开始发臭，刺鼻的臭味四处弥漫，而母猴依旧紧紧抱在怀中，不弃不离。又过了三天，母猴才依依不舍用双手刨了一个坑将小猴埋葬，但仍不肯离去，时常在那个小土堆四周徘徊。一天，山上狂风大作，尘土飞扬，小猴的尾巴露出泥土随风摆动。母猴见状仰天大叫，以为小猴死而复生，激动万分地将小猴从土中刨出。当它见到是一具僵硬的尸体时，忍不住又一次流下眼泪。闻声赶来的猴群神色凄凉，发出令人悲伤的呜咽。那情景让法师终生难忘。

法师说猴子是极有灵性的，峨眉武术中的猴拳取意于猴。峨眉山流传着许多猴子与人和睦相处，护法利生的故事。故师父们常称它们为"灵猴"或"猴居士"。当雨雪连绵，游人稀少，猴子难以觅食时，师父们就拿出玉米、豆子等布施给它们，故平时猴儿们对庙里的师父们极是恭敬，甚至剃光头的游客也极少受到猴子纠缠。

今年春天我又去万年寺，不料一路走来却不见一只猴子，山坡上树林里也踪影全无，心里好生奇怪！

茶过三盏，向空法师垂询，空法师说前些日子猴子经常跑到师父们寮房玩耍，上蹿下跳，东翻西找，抽屉衣柜书架一处也不放过，有时玩累了就索性躺在床上呼呼大睡。后来猴子发现师父

我的地盘我做主

们关闭门窗不让它们进入时，就变着花样撬窗钻洞，上房揭瓦，似乎在说，朋友！太不耿直，我们相邻为伴，何苦相互为难！师父们只好让步，任猴居士们自由往来……

一天晚上，空法师洗漱罢钻进被窝，突然触到一团黏糊糊的东西，一看竟是猴子拉的屎！可被子铺得整整齐齐，全然看不出任何动过的痕迹。法师说猴子睡醒后大约发现自己闯了祸，赶紧收拾好被褥从屋顶逃遁而去。从那天起万年寺门口的猴子骤然消失，仿佛做了亏心事无脸见人，很长时间都没有露面。

我想猴子定是知自己顽皮过头了，故躲到一个隐蔽的角落反思过错。阿弥陀佛！

峨眉山猴子怎一个"顽"字了得！

月中桂

中秋于峨眉山赏月，我惊叹于山间庙宇弥漫的桂香。

晚霞落尽，云影无光，峨眉山渐渐消失在温柔的夜色里，游人的喧闹声远去，虎溪水面飘起几缕薄雾，不知不觉，月亮悄悄潜入溪中，一转眼又浮出水面。间或一声虫鸣蛙叫，拍翅而过的夜鸟，滑入溪中的露珠，都会惊得月影轻轻晃动，溅起些许飞花碎玉。

月夜是峨眉山最令人沉醉的时光，而中秋之夜最能将"竹影扫阶尘不动，月穿潭底水无痕"的空灵意境发挥到极致。

坐落在虎溪边上的伏虎寺是一座神奇的寺院，虽然四周古木参

天，但寺院屋顶却一尘不染，仿佛有人随时清扫，枯枝败叶踪影全无。可这一切并非人力所为，而是大自然的鬼斧神工，妙趣天成。当年康熙皇帝惊叹这一奇观，也惊叹寺中僧人飘逸自在，清净不染，挥毫写下"离垢园"三个大字。这块匾额至今仍高悬于庙中，引无数游人不远万里，涉水登山，欲解开这千古之谜，探寻解脱之道。

伏虎寺内桂树枝繁叶茂，中秋之夜竞相开放。大雄宝殿左右各有一株精心修剪、树冠状如巨伞的桂树，一株是金桂，另一株是银桂，金黄、乳白的花朵缀满枝头。馨香之气淹没了往日香火红烛之味，宽敞的大殿里香气四溢，芳香不断。

踏着月色去罗汉堂，半山坡上的桂树与华严塔旁、虎泉边上的桂树繁花盛开。微风吹来，花儿四下飘散，把幽香带到每一个角落。石阶、栏杆、曲径、野草，无处不在。幽香拌着薄如轻纱的岚雾透过肌肤，沁入心脾，又从身体的每一个毛孔散发出来。

桂香引领着我在月光如水的伏虎寺内徜徉，亭台楼阁，廊腰缦回，檐牙高啄，宝殿雄伟，这一切原本十分熟悉的景象，此刻竟然有些缥缈朦胧，陌生遥远。银色把这一切装点得熠熠生辉，宛如西天胜景。我把头伸进一棵桂树的枝丫中，桂花就在襟袖之间，在皎洁的月光下晶莹闪亮，清新圣洁。四周没有灯光，没有行人，没有声响，唯有花儿与明

桂花

月遥相呼应。身处花中，心已无花，我的心随着月光摇曳，那醉人的香啊，透入骨髓深处！

　　踏月赏桂之后，妙法师在庭中高大的桢楠树下摆好桌椅，并用取自峨眉半山圣水禅院的甘泉，沏上佛学院学生自己采制的明前绿茶。举杯邀月品茗之间，又拨动琴弦奏一曲《高山流水》。于是，琴韵、月色、山风、桂香、佛理、禅趣一同融入杯中，点点滴滴滋润我的心田。妙法师是一位颇有学养的比丘尼，总是面带笑容，平易近人，步履轻缓，言谈婉转。与之相识的人，莫不赞其亦师亦友；与之初见的人，莫不期望拜师结友。她让自大者渺小，骄傲者惭愧，烦闷者解脱，狭隘者宽容。有她在，方寸之间顿生祥和之气。

　　月光下的桂花不事张扬，自甘寂寞，居于红尘之外，流芳于尘世之中。这不正是妙法师的写照吗？其实不仅仅是她，也是峨眉山许多世外高人的品格缩影。当尘世喧嚣时，他们寂然无声；当群星争艳时，他们默默无闻。可是，当滚滚红尘消散之后，他们却空谷传响。

　　月中桂，桂中月，我惊叹它于无声处点燃人智慧的心灯。

牛角寨大佛

开凿于唐代的乐山弥勒大佛，堪称佛教造像艺术高峰时期的杰作。也许正因为它光芒万丈、声名远扬，周边许多同时期的佛教造像由此变得黯淡无光、默默无闻，位于四川仁寿县高家乡牛角寨的弥勒大佛就是其中之一。

仁寿县曾经属乐山管辖，牛角寨距离乐山不过一百多千米，但即使在今天交通也十分不便，当年的景象也就可想而知了。

牛角寨地处龙泉山脉中段东侧，文宫镇高家乡鹰头村的山上，沿盘山乡道而上，一路坑坑洼洼，尘土飞扬。其实，牛角寨早已无寨，只是一座山名而已，原来的寨子消失于何时？没有史料准确记载。如今山间散落着为数不多的人家，破旧的土坯墙院落，无声地诉说着贫瘠土地上的日子。历史上仁寿一直是个缺水的地方，许多地名皆与水有关，诸如满井、汪洋、清水、藕塘、慈航，等等，无不寄托着人们对水的期盼与渴望。牛角寨因为地势较高，比其他地方更缺水，在以平原和浅丘为主的仁寿，海拔七百多米的牛角寨算是一座令人仰望的高山。牛角寨既不在交通要道上，也没有丰富的物产，可是唐代为什么会在这里修造一尊巨大的弥勒佛头像？须知当时在悬崖上开凿高十五点八五米、宽十一米，坐西向东，双手齐胸合十的石刻佛像，是一件相当费工费时的工程。牛角寨地势险要，周围怪石嶙峋，为什么要在此开凿弥勒佛像？开凿佛像的缘起是什么？

牛角寨弥勒大佛通高近十六米，宽十一米

史料上没有记载，一切都是推测，以及无数的民间传说。

从正月初一到十五，各地寺院几乎都是人头攒动，香烟缭绕。而牛角寨弥勒大佛却显得冷冷清清，卖香的山民也因为生意清淡而没精打采。近年来牛角寨建起一座小寺院，名大佛寺，但仅有一重殿，四个出家人，也轮流在外卖香。

我沿着石阶向上，远远看到开凿在红砂岩石上的弥勒大佛头像，一座近年建起的楼阁将佛头罩在其中。走近，见佛像面容丰满，嘴微闭，目微启，眉似弯月，神态安详，与乐山凌云山弥勒大佛颇为相似。鼻子上修复的痕迹清晰可见，感觉整个头部与手的风格有些不合，推测手也许是后人续修而成。唐代佛教造像中这样的例子比比皆是，乐山大佛历时九十年，先后几个人主持续修；重庆的潼南弥勒大佛也是如此，头部在唐代完成，身体在宋代续修完成。

建于唐代的牛角寨弥勒大佛

我在周围转了一圈，见不少摩崖石刻造像，人物众多，相貌各异，或立或卧，或静或动。有的屈腿弓腰，俯首侧耳做恭听状；有的五体投地做跪拜状；有的系裙穿甲；有的曲臂挽带；舞伎翩翩起舞，乐伎吹打弹奏。造像除人物外还有器皿禽兽，千姿百态，栩栩如生。虽然风化破坏的痕迹十分明显，但流畅的线条、精湛的工艺，依然能展示出艺术与科学价值。目前已经编号的佛龛一百零一个，共有一千五百一十九尊佛像，还有大量残缺不全的佛像未编号整理，据称总数达两千四百多尊。

听我询问牛角寨弥勒大佛的情况，卖香的山民们向我推荐王和尚——一位约莫六十出头的出家人，俗姓王，当地人便称他王和尚，或王师父。后来我发现这里的山民习惯在出家人的称谓前加上俗姓，比如，称一位前来上香的比丘尼为张尼姑。真是有点奇怪！王和尚给了我一份由高家镇党委政府编写，印有牛角寨大佛的明信片，上面寥

寥百字简介，还兼为仁寿特产桃花、枇杷、羊肉做广告。王和尚的回答如明信片印刷的一样，再多问几句，便摇头不知。

好在后来我遇到卖香的董大爷，他说此地原来有"大佛阁""观音堂"，可惜在上世纪50年代"大跃进"风潮中被拆除，目的是大炼钢铁，还将大佛阁山上的千株古柏全部砍光，最终一斤铁也没有炼出，山却成了一座秃岭。牛角寨是明末张献忠率军攻打进四川时为屯兵所筑，早年还能看到拴马石、废弃的屋基等，现在仅余一破裂的储水石缸。

董大爷今年七十二岁，是土生土长的仁寿县人，说起新修的大佛阁时，指着佛像下方一个石缝，讲述了一段离奇的故事。"文化大革命"中，当地一个叫王某的年轻人，参加了当时众多群众组织中的一个，名为"大同党"。不久"大同党"被定为反动组织，出身地主家庭的王某，罪加一等，剥削阶级加现行反革命分子，立刻遭到通缉。王走投无路，绝望之下本想在离家不远的水库投水自尽，可是最终只是脱下衣物和鞋子，制造了一个自杀的假象，然后跑到牛角寨大佛像下的石缝里躲了起来，原来石缝后面有一个洞，如同一间石屋。支撑王某活下来的是一个痴情女子忠贞不渝的爱情。

弥勒石刻佛像下的石缝成为当年藏身之地。左侧石碑记叙了重修大佛阁的缘起

贫农家庭出身的李姓女子，从此每天夜里摸黑走几里山路，偷偷给王某送吃的，一连送了两个月，担惊受怕，却风雨无阻，其间的酸甜苦辣难以言喻。董大爷感叹道："现在难找这样的女人了！幸好那时公社不允许农民养狗，不然她走夜路也暴露了，帮助反革命会遭得更惨。"

王某当时在石缝里对大佛发下誓言："若我能躲过这一劫，一定重修楼阁，让大佛不受风吹雨打之害。"两个月以后，王某偷偷离开牛角寨，逃到成都以出卖劳力糊口，拉板车，扛麻包，掏大粪等，只要能挣钱，什么活都干。可是因为没有户口和相关的身份证明，最初只能在桥洞和街头露宿。有一天，他遇到一个雇主，货运到后又帮雇主搬上楼。雇主是一个颇有实力的老板，见他做事麻利，且又不斤斤计较，遂决定长期雇用他。不久将一些小工程交给他，他干得有声有色，再后来交给他更多的工程。王某慢慢有了一些积累，便正式娶李姓女子为妻，患难之中见真情，有情人终成眷属，家乡的人这才知道他没死！这时"文革"已经结束，王某的"大同党"一案也得到平反，他趁国家经济政策开放的好势头，办起了自己的公司，生意蒸蒸日上。上世纪90年代，他率妻子一同返回故里，出资十万元为牛角寨大佛修建阁楼，兑现自己当年发下的誓言。

当我问及王某与李某现在的状况时，董大爷叹道，王某已与李某离婚，留给前妻一大笔钱财，另娶了一个年轻漂亮的女子。末了摇摇头说："钱太多了也不好！"

我心里无限感慨，惊天地、泣鬼神的爱情，竟也这般落花流水。真是人生无常！这个世界唯一不变的真理，就是一切都在变。

董大爷讲到这里，有人到摊前来买香烛，我便告辞沿陡峭的山坡朝大佛头顶攀登。据说这座山形如一个牛头，故名，佛像所在的位置

正好在牛鼻子上，岩石向前突出。站在山顶上，尤其是那只巨大的石水缸边，南、北、西三面群山连绵，重峦叠嶂；向东俯瞰则梯田层层，鹰头水库波光闪耀。山顶上近年栽种了不少松树，只有佛像头顶背后那棵合抱粗的柏树，是当年满山苍松翠柏唯一的幸存者。从一侧接近佛像，可以清楚看到头顶的螺髻，其状犹如乐山弥勒大佛。

在第五十三号石窟"南竺观记碑"题记中有以下字样，"大唐天宝八载太岁己丑四月乙未朔十五日戊申"，这应该是造像结束后留下的，即公元749年，由此推测是在唐开元年开始修造的。于是，有文史专家据此认为是乐山弥勒大佛的蓝本之一。其实，被视为乐山弥勒大佛蓝本的还有其他佛像，诸如青神县与乐山交界的平羌三峡，崖上就有一尊未完成的石刻佛头像，整体造型与乐山大佛极为相似。乐山大佛开凿于唐开元初年，即公元713年，工程前后跨度九十年，是世界上最大的石刻弥勒佛像，在当时科技与生产力相对不发达的情况下，修造这样一尊巨型佛像，自然要先做大量的准备工作。南宋时陆

石刻罗汉

游出任嘉州（今乐山）通判，就在城西古像山能仁院里看到了大佛的蓝本，在一首诗的序中写道："能仁院前有石佛，高丈余，盖作大佛时式也。"古像山在乐山城西两里处，今斑竹湾一带。《方舆胜览·嘉定府》中也有关于乐山大佛蓝本的记载："古像山，在城西，有石刻弥勒佛，如凌云像而小，或谓初作此以为大佛之式。"

由此看来，舍近求远，到交通极为不便的仁寿牛角寨凿一个弥勒佛蓝本不合逻辑，经不起推敲。

一千二百多年以前在凌云山悬崖峭壁上开凿弥勒大佛，究竟依据的哪一个蓝本，今天看来并不十分重要。重要的是代表未来、代表光明的弥勒佛，一度是中国最流行、最深入人心的信仰对象，尤其是在四川，在民众的期盼与统治者的推波助澜下，弥勒信仰达到全盛时期，并深深影响到周边的少数民族地区。乐山弥勒大佛、重庆潼南弥勒大佛、荣县弥勒大佛就先后开凿于这一时期，不但尺寸巨大，而且所选位置也有相同之处。

遭遇多次兵火灾难袭击的牛角寨，半块残碑也没有留下，但佛像本身就是中国弥勒信仰高峰时期一个有力的见证，也是一种文明传播的见证。弥勒大佛曾使周边百姓对未来充满美好希望，因为有希望，才能在贫瘠的土地上一代又一代顽强地繁衍生存下去，也留下了许许多多的故事，让后人回味感悟，认识生命的价值。

即将消失的文明

鱼窝

大年初五的鱼窝安静中带着一份寂寞。

鱼窝，是岷江流经乐山与青神交界处峡湾的地名，由犁头峡、背峨峡、熊耳峡三个峡谷组成，又称平羌三峡。因两岸岩石缝里出产美味的江团而得名。沿鱼窝峡湾行走，是清末民初成都至乐山的古驿道，古时颇有名气的清溪驿就设在附近，每日舟船、马车、行人往来不息。至今在峡湾前方的汉阳古镇上还能看到一些清代木质瓦房民居、青石板铺陈的街道，汉阳镇就是由清溪驿站发展而来的。李白诗句中"夜发清溪向三峡，思君不见下渝州"的"清溪"，就被一些史学家认为是此地，尽管有不少争议。

汉阳古镇曾经是成都通往乐山的重要驿站

鱼窝乡间如今还是延续这样的风俗：从大年初二开始走亲戚。长期居住在冷清寂寞的乡下的人，趁这个机会与亲戚们凑在一起打牌、喝酒、吃九大碗，难得热闹一番。如今年轻人大多在外打工，有的连孩子也一同带走，多年不回家，乡下老宅子里往往只有老人和狗，山间升起的炊烟里也带着落寞与寂寥。以前，乡人的祖上在外经商或者为官，大多要衣锦还乡，要不晚年也要落叶归根，那时人们对土地有深深的依恋之情；而今根的概念淡薄了，家的结构也发生了很大的改变。

近三十年来，中国进入最大的人口流动时期，从"盲流"到"农民工"，一个词语的转换，是由上亿以土地为生的农民流动而来的。

我托一家饭馆老板帮忙找到一位船夫，让他将我和先生带到熊耳峡走一圈，再看看当年在峭壁上尚未开凿完工的大佛像。很多年前我为写长篇历史小说《最后的大佛》，曾沿古驿道走过，还特地雇船看这尊大佛。听说这些年大佛风化十分严重，故想再去走一遭。

捕鱼已经不能为业，撒网是对河流的怀念与祭奠

平羌三峡过去曾是水流湍急、波涛汹涌的峡谷险滩，可如今由于上游电站不断增加，以及气候变化，早已不复当年的滔滔景象。

不一会儿，一位被称胡老四的船夫摇小船过来，船身很小，跨上去就摇晃不止，舱里积有半寸深的浑水。胡老四这几天都在鱼窝中捕鱼，但收获寥寥无几，说现在越发难以捕鱼，尤其是江团，去年一年只捕到一条，不足两斤，卖了五百多元。江团生活在深水石缝里，以食岩浆藻类为生。鱼窝两岸皆是长满苔藓的岩石，是江团最佳生存之地，然而近年来由于过度捕捞，特别是前几年上游两个小纸厂大量排放有害污水，致使大批江团死亡，难以生存繁衍。

"黑压压的臭水流下来，河边漂起好多死江团，有的没死，不停地挣扎，好造孽……"胡老四一边说一边摇头叹息。他的父亲、祖父曾是靠水谋生的渔夫和船夫，常年往来于这条江上，后来不得不以种地为生。

曾经出江团的鱼窝，如今渔船搁置在江边

我忽然想起张继先生讲述抗日战争时期张大千来乐山的故事，我问他对张大千印象最深的是什么。张继先生想了想，十分认真地说:"好吃!张大千不但爱吃,也特别会吃,尤其喜欢江团。"张先生为了款待张大千,曾特地托船夫到鱼窝买江团,有一次弄了一条很大的江团,不得不用洗衣服的大木盆装回来。张先生是峨眉符溪镇人,医道高明,为人和善。

抗日战争期间,许多学校和机构内迁到乐山,张继先先生在玉堂街的"仁济国药号"后堂内,经常高人韵士贤集,于右任、马一浮等人不时出入其中。而美食江团往往是雅聚中的高潮和亮点,张大千曾亲自上灶烹饪,彰显高超的厨艺,博得满堂喝彩。为此,张大千特地画了一幅达摩面壁图赠送张继先先生。"但是我不喜欢,黑黢黢的一张脸,于是就把画贴在门背后,第二天张大千来看到了,啥子话没说,回去又画了一张观音来送我……"张先生说起这些哈哈大笑。

百岁老人张继先先生,有一次与我说起和张大千一起吃宣威火腿的往事,烹饪过程相当繁复,清水煮沸后,再裹上蛋皮再放入蒸笼,等等。末了他露出顽皮的神情说:"我那个药铺是吃垮的,朋友三四经常在药铺后面的客厅里喝茶,吃饭要摆几桌……"张继先先生是个仗义疏财的人,那时每天为一位穷困病人免费就诊并赠送汤药。他认为吃是维持人体健康的重要方法之一,但并不是大鱼大肉,而是顺应时节。比如,夏天苦瓜上市,冬天出萝卜,都是身体在这个季节的需要,最好不要吃反季节的蔬菜。而且不能挑食,酸、甜、苦、辣各种食物都吃才能身体平衡。

江团在当时也是上品水族,不过这个生物链也需要一定的捕捞,以刺激生殖繁衍,那时江团的生态是平衡的,可是如今这种生态链被彻底打破。河道狭窄,水质浑浊,上面漂浮着不少难以降解的塑料袋、饮料瓶、塑料泡沫等垃圾,江团踪迹难寻。

船行一会儿,胡老四与江边一位渔夫打招呼,问有无收获。对方

是一个上年纪的汉子,摇摇头说:"没搞头!"一边用一根细竹竿,不断拍打缠绕在渔网上的苔藓藻类。汉子身后的山坡布满了密密麻麻的速生林巨桉树,这种速生林如同流行感冒一样在四周蔓延,但凡有巨桉林的山坡,其他植物就难以生长,而且如同抽水机一般,将周边的泉水慢慢吸去,直至消失。可是它快速的经济利益又刺激人们抓住眼前,大面积推广,鱼窝两岸现在已经成为巨桉树的世界。

胡老四的船上装了柴油发动机,黑烟伴随巨大的轰鸣声,20多分钟后就到达熊耳峡,沿途还看见几个在江边岩石上的小佛龛。胡老四说一处称上观音,一处称下观音,下观音逢年过节还有一些村民去烧香,而上观音则因水流过急,几乎无人靠近。熊耳峡陡峭的山崖上,当地人所称的"平羌大佛"已经被巨桉树遮挡得模糊不清,荒山被承包后,每一个角落都被见缝插针地种上巨桉。

对于这尊未完工的平羌大佛,当地流传着很多传说,皆与乐山大佛有关。围绕这尊未修完的大佛,当年在朝廷、乐山、平羌三峡、清溪驿等地发生了一连串令人匪夷所思的异事,我根据这些写下了《最后的大佛》。书中讲述了西川节度使韦皋与女诗人薛涛的爱情,为修大佛剜目保佛财的海通和尚,失窃的朝廷库银,南诏使臣遇害,私铸铜钱,江湖盗贼,以及复仇女子的故事,等等。

平羌大佛荒废多年,极少有人关注,仅《乐山史志资料》(季刊)1996年—2000年总第41期—第60期合刊中有简单记载:"……其上螺髻屈指可数,头上项颈犹作三道肉折。虽然眼、口未刻成,但佛头整体已成……此外,大佛颈下、肩胸部也部分刻出。目测其头高,约在7米左右……如果完工的话,通高将在50米以上。其凿造时间,初步推断在唐代。"

如今,只能隐隐看到大佛鼻子以上的佛龛,以及胸部露出的一块红砂岩，其余都被巨桉树枝丫淹没。我问胡老四到山顶看过佛像没有。他说没有，但是一个朋友的儿子上去过，还爬到大佛的身上，回来说大佛的鼻子已经风化掉了……这个朋友是一个颇有能耐的人，儿子也喜欢折腾。遗憾的是当我见到胡老四这位朋友时，不巧他儿子到乐山看庙会去了，无法得知大佛更详细的情况。

返回途中我们再次与那位上年纪的汉子相遇，见他又在用竹竿拍打缠绕在渔网上的苔藓藻类，忙碌了半天，他只捕到两条比食指稍大的鱼。河风有些刺骨，夹着丝丝细雨，汉子的脸冻得有些发青，依旧不肯还家。

"汉阳的花生，汉阳的鸡，汉阳的江团坐飞机"是当地曾经广为流传的民间谚语，如今改良过的花生和鸡还是当地主要的农产品，但是人工喂养出的江团却难以登上飞机。

其实捕鱼早已不能为业，航运也在四十多年以前消失，依赖河流为生的群体已经解散。在鱼窝操旧业只是对河流的祭奠和怀念，也是寂寞生活中的一种排遣。

离开鱼窝，我们穿过汉阳古镇朝附近的中岩寺而去，见山门两侧开设了许多饭店，几乎所有招牌上都写有"正宗野生江团、野生河鱼"。人还没靠近，店主已经冲上前来揽客，巧舌如簧地推销，云：鸡鸭羊兔皆是农家放养，没用饲料喂养；鱼是从河里捕捞而来，天然野生。放眼看去那景象令人大惊，卖香烛与卖烧烤的竟相吆喝，有的索性香烛摊和烧烤架并排安放，摊前炉火正旺，铁架上翻烤着全羊、全鸡、全兔，不时抹油、刷料，滴下的油在火炭上发出"吱吱"的声响，炭焦味与香料味弥漫空中。摊位附近拴着的羊、鸡和兔子，心惊肉跳地看着自己的同类被点杀，惊恐不安、瑟瑟发抖地等待厄运降临。

位于平羌三峡的鱼窝，早已徒有其名

如此在寺院门口肆无忌惮、毫不避讳的屠杀，我还是第一次见到。广东一带是食"生猛"最凶悍之地，但很多地方还保持大年初一食素、到庙里上香的习俗。两相比较更觉大有后来居上的凶猛之势。

鱼窝安静寂寞的外表，掩饰不住骚动不安的物欲。

胜乡奕奕

上大学时，有位年近七旬的老夫子欲将一位犍为籍的男生纳入门下当助手，从事音韵学研究。老夫子毕生敬仰清代文字训诂学家、经学家、音韵学家段玉裁，正撰写段玉裁《说文解字注》的补注。男生还没来得及高兴，老夫子便提出一个特别要求：十年之内清心寡欲，寒窗苦读。男生犹豫不决期间，忽闻老夫子欲与一位二十出头的女弟子结为连理，不由对同学们大发感叹："七十岁尚不能清心寡欲，何况我等青年乎……"

我们大家正议论得起劲，一位中年教师路过插言道："你们犍为有一位真正的学者，叫刘天倪，尤其在音韵方面。"

男生惊愕，莫非犍为是藏龙卧虎之地？

在大家的一再追问下，老师简略说了几句：刘天倪是国学大师王国维的亲密弟子，学富五车，满腹经纶，与马一浮、郭沫若等人交往较深。当年从北京回到四川后，在成渝等地当过教师，办过实业，当过国民党的教官。1947年受国民政府委派到紧邻犍为县的沐川县黄丹乡开煤矿，可是时隔不久，解放军大军压境，刘天倪从黄丹出来便滞留犍为，之后在一系列政治运动中饱受摧残，但始终没有泯灭一个文化人的良知和责任。老师说自己年轻时喜欢诗词，可是苦于无人指点，只能胡乱涂鸦，下乡到犍为当知青时私下里听人讲起刘天倪，既兴奋又好奇，在一天晚上骑了三个多小时自行车冒险前去偷偷拜访。

当被打残了一条腿、衣衫褴褛的半盲老人出现时，老师愣得不知该说什么。老人对这位不速之客也沉默无语，正欲关门之际，老师情急之下忙把自己的一摞诗稿递给老人，老人将诗稿放到眼前翻了几页，说了一声"你来迟了"就把他拉进了寒碜的小屋。从此以后不时指点他读书、写作，使他在迷茫的生活中树立起信心，在恢复高考制度的第一年他就考上了重点大学……末了，他说刘天倪写了一篇文辞极为优美的《犍为赋》，称犍为"胜乡奕奕"，可惜无缘见到。

这番话引起同学们对犍为的浓厚兴趣，很想知道为何称其"胜乡奕奕"？

工作以后我有一次到犍为出差，稍有空闲就独自去大街小巷穿梭，试图了解这座古老的城邑。那时城里还有许多灰瓦木墙的古旧民居，逢赶场时人头攒动，背筐挑担的农人挤满街头，茶馆里座无虚席，人声鼎沸。至下午，人流转眼间散去，四周复归宁静。黄昏漫步东城门外的河滩，看着斜阳的光影在残破的红砂石城墙上变幻，小草在石缝里摇曳，似乎能听到千年历史低声述说。

一天下乡途中我无意间提到刘天倪，开车的司机脱口而出："我为他挨过打！"

我很诧异，见他不过四十岁模样，倒回去三十年完全不具备见义勇为的能力，他看出我的疑惑，说自己小时候很调皮，有一次在街上看见刘天倪就大叫"老右派，老右派"，母亲得知后揪住他的耳朵一顿暴打。他觉得自己很委屈，因为许多大人小孩都是这样称呼刘天倪的。母亲见他为自己申辩又是重重一巴掌，说："别人咋叫我管不了，但你不许这样叫，刘天倪是有学问的人，只不过如今落难了，他姓刘，你妈也姓刘，你骂他就是骂你舅舅……"

司机的母亲是个文盲，但却有自己的价值观。我想，犍为百姓的忠厚仁义，也许是老先生顽强活下来的原因之一。

我四处打听，希望能看到刘天倪先生写的《犍为赋》，可是渺无踪迹。我开始阅读犍为地方志及相关书籍，但是我没有想到冥冥之中自己会和犍为扯上关联。而这个关联人物是我原来并不知晓的大娘——我父亲同父异母的姐姐，忽然横空从犍为冒出来。

大娘是我爷爷第一个太太所生的女儿。她的母亲是荣昌的名门闺秀，人称三公主，长得花容月貌，我爷爷从泸县到荣昌迎娶她时，摆足了排场，仅雇来护佑的兵丁就有一个排。徐家是当地的大户，几世同堂住在远近闻名的熏风楼寨子里，除了经营田庄外，还有煤矿等产业。可是三公主嫁到徐家后郁郁寡欢，生下我大娘不久就撒手而去。我大娘因天花留下一脸麻子，加上母亲早逝，于是性格乖戾，敏感多疑，经常无事生非，闹得合家上下不得安宁。在我爷爷去世后她被富有的姨妈接到成都，由两个丫头服侍起居，因为有丰厚的陪嫁，一个军官娶了她，可是在乘船逃离大陆路过犍为石板溪时又丢下她，于是她只好委身于一个船工，靠卖凉水、打煤饼、捡煤渣、替人缝补为生。直到上世纪70年代末她才斗胆寻找自己的亲人，航运社的船工们沿河帮她打听，于是我们在犍为有了一位亲戚。大娘每次来我家都会絮絮叨叨讲述一些犍为往事，比如，汉代兴旺的盐业、水码头上的江湖风云、英国人如何在芭蕉沟开煤矿、清末李永和蓝大顺带领的农民起义等。有时她会带一点犍为出产的双麻酥和酥芙蓉，并把它与早年在成都享用过的耀华、冠生园糕点相比较，末了总是夸犍为的糕点好。她每次从犍为来待不了几天就想回去，我母亲说你石板溪那个小屋家徒四壁，也没有一儿半女有什么值得挂牵。她说仔细想一想的确如此，可是不知道为什么，一离开就想回去。她老伴去世后，我的两个姑姑曾想把她接到北方去，可是几番劝说她都不愿意离开，始终有

割舍不下的牵挂。七十岁那年她在一张马架椅上午睡时走了，没有痛苦，没有遗言。

大娘的出现与离去，使我对犍为多了一份了解，逐渐在我心中搭建起一个诗意楼阁般的犍为。大娘在离世前，让我为她画一幅肖像，说自己走后就以此作为遗像，并让我的兄弟为她端灵，等等。当时我年轻不懂事，不能理解她，还说她封建迷信。记得她坐在我的对面轻言细语，不急不慢地说，听到反驳也不生气，布满皱纹的脸上始终挂着微笑。这是我观察她最仔细的一次，那双曾经细嫩的手被磨砺得粗糙僵硬，青筋凸显，花白的头发用两根钢夹随意别在耳边，一袭旧衣裹身。而我父母给她买的新衣齐整地放在有许多樟脑丸的箱子里，所穿的每件内衣都缝有小口袋，即便是散碎角币也仔细放在贴身的地方。她的外貌已经找不出一丝富家小姐的痕迹，但内心却归于平静，将自己的不幸当成赎罪，坦然接受一切。

俯瞰清溪古镇

此后我每次想起她都会定格在那天的情景，常禁不住自问：犍为究竟具有什么样的魔力，让她历尽磨难却又割舍不下？

很多年后我的朋友卓红从北京来访,她当时师从我国著名学者庄孔韶教授学习人类学,为撰写博士论文来四川做田野调查,她的选题是四川茶馆,我极力向她推荐犍为,因为不但盛产茉莉花茶,茶馆鳞次栉比,而且更重要的是有丰富的历史文化积淀。我与另一个朋友一道陪她去清溪镇,正是茉莉花开时,成片的白花铺满田野,沁人心脾的芳香随风四处飘荡,令人沉醉。从节孝牌坊回镇途中,我们走得有些疲惫,一个骑摩托车的小伙子愿意搭乘我们一段,刚坐上去,忽听附近传来一声吆喝:"吔——搭了三朵花哟!"接着一个个人头从花丛中冒出来,竞相打趣逗乐,小伙子毫不示弱,拖长声音回应。一呼一应之间,倦意全消,犍为人的幽默随处可见。这方山水滋养出他们喜欢新生事物的头脑、敏捷的舌头,和无数如茉莉花一般的女子。

卓红在清溪镇一个篾匠家住了一个星期,回来时除了厚厚的调查笔记外,还带了几份农民的申诉材料。她很感慨当地人对文化人的热情和信任,说去后的第二天就络绎不绝地有人来聊天,陪她四处探访,讲述犍为、清溪的往事。只痛惜许多地方随着工业化进程加快,

工业社会的活化石——嘉阳窄轨蒸汽火车。铁路建于上世纪50年代末,全长约二十千米

农耕文化正迅速消失，留下没有附着力的民俗。后来她的博士论文题目是《川西茶馆：作为公共空间的生成和变迁》。毕业后她在中国人民大学担任《文化研究》等刊物的编辑工作。不久，时任中国人民大学人类学研究所所长的庄孔韶教授带领卓红等几个弟子去犍为，在乐山相聚时庄教授对我说，他们要做一些有代表性的村镇田野调查，犍为清溪古镇就是一个代表，一个繁华的水码头，因上游修建电站航运停止而骤然冷清下来，没有漫长的渐衰过程，因此民俗文化保留相对完整……

卓红告诉我她在清溪调查时有人说起过刘天倪，说1950年他从沐川黄丹乘船到达清溪镇，最初靠替人帮佣为生，然而镇上的人可惜他是个才子，并不另眼相待，还不时请他听戏，品茶，唱和诗词，于是他在那里写下了一篇《清溪赋》。只可惜未得到只言片语。

已经淡忘的念头又被勾起来，先前有人说起《犍为赋》，眼下又提到《清溪赋》，难道是记忆有误？还是老先生写了几篇？这些文稿又在哪里？我四处寻找，除了想了解这位传奇人物外，也想印证大娘描述中的犍为。可是天长日久，音信全无，慢慢地再次退到记忆深处。

又过了几年，几位澳大利亚友人来乐山进行文化交流，特别提出要去犍为参观蒸汽火车。这个要求让我感到有些意外，因为不但我没有去体验过，许多朋友对此也很陌生。

一打听方知是嘉阳煤矿运输煤炭的专用列车，铁路建于上世纪50年代末，全长约二十千米，比普通的火车轨道窄将近一半，车身也比较矮小，故被称为"小火车"。后来因为煤炭开采量减少，列车改为沿线矿工和农民的生活用车，并设立了几个站点。每列火车可以挂七节车厢，每节车厢乘坐二十人。由于这种火车早已停产，无法买到配件，维修每一个部件，哪怕一颗小螺丝钉都需量身定做，故运行成本很高，为此嘉阳煤矿曾一度准备停开小火车拆除铁路，后来几经思量才保留下来。

踏上嘉阳小火车，所有的外宾都兴奋起来，在震耳的轰鸣声中大发感叹。这时我才明白为什么藏于深山却有远亲来寻找的缘由。蒸汽机推动了欧洲的工业革命和社会发展，可是眼下给他们带来物质和精神享受的蒸汽机却在世界上消失了。嘉阳小火车是工业时代留在世上的唯一活化石，对英国移民后裔的澳大利亚人来说无异于寻找到了自己的根！

一行人中有位政府官员，平时颇为矜持，可那天看到农夫赶猪、挑菜上车时不断拍照，激动得有些手舞足蹈，当看到列车下坡时服务员随汽笛声摇动刹车时，忍不住大叫："我的上帝，太精彩了！"

能通过小火车看到消失的历史是一件幸事。当晚回到宾馆一群人余兴未了，围绕小火车的话题滔滔不绝。他们来中国西部最不习惯的就是厕所，不但肮脏不堪，而且毫无隐私可言，有带雨伞进厕所遮羞的先例，并作为经验广为传播。然而他们不但对小火车沿线破旧的厕所容忍，还提出应该同小火车一样纳入文化遗产保护范畴。说这话的时候，他们手里还端着香气四溢的咖啡，看来对记忆是有选择的。面对从历史深处走来的犍为，更古老的船形古镇、文庙、贞节牌坊等安坐在那里，以小火车的资历只能算一个刚出道的毛头小伙子，对于小字辈还有什么不可以原谅的？

之后不断有外宾万里迢迢去嘉阳感受小火车，小火车又成为西方文化与犍为的一条连接线，有一个英国人来信询问：犍为人是否对他们有种族歧视，不让他们与当地农夫矿工同坐，而是另外安排一节车厢？西方人很难理解当地"上八位就座""砸锅卖铁""扫堂以待"的

每列火车可以挂七节车厢，每节车厢乘坐二十人，每一节车厢都有刹车，下坡时必须一起刹车减速

待客之理。千年的礼仪传承深入犍为人的骨髓，使之充满古风遗韵。正是这样的差异、这样的含蓄、这样的丰富，才让远道而来的人充满兴趣去解读、去探究。

世界上有些看似毫不相干的事，却有意想不到的牵连。一天，作家郑自谦先生和画家梁焰先生一同来商议民间文化展览方面的事宜。其实我与郑先生是多年朋友，也知道他曾经在犍为工作多年，可是从未向他提及过刘天倪的事。那天不知缘起何事，我忽然问他是否知道此人。郑先生答，不但认识，还是自己永生铭记在心的忘年交！老先生学识渊博，品格高洁，乃圣贤之人。接着向我们讲起与老先生相识的往事，令人唏嘘感叹。几天后郑先生约了我和梁先生，小心翼翼捧出一沓陈旧泛黄的文稿，没想到竟然是刘天倪的遗作《犍为清溪赋》！那一刻我心中生出踏破铁鞋，蓦然回首的无限感慨。

拿起这沓文稿我竟有些不敢翻动，这真是难以想象的遗稿：指头大小的字迹，歪歪斜斜、一笔一画、吃力地画在劣质纸上，洋洋洒洒十九页，顶端用棉线连缀，陈旧的蓝色棉线已经发毛褪色，粗细不匀，似乎稍稍翻动就会裂开。郑先生说当时老人因为患白内障几乎失明了，在偷偷离开犍为时，摸索着《犍为清溪赋》抄送给他，作为对苦难中珍贵友情的纪念，作为对犍为的怀念……

"緊犍为之郡兮，汉析土乎蚕丛。原夜郎之巨邑兮，通商夷而自降。迪教化于苗区兮，论厥功乎唐蒙。地坛曼而衍袤兮，固丰蔚其为大邦……"

"胜乡奕奕，水美山奇，宋称犍为，明号清溪。厥田上上，厥土赤泥；厥粟黍稻来麰，厥果樱柰橘梨；木为翠楠绿梓，蔬为紫薙黄薤；玄鳢肥鳜之鱼，白凤文翰之鸡；胥族聚而孳殖，乐易贸而直低……"

老先生在开篇中写道，犍为原为夜郎国之地，汉武帝时大将唐蒙出使西南，苗人归降，通商贸易，宣威教化。于是边防巩固，地域辽阔，草木丰茂，乃置犍为郡。清溪在宋代时为犍为郡所在地，明代移至今天犍为县城所在地……历史沿革、风土人情、杰出人物，跃然纸上，正文不过六百余字，可是注释却用了几倍的文字。深厚的学养洋溢其间，《论语》《楚辞》《诗经》信手拈来，《汉书》《史记》《尔雅》挥洒自如，可谓字字珠玑，行行锦绣。题为《犍为清溪赋》，实则是借清溪写犍为，以犍为抒胸怀，所以眼界更开阔，也就不纠结于个人痛苦，不耿耿于个人得失。"曩政不纲，陵夷而土崩兮，民殿屎而徯我后。今鼎革而重光兮，喜元元之获救。何怔忪而憛憛……"强烈的忧患意识，坦荡无畏的君子胸怀，让他没有哀怨愤懑，也没有顾影自怜。在屈辱、折磨、饥寒、病痛中积蓄力量，最后以八十岁高龄为《辞海》做音韵校编，如同春蚕、蜡烛一般，直到丝方尽、泪始干。

其实犍为又何止一个刘天倪！《犍为清溪赋》又岂是仅在写犍为！

他所经历的苦难也是国家的苦难，民族的苦难，正因为经历了苦难，幸福才格外让人珍惜，美好才格外令人留恋。可以说《犍为清溪赋》是一段历史的写照，一份深层爱意的表达。

反复诵读《犍为清溪赋》，品味其中的意境，我终于明白了"胜乡奕奕"的含义。胜乡即胜地，既是山奇水美的风景之地，也是承载悠久历史文化的人文圣地。奕奕，形容神采焕发，也指充满活力、奋发向上的精神风貌。犍为就是这样熔川西南多元文化为一炉，集钟灵毓秀为一体的胜地。山川沃野，润育出一大批才思敏捷的文人；茶盏花香，熏陶出闲适幽默的生活方式；而伫立在岷江边一个接一个的码头又造就了犍为有奔向长江，指向夔门的大气，使之能从传统走向开放，从深厚走向宽广。

胜乡奕奕，但愿犍为能以此昭示一代又一代。

整个罗城古镇外形犹如一只船

《峨眉伽蓝记》背后

2007年，乐山文史专家毛西旁先生离世前，吩咐夫人将《峨眉伽蓝记》一书复印给我，毛先生那本也是复印件，再次复印就有些模糊不清。原书是1947年由乐山《诚报》印刷，属于地方性的内部出版物，出版量不大，故十分珍贵，是研究民国时期峨眉山寺院历史文物方面的重要资料。

这本书我很早就听说过，但一直无缘得见，获毛先生相赠，感念不尽，每每看到书就会想到他老人家。

《峨眉伽蓝记》一书的作者叫刘君泽，书中记载了当时峨眉山尚存的七十三座寺院，以及寺院的

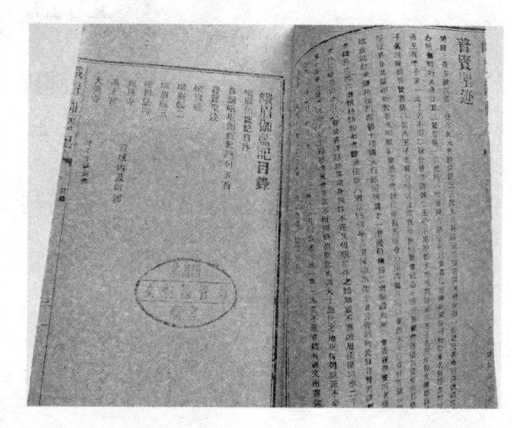

《峨眉伽蓝记》

历史概况和主要文物，其中包括后来消失的大佛殿、千手千眼观音铜像、木皮殿、砖殿、慈云寺的宋代铜佛，等等，详细周全，堪称民国时期的《峨眉山志》。

峨眉山是中国四大佛教名山中海拔最高，寺院分布最广，地质结构最复杂的一座山，徒步在山中调查，其辛劳程度不言而喻。作者是

一个什么样的人?他与峨眉山有何种因缘?为什么要写这本书?我多方打听,但一无所获。从《峨眉伽蓝记》自序了解到,刘君泽接触佛法是缘起:"庚午秋,太虚法师朝峨眉山,说法于峨眉城外大佛殿,僧俗听众者千人。余闻法生信,因请经读之……"此后开始学习佛法,又向宝光寺祥瑞法师请教,等等,后来才萌生了修《峨眉山志》的愿望。于是广泛收集史料,甚至方志、游记、报纸杂志、残碑、栋梁、塔亭等,并

《峨眉伽蓝记》

四处实地考察,足迹遍布峨眉山古寺名祠,耗时十年编撰成书。旨在"订讹补缺,庄严名山"。可谓用心良苦!

书脱稿三年后,刘君泽又再度修改,并让其弟刘君照校对,乡人朱贤能、谢瑞书、杨瑞五、魏瀛东、万于一斧正,避免有所遗漏。

今年三月我到刘君泽家乡考察,在采访许多知情人后,不由为他悲惨的命运,以及几个与他有同样命运的乡人深深哀叹!

发愿修《峨眉山志》的人屈指可数,如明朝末年胡世安撰《译峨籁》、清初御史蒋超撰《峨眉山志》等。不过,对峨眉山寺院记载最全面的当数《峨山图说》一书。1885年,清朝光绪皇帝准备祭祀峨眉山,这是峨眉山历史上第一次正式有皇帝准备前来祭祀。在交通不发达的古代,蜀道遥远而又艰险,即便皇帝有到峨眉山的想法,也会

被各种念头打消，改选在较近的五台山。明清两代的皇帝大多数都是如此。眼下光绪皇帝提出要去峨眉山，大臣们自不敢怠慢，四川道台黄绶芙受命后即令湖南籍举人、诗人、画家谭钟岳前往峨眉山描绘山上庙宇和胜迹，弄清沿途详情，以备皇帝驾临时的诸多安排。谭钟岳在峨眉山奔波劳碌半年，共作画六十四幅，写诗四十六首，并写下了一些山上胜迹的笔记。当时山上有一百二十座寺院，其中一半以上寺院被绘图记载，最后形成《峨山图说》一书。虽然最终光绪皇帝没来峨眉山，却给峨眉山留下了一份十分珍贵的资料。1891年《峨山图说》在成都会文堂镌刻出版，此书能全面深入地记载峨眉山，除了谭钟岳本人的能力外，重要的还是官府全力以赴，在财力物力方面给予了充足的保障。

与谭钟岳相比，刘君泽写《峨眉伽蓝记》则纯属个人行为，与官府没有任何瓜葛，更谈不上资助，他呕心沥血只是为完成自己的心愿——一个文化人的责任感，一个学佛者的虔诚。

我费了不少周折，终于从一位八十多岁的老人那里得知刘君泽是峨眉人，曾在燕岗乡向北寺小学当过校长。老人是刘君泽的学生，说向北寺小学是峨眉乡间最早的新式学堂之一，创办初期刘君泽既是教师又是校长，离家远的学生可以在校住宿。老人就是住校的学生之一，简陋的木床就安放在佛殿里，早上睁开眼睛就看到菩萨。课余时间，刘君泽喜欢带好学的孩子四处周游，讲解地理与天文知识，激发孩子的想象力与对自然科学的兴趣云云。

得知这一消息后，我立刻请峨眉山伏虎寺住持演文法师帮忙，托燕岗乡人了解刘君泽的详情。因为演文法师是燕岗乡人氏，曾就读于向北寺小学。不久，传回的消息令我失望，说那里没有刘君泽此人，更不知《峨眉伽蓝记》一书，向北寺小学早改为桂花桥中学，没有留

下任何资料，向北寺的遗迹也荡然无存。

莫非那位老人的记忆有误？或者传回的消息不准确？我想来想去，决定亲自到燕岗乡走一趟。演文、演妙两位法师在百忙中抽出时间陪我前往。

在失望地离开桂花桥中学后，演文法师带我去了徐二嫂家。徐是虔诚的佛教徒，身患绝症，两次大手术后却奇迹般地活着，并经常到寺院做义工。我向她打听刘君泽其人，徐二嫂和丈夫谢宗灵皆摇头不知，两人都六十出头，土生土长的本地人，且谢宗灵曾在向北寺小学读书，清楚记得每一个房间的分布，并能画出示意图，但却从未听说此人。聊了一会儿，徐二嫂叫女儿带我去燕岗村五组找刘大爷，说对方今年八十二岁，当过生产队长，对当地情况比较熟悉。

残存的风火殿

刘大爷家在风火殿对面不远处，我们先去了风火殿，演妙法师的上师常清法师早年在此出家。已有二百多年历史的风火殿破败不堪，在四周新修的民居中间显得分外寒碜破旧，原来的三重大殿也只残留下一个，只有不成样子的外壳而已，村里的老年活动中心就设在里面。每逢农历初四、二十一，就会有上百的老人聚会到此，念佛，吃豆花饭自助餐，每人每次交纳三元餐费。正对进门的墙上挂着一块"敬老模范村"的牌子，墙背后隔了一间小屋，设有简陋的香炉和烛台，墙上挂了一张印刷不错的观音菩萨画像，上面积了不少灰尘。穿过旁边的通道，便是厨房和聚会时念经吃饭的地方。一位从沙湾龚嘴水电站退休回来的老人，经常在风火殿走动，做义工，热情地向我介绍这里的情况。

刘大爷的老伴唐婆婆见两位法师光临十分高兴，从屋里拿出常清法师的照片，亲热地称之为燕师父，说自己想念她时常看照片。常清法师是燕岗乡人氏，俗名燕有华，十七岁到风火殿出家为尼。1956年，峨眉山四乡九庵的二十一个比丘尼驻锡伏虎寺，常清担任第一任住持，直到2001年九十岁圆寂。

我问刘大爷是否知道刘君泽其人，刘大爷摇摇头十分肯定地说：没有此人。燕岗乡以刘、谢两姓为主，老一辈的人刘氏家族的都认识。我又问1950年以前的向北寺小学校长是谁？老人答，叫刘汉平，解放初镇压反革命时被枪毙了，很多年以后才作为冤假错案被平反。

唐婆婆是个热心人，见老伴不能提供更多线索，便出主意叫我们去找一位叫梁大大的老人打听。"大大"在峨眉方言里是对老年妇女的尊称。唐婆婆说梁大大是有文化的人，写得一手好字，并说梁大大的丈夫九十二岁，头脑清醒，记忆力好，只是耳背，视力不好，只有通过梁大大才能沟通，等等。其间，刘大爷的儿子和亲戚也赶来，在一旁出谋划策，甚是热情，他们都曾就读于向北寺小学。

告别刘大爷一家，去找梁大大，不巧她出门去了关帝庙。我们又一路赶到关帝庙，原来只是两间狭小的旧屋，一座废弃的肥料厂遗迹之一，阴暗潮湿，墙上贴了几张佛像，下面水泥石台上插有香烛，不

采访当地老人

见一个人影。附近的村民说，她们今天去了另一个村的庙子，平时每逢初七、十七很多老人聚集到这里，打牌，跳舞，吃豆花饭。如今乡间以佛、菩萨为凝聚力的民间老人活动中心随处可见，中青年多在外地打工，有的连孩子也一同带走，这样的聚会成了老人们寂寞生活中的重要社交活动，有些小的纠纷也是在其中协商解决的。

我们只好返回徐二嫂家，在享受了徐二嫂丰盛的午餐后，忽见梁大大从房前的公路上走过，真让我喜出望外。梁大大八十多岁，精神矍铄，思维清晰，正在为关帝庙的事发愁。日益高涨的物价，难以维持聚会时每人三元钱的自助豆花饭，而老人们又不愿意多交钱，于是上百号人的吃饭问题就纠结在梁大大心中。

我们一道去梁大大家，见她丈夫王登福正蜷缩在自家门前的椅子上发呆，毛帽、手套、墨镜、手杖、陈旧的中山装，风烛残年刻在脸上纵横交错的每一条皱纹里。当梁大大贴在丈夫耳边将我的来意说明时，老人家一下挺起腰来，大声大气对我说："解放前向北寺小学的校长叫刘汉平,大学生,有学问,中等身材,不胖不瘦,经常穿西装,戴博士帽。为了办学校,把向北寺中的石刻十八罗汉全部打掉做教室,还拆了附近两个小庙,把那些木料门窗运来建学校。开初只有他一个人,既当校长又当老师,后来娃儿就多起来,才有了其他老师。可惜,1951年上半年在南天寺被枪毙了,同时被杀的还有四个人……"老人滔滔不绝,还一口气背出燕岗乡当时二十三个被枪毙者的名字和居住村落,朱贤能、谢瑞书就在其中。一个是大地主,一个是乡长,前者是刘汉平的好友,后者是他得意的学生,两个都是有文化教养的人。王登福的述说被梁大大两次打断,制止他不要说不相干的事。原来老人因为过去代理过三个月的副保长,1953年又对统购统销政策发了几句牢骚,就被打成"反革命",直到1979年才平反。故梁大大不断重复要丈夫"管住嘴巴"。谈起邓小平,两老感激之情溢于言表,说若不是邓小平,平反之事遥遥无期。梁大大告诉我,她曾在向北寺小学上过两年学,谢瑞书是她的老师,写得一手漂亮的毛笔字,尤其是隶书,印象非常深刻。王大爷还在絮絮叨叨地说有关向北寺、刘汉平的往事,我脑海里忽然闪过一个念头:刘汉平与刘君泽也许就是同一个人,只是名号不同罢了。

当我把这个想法说出来时,老人家愣了愣,没牙的嘴很久没合上,似乎竭尽全力在记忆深处搜寻,最终失望地摇摇头说不知道,只听说刘汉平经常围着向北寺转,后来写了一本书,但不知道是什么书。我心里更加确定就是同一个人,便打听刘汉平有无后人。梁大大答:"有一个女儿,患乳腺癌去世了,孙儿是农民,重孙听说在卖猪肉……"

这样的传承既在意料之外,也在意料之中。

正在此时,徐二嫂带来一个人,是谢瑞书的儿子谢宗陶。谢瑞书

是他的学名，原名谢运书。实在出乎我的意料，原来谢宗陶与徐二嫂的丈夫是叔伯兄弟！他曾在向北寺小学读书，是刘汉平的学生，今年七十八岁。没想到绕了一大圈，解铃的人就在起点。一问，果然刘汉平就是刘君泽。在谢宗陶记忆里父亲经常穿戴西服礼帽，有时手里还拿一根"文明棍"，装束打扮与刘校长相似，喜欢诗词歌赋。当时向北寺小学里聚集了好些这样的老师，由于教学质量高，声名远播，附近的孩子都纷纷前来，连九里等比较远的乡镇家长也将孩子送来，学生最多时达三百多人。这在当时教育并不普及的乡间，是一个相当惊人的数字。谢宗陶读到四年级，就不得不辍学务农，父亲死后，母亲无奈之下只好改嫁，伯父收养了他并抚养成人……从谢宗陶的讲述中还得知，朱贤能是中共地下党员，民国三十六年（1947）峨眉大旱，粮食歉收，爆发了饥民风潮，数百农民聚集在县政府索要粮食，朱贤能曾将自家粮仓打开布施饥民。可是由于朱贤能在白色恐怖最严峻时，烧掉了相关材料，而他与组织是单线联系，对方牺牲后与组织关系中断，因此无法证明自己中共地下党员的身份，而被当作剥削农民的大地主枪决，直到几十年后才得以平反。

通过燕岗几位老乡的讲述，我对刘君泽的身世有了大致了解。刘家过去是当地的大户，广有田产，故能供

废弃的古寺

养儿子上大学。刘君泽外出求学期间，正值由陈独秀、胡适、李大钊等人发起的新文化运动与五四爱国主义运动相结合的阶段，新文化运动由最初希望仿效欧洲的文艺复兴的文化运动，逐渐演变为意识形态领域的大革命，将许多对国家怀有深深忧患的知识分子，推向激进的民族主义行列。运动对传统文化批判和清算的态度深深影响了刘君泽，他立志教育兴国，并满怀豪情地返回家乡，如同那时的许多激进青年一样，与旧时代决裂，向传统挑战。他砸了向北寺里的佛像，创办当地第一座新式学校——向北寺小学。他希望家乡的孩子摒弃私塾，从枯燥无味、脱离现实的四书五经中解脱出来，成为打击封建专制，传播西方民主，具有自由精神的现代文化人。然而，乡村的现实状况，逐渐使刘君泽思想上产生了疑问，产生了困惑，百思不得其解，陷入苦闷与彷徨。民国十九年（1930）秋，太虚大师到峨眉大佛殿（今大佛禅院）讲法，刘君泽抱着试一试的心态前往，太虚大师的一番讲解让他醍醐灌顶，茅塞顿开，由此他开始研习佛经，以图从中得到一些启迪。1933年他在广汉教学期间，有机会读到张克诚先生遗作，对人生有了新的认识和感悟，逐渐走出迷茫。张克诚（1865—1922），名炳桢，晚号净如居士，四川广汉人。父亲是当地乡绅富商。张克诚与父亲先后在广汉等地设小学十余所，以提倡新学，发展教育。同时又在家乡创办小型手工艺工厂，开拓实业，深得乡人的尊敬。1908年四十三岁的张克诚到达北京，并考入殖边高等学堂，学习俄、蒙文，毕业后随宣抚使姚锡光赴蒙古，任大同防护使署执法处长。后见官场黑暗，便弃官返京，研习佛法之余，到北京大学授课。张克诚是我国最早将佛学带入校园的学者之一，也是民国早期研究唯识论的学者之一，对佛教哲学有深入的研究和贡献。

之后刘君泽又朝拜新都宝光寺。宝光寺是禅宗大丛林，与峨眉山

缘分深厚，过去峨眉山有一半左右僧人在此受戒，故有"峨半堂"之称。刘君泽在此有缘闻听祥瑞法师开示，对佛法有更深入的了解，自此除诵读佛经外，开始习静。返回峨眉后，刘君泽思量自己祖辈受名山佛土恩惠而无以回报，于是萌生了记载峨眉山寺院历史与现状的想法，使"有关佛法必详述之，非佞佛者也。传会圣迹必明辨之，恐诬佛也。至其有关县志者，则随文附记焉"。这时的刘君泽已由激进的青年转变为虔诚的佛教徒，反思过去，面对未来，他期望以自己的方式传播佛法。佛家讲布施，以文字宣扬佛法，维护佛法，就是一种布施。刘君泽用十年时间完成了自己的心愿，为峨眉山留下一笔财富，默默布施后人。

峨眉河

2012年5月，我到峨眉山采访八十四岁的药农袁大爷，袁家几代行医，耳闻目睹了许多峨眉山往事，闲聊中他提到刘汉平，说刘曾拜访过他的父亲，当时他虽是一个不更事的少年，但至今仍有印象。

这个世界浩瀚无边，然而有时又是那么触手可及。

采访结束后我多次反问自己，《峨眉伽蓝记》为什么会出现在我面前？为什么不从我眼前消失？那是因为峨眉山，因为我与峨眉山有深深的缘分。

也许，《峨眉伽蓝记》背后还有更多不为人知的故事。期待有缘能听闻。

弹指挥间

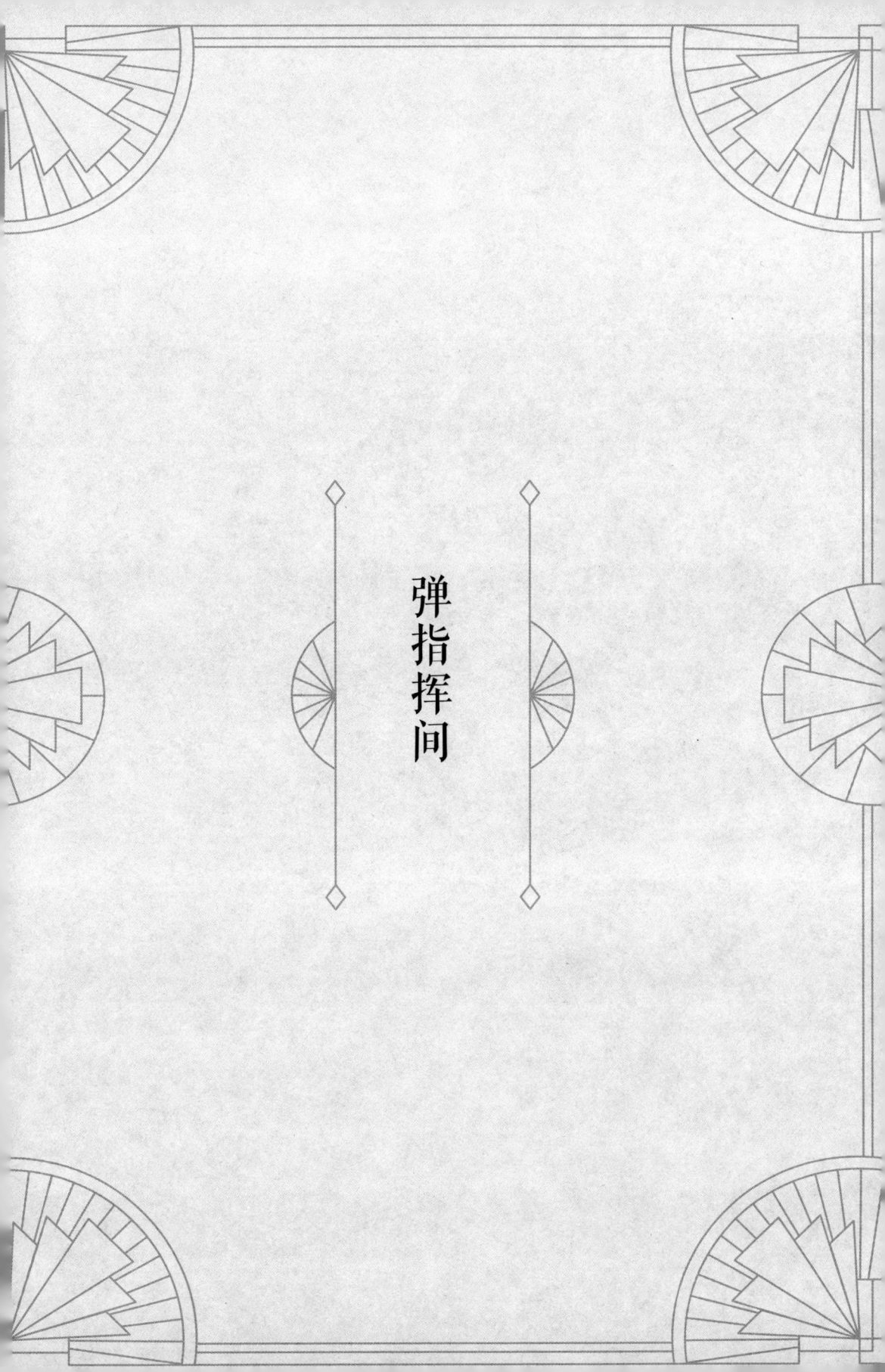

另一双眼睛看乐山

厕所轶事

厕所的功能众所周知,"方便"既是人们日常生活中重要的大事,也是见惯不惊的小事。可是让初到乐山的外国人最难适应,闹笑话最多的恐怕首先要数公共厕所了。

2005年澳大利亚赫维湾市某中学一批学生准备来乐山交流。行前,老师向学生交代各种注意事项时,特别强调到乐山比较难适应的恐怕要数公共厕所。因为除旅游风景区之外,大部分公共厕所设施简陋,不但没有封闭的坐式抽水马桶,而且有的地方蹲位与蹲位之间仅有低矮的隔断。学生们一听,顿时大惊失色,因为在他们看来暴露隐私是不能容忍的大事!但中国在他们心目中神秘而又充满吸引力,尤其地处中国腹地的乐山、大佛、峨眉山,加上离之不远的大熊猫繁育基地实在太诱惑人,于是绞尽脑汁思考应对办法。最终一位老师想出一条妙计。他向同学们献计道:随身携带一把折叠伞去,入厕后撑开就相当于一扇隐蔽的门,既轻巧方便又可遮风挡雨,两全其美!同学们大声欢呼,赞扬老师足智多谋。不久,每人怀揣折叠伞踏上万里迢迢之路。到乐山还未来得及辨清东南西北,就有两个女生内急,仗着腹有老师的锦囊妙计,大胆闪入路边一个简陋的公厕。可进去后突然

傻了眼，原来里面一条狭窄通道，两边呈对称状排列着一溜长方形蹲坑。这不但与她们平时使用的坐便器有天壤之别，也与老师介绍的模式不同，更棘手的是不知该面朝后墙，还是该面向通道。两人议论了一阵，认为应该脸朝后墙，臀部向通道，方可避免四目相对的难堪。于是撑开雨伞扛在肩上。哪知起身后却发现情况不妙，原来门口站着几个当地人，她们像发现外星人一样，睁大眼睛看她俩怪异的举止，并窃窃私语，掩口而笑。两个澳大利亚女生感到不妙，狼狈不堪地夺路而逃。后来她们将"在乐山类似的公共厕所应该面向通道，臀部朝后墙"作为经验向同学们面授机宜。

2006年春天，我与朋友玛吉陪四位外国朋友参观犍为县嘉阳煤矿小火车。那条铁路建于上世纪50年代末，全长约二十千米，本是为运送煤炭设计修造，比普通的火车轨道窄将近一半，车身也比较矮小，故被称为"小火车"。后来因为煤炭开采量减少，列车便改为沿线矿工和农民的生活用车，并设立了几个站点。每列火车可以挂七节车厢，每节车厢乘坐二十人。由于这种火车早已停产，无法买到配件，维修每一个部件，哪怕一颗小螺丝钉都需量身定做，运行成本很高，为此嘉阳煤矿曾一度准备停开小火车，拆除铁路，后来几经思量才保留下来。据称是目前世界上仅存的客运窄轨小火车，被誉为"工业革命的活化石"。几个外国朋友坐在简陋的木车厢里兴奋不已，在震耳欲聋的轰鸣声中大发感慨。火车在一个小站停靠时，几位外国朋友一同下车去厕所，不料刚到厕所门口便发出一阵惊叫，转身仓皇而逃。我走过去一看，原来低矮破旧的厕所里是几个相连的小土坑，不但肮脏不堪，并且坑与坑之间没有一丝遮挡，从门口一览无余。几个外国朋友决定依序独自进入。我和玛吉顿时急了，因为该站只停两分钟，过时不候。于是顾不得礼仪客套要她们入乡随俗，全体进入，各就各位，一同解决。几人无可奈何只得硬着头皮进去，待返回车上个个面呈尴尬难堪之色，侧目佯装看风景，半晌彼此无语。哪知返回宾馆后，整个晚上都在谈论那间厕所，丝毫不觉得龌龊恶心，神态严肃而又认真，其状有如重大国际会议。有人说应该改为现代化抽水马桶；有人说应该改一半，留一半；还有人说不能改，小火车是重点文物要保护，与之配套的厕所也属保护文物。直讨论到咖啡饮完，柠檬水喝得浩满胸怀，最后达成共识：应该保留原貌，并遵循文物保护修旧如旧的原则每年进行维修！我和玛吉在一旁真有些哭笑不得，看来记忆是有选择的。

后来有一位名叫Julie的外国政府官员来乐山，行前得知乐山厕所的状况后，特地开车到三百多千米以外的一座大城市，到残障人用品专卖店，买了一个折叠式的坐便器随身带上。一天，我们一行人走到一个前不挨村，后不挨店的地方，突然有人提出想方便。我下车左右观察，还未找到合适的地方，却见Julie已手脚麻利地从行李包里取出折叠式坐便器，在一片草地上安好。面对这个坐便器我简直有点瞠目结舌，只见脚架漆黑光亮，坐垫柔软舒适，还有一个齐腰的靠背。我正觉得好笑，却见Julie发扬先天下之忧而忧，后天下之乐而乐的精神，大声招呼别人先用，自己跑到野地里撒。哪知慌乱中一根草茎卡住了裤子拉链，上下左右折腾了一阵也无法解决，最后只好让人上前帮忙拉扯。Julie忍不住哈哈大笑，并让人拍照留念。经过这番折腾，Julie再没使用这个折叠式坐便器，离开乐山时送给了为他们开车的司机。司机幽默地说这件礼物给你留着，下次来乐山时再用。Julie摇头说，看来我对中国了解太少，其实不少欧美国家对中国缺乏了解，所以媒体报道常常有失偏颇。

还有一个叫Margret的老年妇女更是让人啼笑皆非。在乐山一个

即将消失的文明

感受峨眉山寺院

偏远县城的停车场,她被肮脏不堪的厕所弄得不知该怎么办,进去出来往返三次也没蹲下。最后用卫生纸裹了两根如中指长的纸条塞入鼻孔,再一次冲进去。我以为她要发挥大无畏精神去解决问题,殊不知冲进去却是为了摄像,她将厕所内外猛拍了一番。然后又躲到一辆大货车后面方便,不料被三个正在玩藏猫猫游戏的小孩看见,追随其后刮脸吐舌,嘻嘻哈哈嘲笑。Margret一阵难堪,随后说他们国家曾经也有类似的厕所,但现在早已绝迹。政府在几十年前就有明确法规,禁止这种对粪便不经过处理的简易厕所存在。

厕所虽小,却能折射出一个国家的文明发达与健康程度。三十多年前乐山大部分居民没有带卫生间的住宅,运大粪的车散发着浓重的臭气从闹市中飘然而过,人们也习以为常,见惯不惊。今天虽然依旧循臭而找公共厕所,但今非昔比,已经发生了很大的改变。

方言趣闻

外国朋友常叹道：学中文难，学中国方言难上加难！即便能讲流利中文的外国人到乐山也常会一头雾水，不知所云。一是因为乐山方言与他们学习的标准普通话差异很大，二是乐山人很热爱自己的方言，讲不好或者不愿意讲普通话，故常使外来者举步维艰。

曾有一位美国人到乐山某餐厅吃饭，按服务员的推荐要了一份"板鸭豆腐"。可菜上桌时却只见豆腐不见板鸭，争执了好一阵才明白是"白油豆腐"，而非"板鸭豆腐"。乐山方言"白油"，与普通话"板鸭"发音很相近，以致造成"板鸭"泡汤。

一位友好城市的首席执行官先后八次到乐山，因为喜欢乐山，开始努力学习中文，每天记五个单词。他每次来乐山都要忙里偷闲到街上溜达，除了欣赏风土民情外，更重要是想学习乐山方言。一次他问一位乐山朋友近况时，乐山朋友叹道：最近白天忙毬得很！晚上毬忙得很！首席执行官问："'忙'与'忙毬得很''毬忙得很'有何区别？"乐山朋友顿觉失口，搪塞道："忙毬得很即很忙，还带有勤奋敬业之意；毬忙得很即穷于应酬，表明朋友很多，夜生活很丰富。"首席执行官牢记在心，第二天在正式场合拜会乐山某领导时，依样画葫芦，用乐山方言问候道："您白天忙毬得很，晚上毬忙得很吧！"对方顿时瞠目结舌。领导下来专门给涉外人士打招呼，要求规范涉外用语。

类似的笑话不胜枚举。乐山人说话爱"带把子"，"老子、狗日、龟儿子、锤子、屁娃儿"层出不穷，随语境而变，既是亲切爱称，又可侮骂斥责，多重含义。

艺术交流

　　有位澳大利亚学者到乐山某大学任教后，坚持每天跑步锻炼。可是他遇到一个令他烦恼的问题：每当他在路上，总有不少小贩拦路向他兜售各种旅游纪念品。为此，他向一位先他而来的外籍教师讨教，如何打发那些纠缠不休的人。对方得意地告诉他一个绝招：申明自己是本地人，便可让那些小贩退避三舍。末了教他一句中文："我是本地人。"这位学者如获至宝，大喜而归。第二天出门，一群小贩还未靠近，他立即使出绝招用中文说自己是本地人。果然立竿见影，小贩们大惊，接着掩口而笑，各自迅速散开。他大为得意，从此每天边跑边喊，不但再无小贩靠近，连路人也远远躲开。直到回国前他才弄明白，不知是老师教错了，还是他自己发音不准，将"本"念成"笨"，又漏掉"地"字，每天是喊着"我是笨人"在路上奔跑的。而那些小贩也许视他为精神不正常的外国人，故退避三舍。

　　乐山方言只有五个元音音位（缺少/e/音位），保留了古代的"入声"。因此有人认为乐山方言是古汉语的活化石,不但该申请非物质文化遗产,而且应鼓励大家以讲乐山方言为荣。

于是这就产生一个耐人寻味的选择:是鼓励大家使用方言成为古汉语活化石好,还是普及普通话或者英语以跻身国际旅游城市好?

有一个关于方言的真实故事。第二次世界大战美日开战初期,日军总能以各种方式破译美军密码,令美军吃尽苦头。为了改变这种局面,美军特地招募印第安纳瓦霍族人入伍,从事密电工作,因为他们的语言外族人完全无法听懂。果然日军对纳瓦霍土语制出的密码无可奈何。战后美国不但嘉奖纳瓦霍部落,而且将其方言纳入文化保护。电影《风语者》便是根据此事改编而成。

新加坡和泰国是许多欧美人亚洲旅游度假的首选国家,这两个国家的旅游资源并不比乐山丰富,且华人居多,尤其是新加坡,被称为"东南亚的小中国"。旅游业带动了他们第三产业的迅速发展,获得丰厚的经济收入。我问过许多外国朋友为何会多次去这两个国家,回答理由中有一条是相同的:几乎没有语言障碍。他们可以不依赖导游或翻译在街上游览、购物、进餐、娱乐,等等,街道、商场、酒店、博物馆等地皆有英文标志、说明,以及示意图。当地居民也大部人能讲英语,连卖水果的小贩也可用简单的英文进行交易。可是在乐山街上则很少见英文标志,能讲英文的居民很少,甚至宾馆大厅里也没有英文乐山地图供外国人查看。所以外国游客到乐山旅游多有不便,尤其是自助游的背包客。

吃喝杂谈

不少初到乐山的外国人会腹泻或牙龈发炎,大多是食物辛辣或消

化不良所致。但他们常常疮疤未好就忘了痛，抓紧机会大饱口福。

　　Paul 到乐山当晚，在品尝了西坝豆腐后说，美味突然间增加了此次旅行的期望值，虽然还没看清乐山的容貌，但已喜欢上这座城市。第二天在江边船上，Paul 面对琳琅满目的小吃及香味四溢的鱼火锅，说自己应该盛装隆重出席，才对得起如此美味佳肴。Paul 离开乐山时特地购买了西坝豆腐菜谱和一套中国碗筷，决定学习制作乐山菜肴。回国后的一天，妻子见他在花园里汗流浃背忙碌了半天，既没修枝剪草，也没松土除虫，便好奇地问他在干什么。Paul 沮丧地答："亲爱的，我本想给你做一道乐山菜，可忙了半天只抓到一只蜜蜂，看来计划落空了。"原来 Paul 在犍为县参观时吃过一道油炸椒盐蜂蛹，雪白的粉丝配上金黄的蜂蛹，不但色泽鲜艳，且美味悠长，令他难以忘怀。于是他便在自己的花园里捉蜜蜂，想为爱妻做这道菜，可惜未能如愿。

　　Wayne 是位澳大利亚高级厨师，不远万里来乐山旅行有参访美食的重要因素。在澳大利亚厨师是很受欢迎的职业，择业容易，待遇丰厚。当年他到如今居住的滨海城市旅行时，被迷人的海边风光所吸引，决定定居下来。因为高级厨师的身份，他迅速找到了一份待遇丰厚的工作。而他的妻子是一位政府官员，找工作却颇费一番周折，而且公务繁忙，薪水远远不如丈夫。

　　Wayne 每到一处都要跑到厨房里观摩，连对麻浩渔村的农家灶头也热情不减。他曾得意地对一位乐山厨师讲，他准备一百人的宴席只需半天时间和六名服务生。乐山厨师听后大为不解，说我们乐山普通人家的除夕团年饭都要忙碌两天，何况百人宴席！接下来向 Wayne 提了无数个问题。结果答案令乐山厨师连连摇头，不客气地说若是那样的酒席在乐山请客会被人说成是小气的"啬家子"！三四道主菜咋请客？点心、蛋糕、水果、冰激凌只能算小吃，根本上不了台面。农村请客都讲吃"九大碗"，少了鸡、鸭、鱼、猪、牛算不上酒席！原来 Wayne 宴席上用的牛肉、海鲜都是超市里弄好的半成品，买回后稍事加工即可。而客人们饮酒用餐皆是自助方式，不需要如乐山的餐馆每桌有服务员侍候，故省时省力。

Wayne 最初曾想在乐山开一家西餐馆，后来发现乐山人都是美食家，很难改变传统口味，只好放弃当初的打算。他对乐山烧烤尤为赞叹，称远比澳洲不加香料的本味烤肉好吃。乐山人将青椒、茄子、韭菜、藕等新鲜蔬菜加香料烧烤不但是一大创举，而且比以肉食为主的烧烤更科学营养。Wayne 离开乐山时买了许多调料，回国后先做了两件事：第一，举办盛大的家庭派对，名曰"乐山烧烤"，亲朋好友品尝后赞不绝口，鼓动他多搞"乐山烧烤"聚会，以联络大家的感情；第二，在自己餐馆的菜品中推出乐山菜。一天，一位顾客用餐中突然感到舌头麻木，吓得以为是中风先兆，急忙打电话叫来救护车，可是到医院检查又一切正常，大家都一头雾水，不知原因何在。直到 Wayne 的餐馆接着又出现两例完全相同的"病人"，大家才明白问题出在一种叫"花椒"的调料上！不过后来他们喜欢上这种调料，每次到 Wayne 的餐馆还会招呼道："一定要放花椒，只是少一点不要太麻。"他们认为放了花椒才是地道的乐山菜，不但美味可口，而且有除湿提神的药用功效。

意大利人 Bogdan 擅长做比萨饼和空心粉，我认为他做的比萨饼，与颇有名气的必胜客连锁店旗鼓相当，对此赞美 Bogdan 欣然接受，并不谦虚推让。他是一个意大利饮食文化忠实的继承者和热情的传播者，他告诉我仅意大利面条就有一百多个品种，遍及世界各国。如意大利艺术一样，有众多的爱好者。当听我说比萨饼和空心粉连吃

两顿会犯腻，还不如乐山炸酱面和酥锅盔经久耐吃时，他露出知音难觅的失望表情。一天，他喜形于色并面带神秘表情地邀请我去品尝美食，我本以为不是比萨饼花样翻新，便是空心粉调料更换，不料他却带我去峨眉山下一家萝卜汤餐馆。农家风味的炖萝卜、卤肉、豆花、

做客乐山朋友家中

泡笋，价廉物美，令他赞不绝口。我问他比萨饼好，还是萝卜汤好？他笑着说都好。我问他是否知道有人给这类小餐馆取了一个绰号——"苍蝇馆子"？Bogdan 皱着眉头想了一会儿，吐出两个字："妒忌。"

外国人到乐山大都想品尝当地美食。他们的经验是当地人蜂拥而至的小餐馆，必是传统美味佳肴，远胜过豪华宾馆饭菜。Bogdan 便是这样寻觅到许多美味小餐馆。他说更重要的是能看到厨师当炉炒菜，乐山厨师开朗幽默，常常边炒菜边哼歌，于是菜里带有歌声的味道，令人心情愉快。

有一年日本友人佐野静江女士在我家过除夕，见我先生及先生的

兄弟都在厨房里忙碌做菜，大为惊讶，忙用照相机连连拍摄。她说日本男人几乎不干家务活，更不可能扎上围裙做出一桌美味佳肴。由此看来找一位乐山男士做丈夫，是很幸福、幸运的。静江回国前做了一顿丰盛的日本饭菜答谢乐山朋友。一位男士吃罢对我说："难怪日本胖子少，原来他们的饭菜清汤寡水，完全没有油气！"

很多外国朋友说乐山人善吃，以吃为乐，以吃会友。大小餐馆一到吃饭时间便门庭若市，座无虚席。入夜后各种夜宵比比皆是，食客盈门，喧闹无比。乐山人对猪舌、鸭舌、大肠、鸡脚、动物血等食物宠爱有加，并贯以吉祥的名称：招财、飞机、肥肠、凤爪、旺子。大多数欧美人在家从不问津这些东西，而到了乐山也破戒大吃，颇有些橘生淮南之意。

美女如花

谈到艺术和美女，许多人首先会想到法国。前年一个二十多人的法国文化交流团来到乐山。一位赶来参加座谈会的乐山男士事后对我说，他出于对法国艺术和美人的仰慕，事前精心梳洗打扮了一番，身着鳄鱼T恤、都彭皮带、金利来皮鞋盛装出席。不料见在座的法国女士与每晚在河边跳舞的乐山女士不相上下，失望之余决定首先善待自己的妻子，因为妻子并不逊色于法国女郎，而且温柔贤惠，不像法国女人那么强势而又自我张扬，自我感觉良好。

而法国朋友却盛赞乐山美女如云。有三个学美术的法国大学生，身材高大匀称，高鼻凹眼，宽肩、窄腰、长腿，套用时下流行的语言，可谓"资格帅哥"。帅哥们眼中最美的乐山女人却出乎我的意料。此女身高一米五左右，三十多岁，纤秀文静，凤眼、小嘴、尖尖的下

巴。若按乐山人的审美标准仅算中等姿色，可他们认为她具有东方人温婉典雅的气质，有美韵，而美韵与美色有内涵与外在的本质区别。

如果是普通外国人评价倒也不足奇，可他们恰好在审美领域里，如此眼光确实耐人寻味。探讨中我发现一个有趣的现象：高个大眼的欧洲人在连环画、卡通画中表现的人物多是小眼、短腿，生动有趣。而腿短眼小的日本人所展示的卡通人物，多是大眼长腿的美人，赏心悦目。这不能不说是一种补偿审美。

乐山曾众里寻觅一位佳丽做城市形象代言人，可好些外国朋友见了却不以为然，问入选的理由是什么。于是我将中国传统的审美标准列举了数条，诸如二八佳人、面若桃花、腰如杨柳，等等，总之，美女如花！他们思索一番又问选城市代言人难道仅是选美吗？我有些无言以对。他们向我列举了世界许多城市代言人，其中有两位颇有意思。一位是巴黎市形象代言人Defna，曾在电影《最后一班地铁》担任女主角。她当选时已过不惑之年，被选中的理由是：能代表法兰西妇女高贵的气质，优雅的风度。另一位是澳大利亚古城马里伯勒市代言人Mary，一位五十多岁，丰满白皙，和蔼优雅的女士。Mary说城市形象代言人其实是一座城市的大使，不但熟知当地文化历史，而且亲切和蔼，善与人相处。她符合这些条件，于是被市政府聘用。Mary专门负责接待市政府的重要客人，工作时身着十八世纪英国贵族大摆裙装。2004年我在马里伯勒市亲身感受了Mary的热情和敬业精神。在参观途中，Mary不时帮助那些与她工作并无关系的背包客。在她看来帮助外来游人是自己的责任，因为她是这座城市的使者。

在乐山四十岁以上的妇女很难找到称心如意的工作，更不可能担当形象大使之类角色。有位瑞典朋友告诉我，若是瑞典的招聘广告上限定性别和年龄，会被人以性别歧视、年龄歧视告上法庭。

澳洲趣闻录

2005年3月，我受澳大利亚赫维湾市政府邀请，到澳大利亚进行文化交流。行前我做了许多准备，翻阅了大量有关澳洲的资料，但当我真正行走在这片土地上时，才深切感到无论多么丰富的想象，在实地踏访时都显得空乏而又苍白！过去我一直认为我们行走在几千年文明的路基上，虽然伤痕累累，但整体上却是曲折延续发展。可是当我面对仅有二百多年历史，生龙活虎、充满朝气的澳大利亚时，才深

参加澳大利亚朋友婚礼

沉地感到我们行走的路上有太多的瓦砾，太多的迷离！此行，我比较性地考察了悉尼、墨尔本、布里斯班、堪培拉几座大城市的文化艺术，不断往返于赫维湾与马里伯勒两个独具艺术魅力的小城市之间，而最让我难忘是乡间农场田园牧歌般的日子。十多天来在澳洲朋友的带领下，我拜见了很多艺术家，参观了许多博物馆、艺术馆，对澳洲文化艺术的一个侧面有了较深入的了解。在此，我将穿行澳洲文化艺术长廊中耳闻目睹的趣事，选择几段呈现给读者。

由囚犯到艺术家

2005年3月4日，赫维湾市艺术馆举办了土著艺术家Jim Edwards的个人画展。开幕式在晚上七时三十分举行，当晚赫维湾市市长、马里伯勒市市长、谢尔伯格市市长都参加开幕并讲了话。他们如此高度重视已让我十分意外，原以为是一个知名度很高的艺术家，不想竟是个曾在狱中服刑八年的土著囚犯！简短的开幕式后，Jim向观众介绍自己的作品及创作思想，并一一回答观众的询问，他的妻子不时在旁边加以补充。

Jim高大壮硕，皮肤呈棕黑色，很像非洲中部的人。灰白色卷曲的头发覆在头顶，眼珠每次转动都闪着耀眼的白光，鼻头扁平宽大，稀疏的牙齿使他说起话来有些吐词不清。Jim行走时腿显得有点瘸，浑身散发出带狐臭的浓烈体味。可这样一位看起来外貌丑陋，并不富裕的人，相随的却是位四十岁左右，金发碧眼，身材高挑，戴着银边眼镜，斯文典雅的德国妻子，很让人感到有些不可思议！

后来在交谈中我才了解到Jim坎坷的一生。

原来18世纪英国人登陆澳洲后，开始用武力将原住民圈入不同的定居区生活，谢尔伯格市就是过去一个土著人定居区。土著人过去长期过着无拘无束的游牧生活，白人来后不但占领了他们的土地，还以强欺弱强行改变他们延续了千年的生活方式，

与土著艺术家Jim（左）在画展上交流

于是定居区的人们强烈不满，还有人因此而开始各种反抗。Jim从小就心中充满仇恨，脾气暴烈，经常寻衅闹事以发泄心中不满。父亲见他好斗，于是送他去学习拳击，他的门牙就这样一粒粒落在拳击生涯途中。拳击对他来说最大的收获是获得昆士兰州的银牌，拳击所得的报酬又都被他换成酒装进肚中，酒精又经常驱使他挥动铁拳四处肇事，如此循环往复，最终因为袭击警察被关入布里斯班监狱。在狱中他又与自己的叔叔合谋纵火焚烧监狱，事发后罪加一等，于是在狱中待了八年。

Jim说，他在监狱因为不安分被单独关押在一个房间里，没有人说话，也无事可做，便从窗口看远处的跑马山，那是一个美丽的牧场，四季景色的变幻就如一幅画，慢慢地他产生了想以笔表现这个窗口的愿望，于是他开始学习绘画，他的第一幅作品画的就是跑马山。

Jim的作品大都表现家族过去的生活状态，其中有两幅颇有意思，一幅为几个土著人在吃一种类似古柯、大麻的植物，画面中央一团红黄色的圆圈表示幻觉出现，远处有高大的树木和奔跑的野兽；另一幅画是一群狩猎的土著人，正手持棍棒、飞镖沿山坡追赶猎物，而

山顶上飞出一条巨大的蛇，吐出两条鲜红的信子俯视人群……Jim笔触奔放豪迈，色泽浓郁，作品透着野性的力量。Jim说因为艺术，他心中的愤怒消失了。当我欢迎他到中国时，他显出孩子般的高兴。

后来我了解到，澳洲监狱对一切想学习绘画的囚犯，免费提供纸、笔、颜料等材料，同时还鼓励社会各界人士出于爱心购买他们的作品。我的好友Nancy就买了一幅囚犯的绘画作品送我，她的女儿在监狱工作，她带头做出表率。

传奇的"飞行医生"

Paul Cottan是位十分传奇的医生，并非只因为他医术高明，更重要的是他一生中有许多时间是在澳洲中部荒凉原始的沙漠中，为那里的游牧土著人治病度过的。因为每次进入沙漠都是乘直升机前往，所以被人称为"飞行医生"。他的传奇经历二十年前就被英国BBC广播电台摄制成专题片。他与一些到过沙漠中工作的其他人不同，坚持不住政府为白人提供的、条件较好的营地，而是居住在土著居民的帐篷里，学习他们的方言，劝说他们有病接受西医治疗，不要依赖巫师求神占卜等。他的辛勤工作，不但获得澳大利亚政府的许多荣誉，也赢得了很多土著人的敬重，土著人赠送他上百件土著艺术品表示谢意。他将这些作品先后在纽约、悉尼等地举办收藏展，他也成为澳洲著名的土著艺术品收藏家之一。

2005年3月5日上午澳洲朋友带我们去拜访Paul医生。Paul医生的苏格兰式两层木楼，掩映在郁郁葱葱的花木中，木楼的正前方是他自行设计施工的、高达六米以上的人工瀑布和巨大的水池，粉红色、淡黄色的睡莲在满是红浮萍的水池中竞相开放，惹得蜜蜂、彩蝶翩翩起舞。摇曳的树影下鸟语阵阵，花香扑鼻。楼后是大片绿草茵茵的草坪，草坪尽头一条清澈的小河蜿蜒而过。Paul医生对中国朋友的来访十分高兴，在游泳池边的凉亭里准备了丰盛的上午茶，妻子Helen还特地烘烤了一只大蛋糕，点缀上草莓等各色水果。

今年五十六岁的Paul医生看上去身体微胖，精神饱满，目光敏锐。当我赞美他的园林时，他说修建园林的重体力劳动，是减轻精神压力的最佳办法。

他带我参观了他的花园后，向我展示了几幅精美的土著绘画，并播放了英国BBC摄制的专题片，在凉亭中品茶时，我对他进行了一次简短的采访。

徐："据我所知在澳洲医生是个薪水很高、比较稳定的职业，但你为什么选择做危险较大，四处奔波的'飞行医生'？"

Paul："我的家族是爱尔兰一个大家族，后来移民来到澳洲。小时候我父母收养了一个土著人的男孩，我很喜欢他，一直叫他哥哥。之后我萌发去沙漠中心地带为土著人治病的想法，与这位哥哥有很大关系。"

（注：在英国航海家詹姆斯·库克抵达澳大利亚东海岸十八年后，英国的一批犯人流放澳洲，在澳建立殖民地。在这一过程中，土著人与殖民者的冲突造成数以万计的土著人死亡。1910年，澳以改善土著儿童生活为由，通过一项政策，规定当局可以随意从土著家庭中带走混血土著儿童，把他们集中在保育所等处。直到1970年，澳大利亚政府重新认识土著人问题，废除了允许当局带走土著儿童的法令，土著人的权利、法律保障等问题逐步得到解决。在这个过程中，不少澳大利亚白人也呼吁政府保护土著人，甚至收养和照顾土著人儿童。）

徐："是什么使你热爱他们的艺术？"

Paul："因为艺术是一种有力的交流工具。土著人没有文字，各部落语言也都存在差异，于是，每幅画都讲述着本部落历史、传说，或一段有趣的故事，他们的历史都是通过绘画的形式加以记载、传承的。中部沙漠中的土著民认为自己并不占有土地，而是属于土地，对土地负有责任，小孩生下来二十个星期后，土地的神灵就会进入孩子的身体，因此小孩对土地也有责任。当他们的孩子生病时，便认为是土地的神灵离开了，一般是求助于巫师，让神灵回来。他们觉得白人医生仅能使人减少痛苦，增强健康，但不能挽回神灵。一旦巫师救不了患者，那人死后灵魂会回到土地中，以后又转世到新的生命中去。但是求助于白人医生，人死后灵魂就四处漂泊，因回不到土地而无法转世。白人医生开始在沙漠中并不受欢迎，为了当好医生我就住在他们的部落中，学习他们的语言，从他们的绘画中了解他们的历史、文化。这是我最初喜欢土著艺术的缘由。"

徐："2003年我在自己的书吧举行了一次小型的澳洲土著艺术展，乐山有许多人前来观看，不过，在解读上仍有一些困难。"

Paul："土著人的绘画中所有的符号，都有特殊的含义，比如这张画两个相对的半圆形的线条，就代表两个相对而坐的人，中间的圆圈表示一个食具。中部沙漠的土著人有嚼食一种类似大麻、古柯的植物的嗜好，这种植物能让他们产生幻觉，减少没有水、食物和疾病带来的痛苦。可是这种植物要经沸水处理后才能吞食，而土著人虽懂得使用火，但并不能生产和使用铁器。当英国人登陆澳洲后，听说此事后完全不相信，因为土著人既没有烧沸水的陶器，更没有烧火用的金属器皿。其实土著人是先用柴将石头烧红，然后将滚烫的石头扔入盛水的木器中，这样水就很快沸腾了。这幅画就是在向我们讲述处理这种植物的方法和过程，是他们特有的教科书。"

通过 BBC 摄制的节目，我看到 Paul 医生在沙尘飞扬、满目荒凉的沙漠中行医救人的片段。是艺术帮助他走近了土著人，他的真诚又赢得了土著人以艺术品相赠的回报。之后他在各地巡回展出收藏的艺术品，也引起了白人对土著人更多的关注和爱心。

满目青山夕照明

在赫维湾市我去拜访了一对老夫妇，丈夫 Arther 今年八十七岁，妻子 Alma 八十四岁。夫妻俩唯一的女儿多年前在睡梦中安详地离开人世，女婿也带着一对双胞胎孙女飘然离去，从此音信杳无，如断线的风筝。夫妻俩以坚强的毅力走出了白发人送黑发人的悲哀，用乐观的态度面对人生。Arther 通过电脑与加拿大、日本、德国等地的人交朋友。当赫维湾市与乐山市缔结为友好城市后，Arther 给当时的市长黄明全写了一封信，信中说，"市长先生：我是一位正派、已婚、已退休的男人，很希望与贵市的市民交朋友，希望你为我推荐……"这封信转到了乐山市外事办的陈女士那里，年轻、热情、富有爱心的她用美妙的语言开始与他们在网上交流，成了忘年笔友。2004 年乐山市政府代表团到赫维湾时，Arther 夫妇在该市市长的帮助下，欢天喜地地赶到代表团驻地，见到了与他们神交已久的陈女士并与中国朋友共进早餐。

这天，当我刚走进 Arther 的花园，就看见一位老人推着很大的垃圾桶往前挪动，听到汽车喇叭声老人转过身来，正是我们要见的 Arther。看见我们，尤其是他的小笔友陈女士时，他高兴地大叫起来。Alma 闻讯摸索着推门而出，伸出双手呼叫小笔友的名字，她的双目已近半盲。两位老人热情地拥抱我们，拉着我们到屋内餐桌边坐

下，桌上摆着 Alma 做的木瓜烘糕、海藻饼干和其他甜点、咖啡，并特意沏了一壶中国的乌龙茶。Arther 夫妇平时并不喝中国茶，这茶是特地托人从布里斯班的中国城买的，大约因为存放不当，香味大打折扣。但是在遥远的异国他乡喝到自己喜欢的茶，让我如归故土，像在自己的家里一样。

在亚瑟夫妇家

Alma 说自己眼睛不好，一身好厨艺难以发挥，连连叹气深表遗憾。Arther 没等妻子多说，急忙邀请我们参观他们的房间。他指着走廊上一幅日本仕女图说，这是一位日本笔友赠送的，这位笔友曾专门到澳洲来看望他俩，可是三年前一个晚上，这幅仕女图突然从墙上坠落下来，不久，就从日本传来这位笔友患癌症去世的消息……老人说中国有种中草药能使人活两百多岁，他很希望获得这种药。我告诉他峨眉山有许多关于修行人长寿的故事，他对此充满兴趣，他希望自己健康长寿，以便照料半盲的妻子。Alma 年轻时是布里斯班一家报纸法制专栏的记者，很喜欢写诗，这个周末还要去参加社区赛诗会，听一位从俄罗斯观光回来的老友讲旅途见闻。Arther 以欣赏的目光看着老妻。当我问他当年是如何向 Alma 求婚，写了多少爱情诗才打动芳心时，他幽默地说："我当时喝醉了！"

临别时大家依依不舍，我送了他们一幅布艺壁挂，上面有位长辫子美女。Arther 问我此画为何意。我说中国有位老艺术家说："常看美女能增寿！"我希望他俩常看美女健康长寿。Arther 高兴地连声说好，并把画贴紧在胸前，而 Alma 却忍住不让眼泪流出，拉着我的手久久没松开。汽车启动了，我从窗口挥手向老人再次告别，Arther 依旧把画贴在胸前，Alma 的下巴开始不停地颤抖，我眼中一阵发潮，心中酸酸的。八十多岁的老人随时都可能轻轻地挥手，转身告别这个世界，每一次见面都意味着可能是最后一次。离开他们后每次想到他们，我心中都会掠过一丝哀伤……

当我返回乐山时，Arther 已给小笔友发来邮件，信中说："我们俩依然非常爱你，但更爱她（指我）。请给我们她的通讯地址，我们要给她寄东西，你千万不要嫉妒哟！"

老人的幽默像一阵轻风刮走了我心中的哀伤。

Tony 家的女人们

Tony 是马里伯勒乡间的一位农场主，拥有两千平方米土地，分别种植甘蔗和饲养奶牛，另外还有一间小型印刷厂。他的四个如花似玉的女儿和气质优雅的妻子，使家里充满了高低不同的女声，直到大些的两个女儿出嫁，三女儿到很远的地方工作后，家里才有了 Tony 的声音，以往他只有欣赏的份儿。

Tony 一家是很有代表性的澳大利亚家庭。Tony 从十六岁起就

作者在Tony家的牧场

从事印刷工作，成年后结婚生了两个女儿。现在的妻子Nancy本是新西兰人，来澳洲旅行后爱上了这里，便留在了马里伯勒报社工作。当她与Tony相遇后，两人一见钟情，但鉴于双方都已有家庭，彼此只好把这份情感藏在心底。他们俩在感情的煎熬中度过了七年，这七年Nancy坚持不要孩子，并尽量回避与Tony相遇，报社凡有出差的工作，她都主动争取，以工作的疲劳减轻心中的痛苦。七年后的某一天，Tony在喝了很多酒后对Nancy说："我要离婚！"

Nancy顿时泪流满面，这句话远比"我爱你"更打动她。他们没有更多的话，心有灵犀，一切尽在不言中。他们各自结束了自己原来的婚姻，Tony带着两个女儿Kelli、Belinda与Nancy走到了一起，以后他们又生下两个女儿Amber、Tasmin，组成一个美满幸福的大家庭。

老大Kelli现在是马里伯勒监狱的警察，该监狱关押着约一百五十位囚犯，一人一间屋子，有空调和电视。Kelli 负责监狱的安全事务，类似我们的防暴队长，极有威信，长得高大强壮却又轻言细语，温和可亲。丈夫是意大利移民后裔，酷爱比萨饼和空心粉，也是位狱警，膀大腰圆，虽然当了父亲，却依然一脸稚气，长着孩子般的眼睛。Nancy 告诉我，这位女婿好奇心极强，在我离开之后，必定有一百个关于我的问题要问。

老二 Belinda 嫁给了一位大农场主的儿子，女婿家约有四万平方米的土地，主要种植甘蔗和养牛。女婿家是苏格兰移民后裔，通往庄园的道路两旁，栽种着从苏格兰带来的高大乔木。Belinda 结婚时，丈夫给她买了辆杏黄色的福特轿车，更难得的是煞费苦心地选择了有 B、l、D 字母的车牌，这是 Belinda 名字的缩写。现在儿子刚满两个月，金发蓝眼，十分可爱。爷爷送给孙子一件连裤衫，上面印着以爷爷为总裁的联合收割公司的名号，顶端印有爷爷的名字，下方是孙子的名字。

老三 Amber 曾参加过澳大利亚选美，身材匀称，面容生动。小时候患有一种被称为阅读障碍的疾病，无法集中精力读书学习，只好休学回家。后来通过各种治疗，尤其是学习中文，终于克服了阅读障碍，顺利完成了基本学业。Amber 现在在北部沙漠中的一个金矿里工作，主要驾驶重型卡车，福利优越，年薪很高。最近她投资在马里伯勒城里买了一幢带花园的两层洋楼，价值人民币五百多万元。她在飞回沙漠前，赶到布里斯班的 Goodearth 宾馆里来见我，没想到她对我讲的一点点中文竟是广东方言。

小女儿 Tasmin 今年二十二岁，是现今唯一还住在家里的孩子，白天在马里伯勒社会福利部门工作，新近买了辆甲壳虫轿车，十分惬意。Tasmin 很有抱负，希望自己能当澳大利亚总理，把国家治理得

更好。星期天一早,她就约一帮年轻人到马里伯勒街上捡垃圾,这是一项在澳大利亚持续多年的志愿者活动,名为"清洁澳大利亚"。我到街上去看他们,参与这项活动的人不少,最小的孩子只有七八岁。其实马里伯勒街头巷尾的干净程度,会让我们不少国家级的卫生城市汗颜。Tasmin在谈到婚姻时天真地说:希望第一任丈夫是法国人,浪漫多情;第二任丈夫是澳大利亚人,就像她父亲,老实厚道,对妻子言听计从;第三任丈夫是……

我对她说应该先找个中国丈夫,尤其是四川人,能干、爱家,又烧得一手令天下人垂涎三尺的好菜。这样后面的就省略了……她开心地大笑,说这个主意好。

Tony家的皇后是妻子Nancy,Nancy漂亮、能干、聪明,里里外外一把手,是当地报纸的总编,出版过三本书,写过许多有影响的好文章,也因此获得许多荣誉,被称为"报界皇后"。Tony家中和谐的气氛得力于Nancy,前妻的两位女儿都很爱她。Amber和Tasmin小时候非常淘气,因为平时生活在乡间自己的农场,没有机会给别人增加麻烦,于是很难为外人所知。一次,夫妻俩决定带孩子们到布里斯班去开开眼界,因为那是澳洲第三大城市。一到城里孩子们就像刘姥姥进大观园一样兴奋,刚进入一个超市,Amber见迎面走来一个亚洲人就惊叫:哇!日本人!快来看日本人!惹得安静的超市立即产生观赏效应。稍后,又挥拳将一位斯文的城里男孩打得泪流满面,不过很快就被这位男孩打哭,第三个回合以双方都被打哭扯平而结束。Tasmin见姐姐掀起了波澜,立即突发奇想拉着超市里的一个叔叔问:"你猜我妈妈的内裤是什么颜色?"见对方一脸惊诧,无所适从,她得意地大声说:"我妈妈今天穿的是黑色内裤!"诸如此类的麻烦从来都是此起彼伏,尤其是为了帮助Amber克服阅读障碍,夫妻俩历尽艰辛。后来Nancy还专门写了一本书，名为《Amber是怎样学习阅读的?》，内中讲述了许多感人的故事。

　　Tony对Nancy的关爱渗透在生活的枝末细节中。那天Nancy开车带我们去拜见朋友，我们在车上聊得正起劲，突然听到车内发出一阵警报器的声响，Nancy立即减缓车速笑着说："Tony怕我开快车，设置了这个警报装置，只要超过110码就会响起来。"

　　Nancy还告诉我，Tony为了让她在事业上有更大的发展，主动缩减了在城里的印刷业务，分担更多的家务。我说Tony这个大地主心还真好。Nancy问我什么叫大地主？我告诉她，是中国人对1949年前拥有大片土地的人的称呼。Nancy问我中国的大地主是什么样？我说，他们有庄园和土地，出租田地，或雇用许多长工干活。有丫头和佣人干家务，以及照顾主人、夫人和孩子，过年时可以请戏班到家里唱戏，男主人可以娶几个太太。Nancy听后连连摇摇头说："前几条都很好，最后一条不好，Tony还是当澳大利亚的地主好，虽然一切都要自己动手，很苦很累，但是没有别的女人分走丈夫的爱。"

　　2003年Nancy来乐山后，非常喜欢这里的一切。2004年5月她与丈夫再次来到乐山，先后去了卧龙熊猫基地、丹巴县美人谷、碉楼、道孚县、塔公草原、康定、泸定、峨眉山、乐山大佛、峨边黑竹沟等地。回到澳大利亚后，她先后写了乐山大佛、峨边黑竹沟及人物专访等七八篇专题报道，产生了很大的影响。

即将消失的文明

代价

抗美援朝之战中国究竟牺牲了多少志愿军?

在四川泸州烈士陵园的抗美援朝纪念室里有这样一个数字:牺牲的泸州籍官兵共一千一百三十名。这是从"革命军人牺牲证明书"名单上抄录下来的烈士。馆内没有失踪、被俘、受伤、病故的人员的记载。我的三叔徐渊就在烈士之中,他离开人世时年仅二十一岁,一个朝霞般灿烂鲜活的生命,与许多尸骨不全的志愿军烈士一同葬在朝鲜的古毛里朱家山。

他为这个从未去过、并不了解的国家付出了生命的代价。

我三叔原名叫徐光宗,是兄弟姐妹中最聪明,也是长得最帅气的一个。从小爱读各种课外杂书,曾经因怕母亲指责偷偷把书藏在蚊帐顶上,以致将蚊帐杆压断。三叔读的是教会学校,先是泸县爱智小学,后又就读于重庆兼善中学,于是粗通英文,颇有唱歌天赋,还擅长制作各种各样的玩具。1949

三叔徐渊

年他参军时在文盲较多的部队里可谓是凤毛麟角，许多与文字有关的工作都理所当然落到他的头上，1951年他牺牲时的职务是陆军第十二军三十四师一零六团七连文化教员。

三叔徐渊牺牲证明书

据说我奶奶听到我三叔牺牲的消息时当场就晕倒了，之后很长时间沉默寡言，呆呆出神。我长大后曾在姑妈家里看到当年三叔的战友写给我奶奶的信，那些发黄的信纸上，字迹斑驳，模糊不清，浸满了一个寡母心酸的泪。她受伤的心上还揪着另外两个儿子，一个是我父亲，他参军后随陆军第18军进军西藏；另一个是我二叔，他作为地方工作队长随陆军十六军一四二团在泸县等地进行剿匪和征粮工作。

难以想象当年奶奶是怎么熬过那些不眠之夜的。我三叔死后十年，她在辽宁阜新离开了人世。奶奶的几个子女分别在辽宁、陕西、

四川、西藏工作,选择留在辽宁,是因为那里离朝鲜近一些,尽管她不适应北方的生活,梦里经常回到南方故乡。但她心里一直有一个夙愿,去看一眼躺在异国他乡冰冷土地下的儿子,从儿子墓地带回一把黄土。可是一条鸭绿江阻断了她的脚步,她只能抱着儿子遗留的衣物,在寒冷刺骨的北风中遥望哭泣,一遍遍呼喊儿子的名字……

如我奶奶这样伤痛的母亲不知还有多少!我上中学时一位老师也有这样的经历:他唯一的弟弟在抗美援朝时牺牲了,他怕母亲伤心一直瞒着没讲,后来他母亲的眼睛失明了。他几次要带母亲去医院治疗,可母亲总是推三阻四拒绝。他不知原因何在,为了安慰母亲他开始模仿弟弟的口吻给母亲写信,然后一字一句念给母亲听,信中的内容多是说自己工作繁忙,身体健康,不能在母亲跟前尽孝,只能寄一点钱回家赡养,等等。而母亲每次听完都把信紧紧捏在手里,然后让他给弟弟回信,并细细叮嘱一番。母亲临死前才告诉大儿子,她早就知道小儿子牺牲的消息了,眼睛是伤心难受,流泪太多而瞎的,她怕大儿子伤心才一直未说穿……

那时,年幼无知的我们不知战争沉痛惨重的代价。

在那个激荡着英雄主义和狂想主义的时代,觉得家里有一个在朝鲜牺牲的烈士是一件光荣的事,我的许多表兄表姐在社会关系中都填上三叔的名字,即使有的血缘关系很远,但并不妨碍燃起他们胸中的激情。因为在孩子眼中,这些烈士就如家喻户晓的电影《英雄儿女》中的王成,敢于抱着爆破筒跳入敌阵,与美国鬼子同归于尽。他们为自己没生在那个年代遗憾,否则也有机会成为王成式的英雄,使"勇士辉煌化金星,敌人腐烂变泥土"。

许多年后当我们长大,不禁对为什么要跨过鸭绿江,到别人的国土上去保卫我们的国家产生了疑问。当我有机会阅读到许多有关朝鲜战争的历史资料时，才发现我们过去的认知、判断实在是过于幼稚和简单。

站在国际政治的高度来看，朝鲜战争实际上是一场牵扯着复杂国际利益的大国博弈。1950年6月25日，朝鲜民主主义人民共和国主席金日成在苏联的支持下，怀着统一朝鲜半岛、建立完整的社会主义国家的雄心，率兵打过战后美苏默认的划分半岛南北的"三八线"，三天后攻陷汉城，李承晚政府一片慌乱哀号。在美国的操纵下，联合国安理会做出决定，派出以美军为主力、20个国家参与的"联合国军"增援李承晚政府。美军在仁川登陆，击溃朝鲜人民军，不到一个月，即将战火烧到了鸭绿江边，并轰炸丹东，严重威胁了我国新生的人民政权。出于国家安全和整个社会主义阵营的利益考虑，我国派兵以志愿军的形式入朝作战，经过五次战役，将战线重新推至"三八线"附近。三年血战，双方都付出了惨重的代价，终于坐下来谈判，签字停战，最终依旧按"三八线"划分朝鲜半岛。

我们抗美援朝的目的是基本达到了，朝鲜民主主义人民共和国得以继续存在，战争最终远离了我国的边境；但美苏等多国参与博弈的"朝鲜战争"，从结果上看，却是打来打去最终维持原判，而数百万人为此付出了生命和鲜血的代价。

记得我小时候看过一部朝鲜拍摄，反映抗美援朝的故事片《战友》。剧中扮演朝鲜人民军的男主角相貌堂堂，一身浩然正气，而对中国人民志愿军却选了一个长相有些滑稽、干瘦，很不出彩的演员。走出电影院，几个同学都很生气，说拍电影的人一定是忘恩负义的人，丑化我们中国的志愿军。

勒紧裤带，挨冻受饿，却慷慨帮助另外的国家，而结果却是不断遭遇易涨易退的山溪水，随风摇摆的墙头草。

许多年前,我在某地乡下遇到一个穷困潦倒、曾经参加过援越抗美的退伍军人,攀谈起来得知,当地出产一种很香的花生,而过去公社领导宣布这些花生全部上调支援越南人民革命斗争。有一年他的儿子得了重病特别想吃盐煮花生,他几番犹豫最后忍不住到地里偷了一把,哪知运气不好竟被当场抓了个人赃俱获。地里花生经常被偷,苦于一直没抓到贼,眼下自然一股脑儿全算在他头上。"一颗花生就是一颗子弹!""一颗子弹就打倒一个帝修反!"上纲上线批判后,他被打入另册再也抬不起头。可是令他和许多中国人没想到的是接受了大量援助,亲如"同志加兄弟"的越南居然会和中国翻脸,用我们从小熟知的《南方来信》故事中打美国兵的勇猛来对付中国人。

1979年我所在的部队奉命开往中越边境前线,事前,我们一帮新兵整天处于一种莫名的兴奋和激动中,又是写请战书,又是给家里写信告诉父母若是战场牺牲请不要悲伤,等等,可是最终我和许多女兵很不情愿地被划入了留守人员之列。很快,没有闻到战火硝烟的我们就感受到了战争的强烈冲击。最开始得到的消息是某侦察兵小分队被自己的炮火误打阵亡,"文革"以来部队亦被政治运动搅得不安,军备废弛暴露无遗。接着我们的主要工作之一变成安抚随军家属,开始是隔几天念一次战报,后来是天天都通报。每天忧郁疲惫、忐忑不安的随军家属们早早就聚在一起,只要一个流泪,抽泣声很快就响成一片。有时闻到一点风声,或者同名,或者同音的人阵亡,悲伤就会笼罩整个家属区。最后念战报成为一件很沉重的工作,所有的家属都屏住呼吸、紧张地盯住你的嘴,似乎家人的生命攸关就在你口中,甚至不顾一切冲上前来左推右拽大哭大叫。有一位家属的丈夫和三个儿子都上了前线,当得知年仅十八岁小儿子阵亡时,她倒在地上呼天抢地地哀号,不断用头撞地,血流满面。还有一位刚当新娘的家属,丈夫到前线不久就被地雷炸得粉碎……面对这些，任何豪言壮语、劝解安慰都显得苍白乏力。

还有，与我们同一个军的某师某连，在对越战斗中被包围，很多天后我们在越南的某电台里听到一段广播，才知道他们成了俘虏，其中一位中国军人在电台讲话，大意是说自己并不想打越南，因为越南与中国是同志加兄弟……不知此人是在何种状态下说这番话，屈打成招？被逼？自愿？更不知后来他们的命运如何。

对越自卫反击战十多年后，中越之间已公开畅叙友情。充满激情和浪漫的歌曲《血染的风采》，以及获得很高荣誉的影视剧《高山下的花环》《凯旋在子夜》等很快退出舞台。这些文艺作品曾经激起人们对侵略者的无比仇恨，以及对祖国的热爱，微笑着勇敢地向死亡走去。

有人在问：我们为什么会打这一仗？这场战争我们付出了多大的代价？人们至今还没有一致的答案。也许要等半个世纪以后，要在对战争的认识不断加深以后，才能做出比较公正、准确的判断。

战争结束不等于战争的阴云就吹散了。几年前我一个从事心理学研究的朋友到美国考察，发现一些衣衫褴褛、露宿街头、缺胳膊断腿的乞丐却不接受政府有关部门救济的食物、衣衫和房舍。经过了解后，朋友才知那是一些"越战"受伤的退伍军人。"越战"带给他们的不仅是肉体伤害，更多的还是精神创伤，因为留在心理的困惑和怨恨永远难以消除。

战争的代价是沉重的，但愿沉重的代价能换来长久的和平。

大耳朵百姓

　　我爷爷出身于一个大地主之家,却目不识丁,听起来有点匪夷所思,可是他家里比这离奇古怪的事不胜枚举。不识字如何管理庞大的家产?我爷爷从不操心!因为一切都是从祖上继承而来,他生下来便锦衣玉食,长大后坐享其成,凡事交给管家打理。明朝万历年间爷爷的先祖从湖北麻城孝感乡移居四川泸县,最初是"插占为业",即圈地开荒,勤扒苦做,之后又经商开矿,艰苦创业,终于成为远近闻名的大户。然而家业传到我爷爷这一辈,早已经失去吃苦耐劳的家风。我爷爷兄妹共六人,五男一女,妹妹早死,其余皆聚居在徐氏老宅——远近有名的薰风楼里醉生梦死。

　　薰风楼建在一座小山顶上,一边是绝壁,一边是用石头砌成的又高又厚的围墙,故周围的人又称其为石头寨,大小两个寨门一关闭,易守难攻,森严壁垒。据说选此地筑屋除了风水好的缘故外,也是为对付猖獗的盗匪。薰风楼共有五层,上小下大,墙上分布着许多小窗口,一旦盗匪来犯,男人用火枪射击,女人则往外扔石灰,固若金汤。

　　我爷爷在家排行第二,年轻时就吸食鸦片成瘾,整日浑浑噩噩,他一辈子做得最有智慧的事就是娶了我奶奶。我奶奶是他的第二个太太,第一个太太是荣昌的大户小姐,人称"三公主",长得花容月貌。当时到荣昌迎娶她时,爷爷家里雇了一个排的兵丁护佑。三公主嫁到徐家后郁郁寡欢，生下一个女儿不久就撒手而去。三公主死后，我爷爷放出话要找一个有文化、能吃苦持家的女人，为此，媒人四处张罗，最终物色到了我奶奶。

我奶奶家境贫寒，兄弟姊妹众多，她排行第八。奶奶家有一个远房亲戚是晚清举人，姓曹，奶奶家里的人都尊称他曹公。曹公虽有功名钱财，却子嗣不旺，膝下只有一个女儿。曹公颇有先贤圣人风貌，为人谦和，洁身自好，誓不纳妾。因看不惯官场黑暗腐败辞官回家，悉心栽培独女。那时女子上学读书极少，曹公担心一个女孩子出入不便，便在亲属中物色人选，我奶奶从小聪明伶俐，性格开朗，被曹公选为曹小姐的伴读。之后曹小姐和我奶奶考入县城的新式学堂，再后来又双双考入重庆女子师范学堂，我奶奶负责照顾小姐的饮食起居，而曹公则为我奶奶支付学费和生活费。在那时如曹小姐和我奶奶这样的女子寥若晨星，走到哪里都是引人瞩目的新潮人物。奶奶毕业后被聘请到泸州育群女中任教，成为那里最早的女教习（教师）之一。

可是我奶奶即便受了新式教育也不能左右自己的命运，由于家里贫穷，她不得不屈从家里的安排续弦到富有的徐家。不过那时徐家已是外强中干，每况愈下。我奶奶一手抚养大三公主的女儿，又生下三男三女。奶奶对仆人慷慨宽厚，治家精明有方。在生了两个女儿后，她先在寨子里捐建了一座寺院，名石头寺，长年供奉四五个僧人。父亲晚年在《童年》一诗中写道：

　　　　山峦叠苍翠，
　　　　野岭遍桃花。
　　　　朝暮闻钟鼓，
　　　　薰风楼吾家。

即将消失的文明

诗中所指钟鼓之声就来自石头寺。

当时薰风楼几十里外有一座山叫龙贯山，山里有几座小煤窑，每天都有一些穷苦的脚夫进山挑煤，到玄滩镇或附近乡间出售，来回通常需要两天时间。进入龙贯山要过一条小溪，因为没有桥，脚夫们只好赤脚涉水而过。晴天还不难办，然而一遇雨天或溪水暴涨，脚夫们就常被困在两岸，不得不在树林或岩石下过夜，甚至还发生过被大水冲走淹死的惨事。而那一带人烟稀少，土匪出没，生活稍有着落的人绝不愿意靠近半步。我奶奶知道这件事后，悲悯那些穷苦的脚夫，出资捐建了一座石桥，取名太平桥。从此，脚夫们天晴落雨都能畅通无阻，他们为感谢我奶奶，特地在桥头刻碑纪念。办了这两件事后我奶奶接连生了三个儿子，合家上下喜气洋洋！而奶奶则认为这是善举的福报，由此常教导孩子善恶有报，要广结善缘。

第二排中为我奶奶，第二排右一为我父亲，第一排右二为我三叔

不但如此，她还尤其强调孩子们要读书，千万不要学爷爷当睁眼瞎！薰风楼远离县城，附近的场镇又没有新式小学，奶奶自作主张请

回一位私塾老师执教，我父亲至今还记得的《三字经》《幼学琼林》《大学》《中庸》等段落章句，就是那时被鞭打背诵铭刻在心的。而我爷爷的兄弟们对自己孩子读书则持放任自流的态度，孩子们也乐得偷懒玩耍，三天打鱼两天晒网，再不就叫佣人用滑竿抬到镇上去玩。说来也奇怪，我爷爷兄弟五人中长兄和小弟两人皆无后，四弟有两子，五弟仅一个女儿，他们百般溺爱孩子。据说其中一个儿子满了十二岁，每晚还要衔着母亲的奶头才能入睡。

我爷爷由于鸦片之毒侵害，不到四十三岁就离开了人世，他刚死叔伯们便怂恿三公主的女儿闹分家。那时徐家日益衰败，抽鸦片、捧戏子、逛窑子、赌钱，挥霍无度，家里已是金玉其外，败絮其中。叔伯们盘算着分家既是想趁机吞并我爷爷名下那份田产，也有各自的小九九。四爷将自己的两个儿子分别过继给哥哥和兄弟，想一子骑两房将来多继承遗产。三公主虽然貌若天仙，可她的女儿却因天花留下一脸麻子，加上母亲早逝，性格乖戾，敏感多疑，经常无事生非，借呵斥丫头仆人指桑骂槐。

我父亲在家排行第三，有两个同父同母的姐姐，我奶奶端庄大方，为人宽容大度，一直叫自己的孩子谦让三公主的女儿，并称她大姐，而我父亲的两个姐姐就依序成为二姐、三姐。分家时奶奶的孩子们尚幼不知事，族里的长辈在叔伯们挑拨下，在三公主的女儿身边那个小军官的威慑下，百般刁难我奶奶。那一顿"讲理茶"，我奶奶带着两个女儿，面对一群虎视眈眈的族人受尽屈辱。父亲的二姐生性文静懦弱，被那阵势吓得躲在母亲身后直流眼泪，唯有三姐大胆泼辣，小小年纪敢于直言不平，最后被叔父们呵斥出去。后来她上泸州女中时，曾在话剧《雷雨》中成功扮演工人领袖鲁大海一角，也是因为性格相近，本色表演出彩。

分家后我奶奶带上自己所生的六个孩子离开了薰风楼,举家迁到附近的玄滩镇。入玄滩中心小学那天,父亲的三姐问他:"你长大以后的理想是什么?"

三姐希望他将来能出人头地,挑起家里的大梁,不再受人欺负。哪知父亲不假思索地回答:"大耳朵百姓。"三姐气得大吼:"你咋这么没有出息!"

父亲是家里的长子,生于薰风楼,全家对他寄予很大的期望。可是他从小耳闻目睹家族中的明争暗斗、尔虞我诈、颓废堕落,反而向往那些清贫快乐、充满人情味的佃户家庭生活,这种感觉在外婆家尤为突出。每次到外婆家,父亲就喜欢到地里干农活,栽秧,打谷,犁田,打连枷等,几乎样样都能得心应手,邻人都说他一点不像有钱人家的大少爷。"大耳朵"在泸县方言里是指有福气的人,我父亲的理想是做一个有福气的布衣百姓,这自然使姐姐对他大为失望,恨铁不成钢。

我奶奶为了孩子们读小学、中学、大学,先后三次搬家,先从石头寨到玄滩镇,又从玄滩镇到泸州,再后来又举家去了重庆。这期间抗日战争爆发,父亲不得不几次中断学业,颠沛流离,所幸日军大肆轰炸泸州时,他们一家正在乡下外婆家祭祖,躲过了二十七架飞机的三次轮番袭击。父亲的外婆家毗邻中音寺,父亲的外婆是一个虔诚的佛教徒,她说这一切是菩萨保佑。长辈信佛对子女影响很大,后来她的三个子女有一子一女出家。

1949年,父亲大学毕业工作后,参加了中国人民解放军第十八军。进军西藏前部队在乐山休整,他到当时的绘芳照相馆,拍了一张纪念照片。照相馆老板见他相貌英俊,身材高大,就放大成一尺见方陈列在橱窗里做广告,部队开拔时路过照相馆战友们都含笑彼此相传，说他长有一副官相，将来必大富大贵。

父亲一边修路，一边进入西藏，用双脚走过雅安、二郎山、康定、甘孜、德格、雀儿山。因为粮食供应不上，经常忍饥挨饿；昌都战役时是带着两个元根（萝卜）进城的；由于脚大，没有合适的军鞋，他穿着草鞋进入拉萨……他在西藏度过了二十多年的军旅生涯。这二十多年中，父亲大小战斗经历了五十三次，足迹遍布西藏东南西

父亲1951年到达西藏时留影

北，其间中印边境之战和平叛剿匪之战，九死一生，历尽磨难。有一次部队在边坝山区剿匪，他所在的六连负责正面进攻，另外五连和七连从左右包抄，哪知土匪先将六连反包围，又左右牵制五连、七连。父亲当时是副连长，在包围圈里打了两天两夜，最后连长不幸牺牲。夜里父亲挨着连长的遗体躺下，心里还盘算着如何带队突围。第三天父亲带队从一处悬崖艰难地突围出来，同营的战友见到他们时又惊又喜，以为他们牺牲在包围圈里了。事后父亲才知道五连、七连伤亡惨重，一个连在伏击圈外突然遭遇数倍之敌袭击，伤亡二十多人；另一个连的一个排经过惨烈肉搏后只剩下四个人。在中印之战中，有一次他们收复了一个印度军占领地，又冷又饿，好不容易找到几个罐头，可是上面的文字谁也不认识。顾不上多想便用刺刀划开，闻起来有点像牛奶，大家就分来吃。接下来的行军途中就接连出状况，所有的人都在不停地肠鸣打屁，最后才知道那是压缩牛奶罐头，需要稀释煮沸

才能吃。

父亲那些经历有如一部扣人心弦的电视剧。那些我们只能在书里或影像资料中见到的名人，当时曾与他有过亲密接触；那些今天仍要带着先进装备才能到达的地方，父亲曾赤手空拳地闯去。除了战争外还遭遇了无数次饥饿煎熬、高山缺氧、暴风雪、泥石流、山洪等磨难，可谓惊心动魄，跌宕起伏。可是曾被战友们说有官相的父亲并没有获得高官厚禄，尽管他曾是所在团里学历最高的人，尽管上世纪50年代就被选送到武汉汉口高级步兵学校培养。而一些没有文化，甚至由他带队招收的新兵却仕途通达，后来居上，成为团长、师长、军长。身为教师的我母亲有时也忍不住埋怨两句，说他太不善逢迎，有机会也不去争取云云。的确，以父亲的资历学识能力，远不该仅限于副团职。每当听到别人谈论这些时，乐天安命的父亲总会说，命里只有八合米，走遍天下不满升。他觉得几十次战斗能活下来，是福；几十次战斗没有伤，很幸运！他心里珍藏着童年的愿望：当大耳朵百姓。

大耳朵百姓的理想使父亲凡事心平气和，知足惜福，不怨天尤人，始终保持节俭爱劳动的习惯。母亲从四川支边到拉萨师范学校（现西藏大学）任教后，父亲便在她的窗外开垦了一小块荒地，种上四季豆和土豆，又在室内窗台上用两只装手榴弹的木箱，分别种上芹菜和小白菜，以便母亲能吃到一点新鲜蔬菜。父亲还喜欢做木工活，对泥水匠的活计也不陌生。记得返回四川后，我母亲喜欢一只漂亮的芦花鸡，父亲不但为她做了一个便于清理粪便的木笼，而且还设计了精巧的环形滑槽，使鸡蛋能完好无损地滑落出来。有人夸父亲心灵手巧，父亲说这是在部队搞营房建设学来的经验。

父亲节省不仅在家里，外出见路边流水的龙头、白天未关的路灯都会绕过去关上。吃剩的饭菜一定打包带走，洗菜淘米的水留下冲厕所。坚持不用空调，自己浆洗缝补。他还经常劝诫我们要节约，不要浪费。我先生的弟弟在美国生活二十多年，思维习惯、生活方式变得很西化。有一年回来探亲，邀请我父亲一道去成都麓山国际高尔夫俱乐部玩，没想到并没有讨到好，父亲叹息道："这里占的都是上好的良田！如此玩下去会成败家子！"

父亲离休后毫无不适应之感，生活安排得井井有条。今年他已是八十五岁，思路清晰，身体健康，每天坚持行走两小

父亲1956年在武汉汉口高级步兵学校学习期间留影

时，写一些诗词文章自娱。而他的二姐尚未出嫁就病故了，三弟1951年牺牲在朝鲜战场，三姐也病故近二十年，二弟和小妹虽然在世却病魔缠身，脾气暴躁，自己痛苦，子女们也难得安宁。三公主的女儿后来的命运最为坎坷。分家后她被富有的姨妈接到成都，姨父开了一家照相馆，那时照相还是件新奇奢侈的事，生意十分红火。姨妈起初让她学医，她推说自己害怕见血；让她跟姨父学摄影，她哭哭啼啼说自己是残废（有麻子）不愿见生人，姨妈只好叹气作罢。于是她整天除了吃，就是打麻将，看电影，再就是睡觉，有时中午还赖在床

上，两个侍候她的丫头不敢惊动她，但又不能不遵女主人的吩咐叫她起床午餐，只得婉转哀求："小姐，到后花园打一下新鲜空气嘛……"后来因为有丰厚的陪嫁，一个军官娶了她，不过在逃离大陆时又抛弃了她。她只好委身于一个又穷又丑的船夫，靠卖凉水，打煤饼，捡煤渣，替人缝补为生。隐瞒身世，无儿无女，常以泪洗面。直到"文革"结束后，她才小心翼翼打听亲人的消息。我父亲赶去见她，之后时常钱财资助，使她能安享晚年。七十岁那年她在一张马架椅上午睡时去世了，没有痛苦，没有遗言。我父亲为她处理了后事，并把她的遗产全部赠给船工一个腿有残疾的侄儿。两年以前，她的丈夫就过世了，后来船工的侄儿将他们两个合葬在一起。

我父亲常对我说："我对自己的晚年生活很满意，希望以后平平静静地离去。"

1999年我母亲去世时，父亲买了双墓，说以后与母亲葬在一起。他经常独自到墓地去看望母亲，用抹布将四周擦得干干净净，在那里静静坐一会儿，有时还写诗给母亲。在我的记忆里几乎没见父亲对母亲甜言蜜语，卿卿我我，只是一旦母亲有什么需要，父亲就默默地做；母亲有什么担忧，父亲总会说有我在。父亲年轻时长得一表人才，我成年后，一些当年与父亲共事的军官家属还对我说："你爸爸年轻时好标致，高原也晒不黑！"语气里掩饰不住仰慕之情。可是母亲从不担心父亲会受诱惑，多次对我说："你爸爸令人有安全感。"母亲曾两次大手术，术后我们兄妹几人去守夜，都被他俩拒绝。母亲说有你爸爸在就好了，父亲也说自己在医院守护才放心。父亲与母亲之间没有浪漫的爱情，却有无言的担当与责任，患难之中的慰藉，平淡生活里的相濡以沫。

父亲在母亲死后就将自己身后的事一一交代子女，当我阻止他时，他说生老病死是每一个人都要经历的，不用忌讳，坦然面对它才会轻松离去，也不给后人留下任何麻烦和遗憾。

他的经历使他对生命有深刻的理解，平淡中显出智慧。

我身边的朋友，以及堂兄姐妹们都说我父亲是一个吉祥老人，而他则称自己是一个大耳朵百姓。

常识不常识

大约每个人都会遇到一些发傻的事，犯常识错误。

刚入伍新兵训练时，我们是一个班集中住在一个房间，晚上十点熄灯号一响就必须熄灯就寝。可是二十多个人，人挨人地睡在地铺上，总是免不了要在黑暗中低声聊一会儿。有一天晚上话题谈到鱼，说着说着忽然有人发问："你们说鱼泡在身体里起什么作用？"

话一落音，七嘴八舌议论开来，大家从小都爱吃鱼，对鱼泡并不陌生，但谈到鱼泡的功能却众说纷纭，各持己见。由于争论的声音太大，惊动了当晚的值班干部——我们背地里称她们为"老兵"，就像老兵们背后称我们"新兵"不过瘾，还要加上"蛋子"两个字。

老兵推开门严肃批评道："你们吵吵闹闹干什么？"

半晌，一个新兵蛋子怯生生地回答："我们在争论鱼泡是干什么的。"

"睡觉！"老兵在合上门前停顿了一下，用长者的口吻点拨道："鱼泡就是尿包。"

老兵出身于一个军人世家，本人毕业于军医大学，从事内科临床多年，一向颇得病人信任。她的话在一帮十四岁至二十岁的新兵中自然很有分量，于是连说"鱼能在水里上浮下潜是鱼泡的作用"正确答案的人，也开始底气不足，怀疑自己是否弄错了。以致后来使"鱼泡就是尿包"的谬误流传很广，连续闹了不少笑话。

后来我发现常识并不常识，犯常识错误的人比比皆是。

我复员到地方工作，办公桌对面是一位曾在东海舰队服役的水兵。一天，办公室一位中年妇女请假，要陪患前列腺炎的丈夫去医院看病，水兵大剌剌地从报纸后探出头来问："前列腺在哪儿？"

中年妇女不满地白他一眼，那意思是指责他装怪，有意让她当众难堪。而我则以为水兵在开玩笑，过一会儿就要向大家解释他的玩笑，因为他经常会冒出一些意想不到的冷幽默。可是他依旧在认真看报纸，没有半点开玩笑的意思，半晌，他忽然放下报纸，一副豁然开朗的表情："我想起来了。"他用手指着自己左右两肺的位置："前列腺好像长在这里，一边一颗。"他的表情很认真，有点像参加知识抢答赛。

我一下愣了。

知识盲点每个人都有，只是什么都从书本里来的人，脱离实际会更多。

记得有一年我们几个朋友一起看电影，二战题材的外国片子，片名好像叫《地下游击队》。当我们几个见被抓的游击队员在牢里挖地道逃出来时，兴奋得连连喝彩，不想前面一个男人转过身来看我们一眼，目光有些怪异，只差没有把"瓜儿"（四川方言，意为傻瓜）两字说出口，接着冒出一句："扯把子（四川方言，意为吹牛），挖出来的泥巴堆哪里？寸土三筲箕哒。"

我们几个顿时无语，一想是呀，在德国鬼子眼皮下堆积如山的泥巴如何运得出去？我们犯了常识性的错误，编剧也犯了常识性的错误。

犯常识性错误能得到别人纠正是件幸运的事，只是现在能当面指出不是的人越来越少了。

有一次先生陪我到乡下采访，主人正准备点豆花，先生见状挽起袖子上灶台，用铲子将卤水一点点放入锅中，缓缓搅动，并告诉主人以后在黄豆里加一点桑叶或者豆叶之类的，味道和颜色会更好。主人对他点的豆花赞不绝口。先生见我有点傻眼，小声问："你不会？"

我点点头，心里有点虚。

他说这是生活常识。

一次我们去商场，我顺便买了一罐醪糟，先生说商场里的罐装食物大多有防腐剂，还是自己做的吃起来放心。他看我愣愣的表情，说："你不会？"

"不会。"我觉得自己像答不出老师问题的小学生。

"小时候父母太宠你了，这是常识。"先生说，他时不时借这些机会对我进行忆苦思甜及普及生活常识的教育。接着把做醪糟的过程讲了一遍：糯米，加一点饭米，浸泡，放进甑子里蒸，起锅后摊开，微热时加入曲子（酵母），用手搅和拌匀，翻入坛中发酵，坛中米堆正中掏一个小洞，发酵好后小洞里溢满清甜的米酒，冬天要在坛子外面

即将消失的手工染布

盖上棉被保暖。

先生少时家境贫寒，母亲多病，父亲受冤，身为长子的他在生活重压下练得十八般手艺，稍稍耍弄起来就令我汗颜。

一天三个女朋友来家里，我立马民意测验："会做醪糟吗？"

"不会。"两个一脸茫然摇头。我心里稍稍平衡一些，觉得并非我一人不具，转身等最后一个回答，答曰："曾见外婆做过，但自己没学，因为父母强调读书重要，家务活不让插手。"又说，外婆不识字，但能干各种各样的农活，家务也操持得井井有条，做豆瓣、豆腐乳，纺线，制衣等，样样不在话下。自己上过大学，书本上知识知道不少，但生活中多是"君子动口不动手"。

想想自己何尝不是如此？

即将消失的文明

不褪色的梦想

前些天一位朋友造访，说自己迷上了澳洲土著绘画，那些图案单纯、色彩艳丽、如神话梦境般的巫术宗教和狩猎生活的场景，展示出了大自然原始、纯真、野性的美。那种美深深地打动了她，她翻阅了大量澳洲土著人的绘画，并了解到他们的历史文化渊源。现在她准备到澳洲中部沙漠土著人的部落里去学习绘画。

澳洲中部沙漠与沿海发达城市有天壤之别，原始落后，语言不通，环境恶劣，犹如我国边远的少数民族山区。她的这一想法遭到所有亲戚朋友的反对，认为一向理性的她是在发晕，此举近乎神经错乱！的确，她并非身处绘画艺术行列，又近知天命的年龄，衣食无忧，钱财丰足，家庭和睦，儿子正在国外攻读硕士。按一般人的逻辑，她该安于现状，闲暇时健身、美容、打麻将、逛街购物，再不然

追逐梦想

请一位老师在家里玩赏一下艺术也行。可是她不愿意按照别人的人生轨迹走下去,她要去实现自己心中的梦想!她说自己早年忙升学读书,工作后忙事业、婚姻、家庭、孩子,更是疲于奔命,无暇实现自己的梦想。忙忙碌碌中时间一天天飞逝,昔日同怀梦想的闺中好友不再与她谈论这个话题,甚至笑她天真幼稚。而她一直怀揣梦想,期望有一天按自己的想法去生活,不为名誉,不为金钱,不为他人,简单快乐、潇洒自然地行走在天地间。这个梦想在她心中不曾消失,不曾褪色,身处复杂、纷繁、紧张的商品社会里,这个梦想支撑着她化解了许多烦恼与痛苦,消解了对物质的奢求,让心灵单纯而又率真。

　　朋友说起自己的打算时两眼熠熠生辉,我看着她忽然明白了为什么她看上去那般年轻有活力。不是整容化妆改变容颜,也不是养颜秘方留住岁月,她不沉迷于过去的美貌,也不惧怕未来的衰老,做自己喜欢的事是快乐的,是享受,探索和思考使她充满魅力,青春不老。

　　只要有梦想,什么时候起步都不晚。我为朋友祝福!

　　有不褪色的梦想是福,尤其是女人,无论你身在何处,地位高低,行业差异,岁月蹉跎,幸福与痛苦……世间的一切都会老去,而怀揣梦想会让你永远有一颗年轻的心。每当你面对这个梦想时,就会像面对一朵花,一片云,一条河,一缕春光,充满喜悦与平和,享受真正的美好。

即将消失的文明

落毛凤凰

2009年秋，我终于到达萦绕在我脑海里多年的湘西凤凰。与中国许多古镇一样，凤凰是因为名人出名，这个人就是著名作家沈从文先生。

对沈从文先生的最初印象是读《边城》之后，湘西乡村单纯的生活、淳朴的民风、善良敦厚的本性，与温柔的河流、清凉的山风、满山的翠竹、古旧的渡船，如一幅田园牧歌般的画卷，深深打动了我。

凤凰古镇

之后我陆续读了沈从文先生的其他作品，对他的敬仰也随作品增多而增加。沈从文先生只读过两年私塾，正规教育仅是小学，他的智慧与知识从何而来？凤凰古镇有什么样的魔力？

于是，去湘西凤凰古镇成为我的一个心愿。

可是当我刚走进凤凰古镇，迎面就是激烈的争吵，十多辆汽车被堵在路上。一打听，起因是停车费，收费方既无证件，也无票据，付费方自然不服。争执中有人挖苦道："湘西真是出土匪！"于是如捅了马蜂窝一般，恶语相向，险些拳脚相加。自从出了《湘西剿匪记》《乌龙山剿匪记》《血色湘西》等影视剧后，湘西人尤厌言匪。好不容易把事情解决，一个貌似厚道的年轻女子就上前介绍旅店，绕来绕去走了很长一段路，将我们带到一间破旧不洁的小旅店，与照片和她口中的描述相距甚远。可是天色已晚，加之环境不熟，行李笨重，只好自认倒霉。还未安顿下来，又来两个年轻女子喋喋不休推销晚会票和苗寨、乌龙山等地一日或二日游。有了前车之鉴，心存疑问，兴趣索然，对凤凰也有些失望。

黄昏行走在古镇，虽不是节假日，却游人如织，摩肩接踵，纠缠游客穿苗服照相的小贩可谓三步一岗，五步一哨，难有片刻安宁。已不清澈的沱水两岸洗衣服、洗菜、刨鱼、涮拖把的形形色色人物，更有那阴沟腥臭的污水长驱直入，将汽水瓶、垃圾带进河里。不断有人上前揽乘游船，或吆喝吃饭住店。

整个凤凰古镇商店鳞次栉比，一家挨一家，几乎没有间隙，服装店、银器铺，绿得像染过色的猕猴桃干、鸭血块、花生糖等摆满各个食品店。即便是临江的路边，也被一溜地摊占据，全国各地旅游景点都能见到的工艺品，如同复制一般出现在各个摊位上。再就是酒吧多，各种啤酒广告花花绿绿地张贴在门外，有的将啤酒瓶、易拉罐重重叠叠堆在墙外，做更直观的广告。

我一直在寻找书店，想象凤凰古镇的书店一定有许多沈从文先生的著作，可是总也找不到书店。过河又走了一阵，拐进一条僻静的小

即将消失的文明

凤凰古镇已经成为繁华的商业场

巷里，终于看到一家出售工艺品的小店兼售书，书摊上有凤凰的明信片，也有沈从文先生的《边城》，不过远比沈先生作品多的是各种各样有关湘西赶尸的书籍。店主是个年轻的女子，神情和蔼，从外地来此做生意，因为临街的铺面租金太贵，只好先在小巷里经营。她说近些年游客对赶尸、下蛊、落洞之类诡异的事特别有兴趣，比沈从文的书好卖。

我问她见过赶尸匠吗？她说没有。又问她相信尸体可以赶着走吗？她深信不疑，还说听当地老人讲，赶尸很有讲究，不是所有死人都能赶，砍头、绞刑、站笼这三种可以赶，因为他们都是被迫死的，死得不服气，思念家乡亲人，所以赶尸匠可用符咒镇于尸体之内，再用法术驱赶他们爬山越岭，甚至上船过水地返回故里；但如是病死、投河、吊颈自己要死的，或者雷打火烧、四肢不全的这几种就不能赶。

她见我还是不信，便从书摊上拿起一本书翻开，指点我看，上面写道：赶尸途中有死尸的客店，只住死尸和赶尸匠，它的大门一年到头都开着,大门板后面就是尸体停歇之处,尸体直立而放……

即便是大白天,在小巷里谈论赶尸还是觉得有些阴森。好在这时来了两个游客,各买了一本有关赶尸的书,津津有味地与店主谈论起赶尸的事。

我忽然想起沈从文先生在《沅陵的人》一文中描写自己回乡采访某著名巫师的经历。沈从文探问"赶尸"口诀,其人答曰:"不稀奇,不过是念文天祥的《正气歌》。"又请他随意表演,其人则推托,说:"功夫不练就不灵,早丢下了。"盘桓半日,不得要领。然而,沈从文似从巫师"伏尔泰风格的微笑"里看破了玄机——为了一种流行多年的荒唐传说,充满了好奇心来拜访一个熟透人生的人,问他死了的人用什么方法赶上路,在他饱经世故的眼中,你和疯子的行径有多少不同?

想到此,我暗笑自己与那两个游客也有点疯。这种带有浓厚巫术色彩的民俗,在被禁止几十年后,被一些人以极大的好奇心传扬,真有点叛逆和讥讽的味道。

走出小巷,吆喝声扑面而来,比吆喝声更令人难受的是震耳欲聋的音响声,尤其是入夜以后,整个古镇如一个巨大的娱乐城,灯红酒绿,喧闹拥挤,高分贝的鬼哭狼嚎声要一直持续到深夜十二点。城门洞里还有一些年轻的流浪歌手在自弹自唱,琴盒放在地上,间或有人丢进几个零钱。许多酒吧门口的招牌上都写着"聊天、发呆、上网"等,可是,并没有见一个发呆遐想的人,也难有安坐聊天之辈,古镇哪里还有发幽思怀古之情、品人生酸甜苦辣的安静之处?更有意思的是有些人本来只是想看看别人宣泄激动,可是看着听着也被触动,想到自己的工作、爱情、自由、收入等或得意、失意,或压抑、不满,不由自主地也参与进去,于是,夜晚变成了白天的核聚变,骚动变本

加厉。房东告诉我自从镇上颁布十二点必须关大音箱的规定后,才总算制止了那些要延续到天明的嚎叫!我暗想,如是那样镇上的每间房屋都变成了共振音箱,如何得了!

那一夜我难以入睡,不由回想起一段往事。

1989年晓凤下派乐山,行李简单却带着一大摞《从文自传》。那时大学生必须到基层锻炼,她分到我所在的科室,因为共同敬仰沈从文先生,故一见面就成为朋友。当时她丈夫孔杰在《人民画报》社工作,是瑞中友协的积极分子,与瑞典驻中国大使馆秘书、汉学家是好朋友。1988年瑞典皇家学院院士、诺贝尔文学奖终身评审委员马悦然考虑推荐沈从文先生的作品角逐诺贝尔文学奖,于是派专家孟斯、尼尔斯等人去湘西凤凰等地考察,孔杰也一同前往。那时大部分中国人没有手机,公用电话也只有邮局才有,不易接通,收费还很高,边远小城镇更是如此,联系方式多是写信。孔杰那一路的来信都必提到沈从文,只要提到沈从文,晓凤就必定与我分享;晓凤回信时又会把自己与我对《从文自传》中有兴趣的地方告诉孔杰,让他对景实地勘察,告诉我们今天凤凰的状况……

那段时间,凤凰一直是我们喋喋不休的话题。

后来,晓凤去了凤凰,带回许多她拍摄的照片。照片上凤凰镇虽旧,但宁静古朴,沈从文先生的一位婶婶在故居里做讲解,一身蓝布衣衫,毫无修饰。粽子和艾叶馍馍是流行小吃,沱水河清澈明净,洋溢着与沈从文先生笔下一样的清新气息。

虽然后来因诺贝尔文学奖只授予在世的作家,刚刚离世的沈从文与之失之交臂,但先生在中国现代文学史上的影响决不会因无奖而失色。

第二天早上六时三十分我赶紧起床出门,去沈从文先生的墓地瞻仰。事先打听到先生的骨灰安葬在听涛山下，此去不到两千米。

与昨夜相比，此刻的古镇异乎寻常地安静，四处关门闭户，那些兴奋、宣泄过度的人似乎还在梦中。河面上飘着一缕薄雾，通往墓地的路上行人极少，一位睡在城门洞里的云游僧起身收拾行囊，一个妇人正在齐腰深的水中打捞垃圾，僻静的临江小饭馆燃起炊烟，山坡上有老人担粪浇地……我有幸领略到古镇难得的片刻宁静。

沈从文先生的墓地如他本人，低调、简单，没有园林，没有墓志铭，没有塑像，没有名人题词。沈从文先生的墓碑，是一块不规则的天然五彩石，据说重约六吨。碑石正面有先生手迹："照我思索，能理解'我'；照我思索，可认识'人'。"

沈从文墓地

一块大石头浓缩了他八十六载的人生。石头与自然和谐地融为一体，他就是这样干干净净地来，干干净净地离去。附近有他侄儿黄永玉题写的一行字"一个士兵要不战死沙场便是回到故乡"，算是对他一生的总结。

我向他的墓地三鞠躬，脑海里满是他的文章和人品。抬起头，我

仿佛看到林间凤凰正在远去。

返回途中我在一个临江的吊脚楼停下,那是一小食店,两个老人在里面张罗,陈设简陋,光线暗淡,大约很少有游人光顾。我往里选靠河边的一张矮桌坐下,要了一个粽子,一个艾叶馍馍,并没有饥饿感,只是试图从中品味昔日的凤凰。俯瞰绕凤凰城而过的河流,这是给予沈从文先生童年无穷的享受的地方。他与小伙伴在河里游水嬉戏,在河滩上看处决犯人,十五岁从军,跟随土著部队,在沅水流域漂流了五年,同士兵、农民、小手工业者,以及其他形形色色的社会底层人士生活在一起。二十岁后去了北京,在更广阔的天地里品读社会,理解生命。先生的小说、散文无不与水有关,温柔如水,狂野如水,诗意似水,朴实如水。而最让人敬佩的是在人性被扭曲的年代,他始终能保持相对独立的人格,不随波逐流,不趋炎附势。他宁愿放弃自己挚爱的文学,坐在冷板凳上研究中国古代服饰、中国古代铜镜。文学是一种美,历史考古也是一种美,一个边缘人物,虽身处于虚伪、自私和冷漠的都市,却醉心于人性之美,《中国古代服饰研究》像他的小说一样流动着美。

这时我才体会到沈从文先生的智慧,来自生活,来自经历。这是课堂上永远学不到的……

小食店里陆续进来一些食客,打断了我的沉思和遐想,浓重的湘西方言需要仔细辨听才能明白。与他们闲聊得知,不少原来的居民搬出了古镇,将房子租给外来经商者,他们只是偶尔来古镇里走走看看。虽然"贫穷"已远离他们,但他们却成了凤凰的"边缘人"。

离开小食店返回旅店取行李,古镇已经喧嚣起来,仿古、半仿古的店铺全部打开,与许多大都市里的仿古商业街几乎是同样的面孔,区别仅在店铺后临江的河流。街上人声鼎沸,花花绿绿,人头攒动,其间夹杂着油炸、蒸煮、煤烟的味道。凤凰古镇似乎比城市还城市，原来那种原始、淳朴、自然早已荡然无存。

眼前的凤凰分明是落毛的凤凰。

即将消失的文明

梨花一瞬

金川雪梨驰名中外，每到梨花盛开时，绵延百里的河谷就被染成一片粉白

阳春三月，地处川西的金川乍暖还寒，雪白的梨花沿弱水河弯曲狭长的山谷渐次铺满开来，山腰、河谷、房前屋后、田边地角，绵延百里。其间又夹杂着些许粉红的桃花，粉白相间的樱桃花、苹果花，暗香浮动，山风吹过，落英缤纷，花瓣随风四处飘荡。

雪梨是金川一绝，谁也说不清雪梨栽种起源于何时。梨花并不艳丽，但是铺陈在山高路远的青藏高原一隅，错落在荒寂冷僻的大山之中，有一种令人惊叹的温婉含蓄之美。重重叠叠的花朵柔化了苍凉的高原，温和了贫瘠的土地，生活也由此多了一分希望与甜蜜。行走在望不到尽头的梨花海洋里，会生出不知身处何处，恍若隔世之感。

下午我来到安宁乡炭厂沟村，为去看乾隆皇帝留下的"御制平定金川勒铭噶喇依之碑"。包括我在内的不少人，对这个边远小县的了解，多来自清朝乾隆年间的大小金川之战。为什么这场战争几乎将乾隆皇帝拖入泥潭？这个边远之地究竟有什么奇特的地方？

我带着满腹疑惑登上半山坡，刚到御碑亭前，一位老人沿石阶摇摆而至，染过的黑发一丝不乱地向后梳理，大约中午喝了几盅酒，讲起乾隆皇帝征战小金川的往事，两眼放光，声音洪亮，大加演绎发挥，如同评书一般：大金川土司莎罗奔，生了一个通体雪白透明、貌若天仙的女儿阿扣，一时间观音菩萨转世的消息四处流传，也招来众多的求亲者。莎罗奔暗喜，试图通过女儿的婚事扩充自己的势力，便将女儿同时许配几个土司，惹得众土司不悦。可是几个土司不责怪未来的老丈人无理，一女许几个婆家，反倒相互争打起来。

"……老子喝老子的酒，抢自己的女人、有你朝廷毬相干！大小金川土司之间争草场，争女人，争水源，打冤家如同家常便饭。但是朝廷一旦派兵，冤家们就立刻和好，一致对外。妈哟，我看乾隆皇帝也没有占便宜，说难听点是得不偿失，打了二十九年，调二十万兵力，花费九千万两白银，算啥子胜仗？……朝廷就像现在的红道，土司像黑道。朝廷兵来了，金川人打得过就打，打不过就躲；拿起枪是匪，放下枪就是民，强龙压不过地头蛇……"老人正说得起劲，被当地干部两次在背后示意停止。老人大为扫兴，对我说乾隆打金川的龙门阵几个小时都摆不完，说罢递给我一张名片，特别申明他开有博客，让我在博客上慢慢看。没想到他还是一个时尚潮人！他谦称自己是噶喇依村夫，一介农民，仅上过一年中学，年纪大后常在此做义务讲解员。今年六十五岁，虽是藏族，却为自己取了地道的汉名：张诗茂。

倘若有机会，我愿意带上一瓶好酒给他，在御碑亭里，听他细摆金川之战的龙门阵。民间传说多是口耳相传，能从一个侧面折射历史的真实。

到此我才知噶喇依原是一个地名，曾经建有著名的噶喇依土司官寨。大小金川之战便是由此开始，也是在此落下帷幕。故乾隆皇帝将自己的"赫赫圣武"之功，在噶喇依刻石留名，彪炳史册。

据史书记载，清顺治七年（1650），清廷以金川卜尔吉细内附，授土司职。康熙五年（1666），又以嘉勒巴归诚，授"演化禅师"印。雍正元年（1723），嘉勒巴庶孙莎罗奔因跟随清将岳钟琪征西藏羊峒番准噶尔部叛乱，作战勇猛有功，而授大金川安抚司。岳钟琪是川陕总督年羹尧的爱将，莎罗奔自此觉得有了靠山，在势力日渐强盛后，便图谋兼并小金川及邻近诸土司，多次率部骚扰邻近的沃日、革布什札土司，又以女儿阿扣嫁与小金川土司泽旺，借以控制其地。清乾隆十二年（1747），莎罗奔起兵攻革布什札和明正两土司领地，击杀清千总向朝远，并打伤多名清兵。乾隆皇帝闻讯后，一改过去听任各土司自相争斗、不予干涉的态度，下令进军金川，剿灭莎罗奔，欲使川西土司们"弭耳帖服，永为不侵不叛之臣"。云贵总督张广泗受命为四川总督，统兵三万分两路由川西、川南进击大金川。两年后，以清兵付出惨重的代价，莎罗奔父子投降结束了第一次大小金川之战。

乾隆中期，莎罗奔侄儿郎卡主持土司事务，又开始攻掠小金川及革布什札土司，并与绰斯甲土司、小金川泽旺之子僧格桑结成三部联姻。郎卡病死后，其子索诺木继位，扩张领地的心更大。乾隆三十六年（1771），索诺木与小金川土司僧格桑串通，诱杀革布什札土司，并进攻鄂克什及明正两土司。乾隆命大学士温福率军出战，分别自汶川及打箭炉（今四川康定）攻小金川，期望以攻小金威慑大金，进而制服大小金川土司。而索诺木献计，小金头人突袭温福大营，清军不善山地战，大败，温福亦战死。不久，乾隆帝又命阿桂为定西将军，率师征讨，但亦不能取胜。直到乾隆四十一年（1776）正月，清军昼夜炮轰索诺木据守的噶喇依官寨，设法断其官寨水道，出寨取水的人尽数被杀，致使寨内饥渴难耐，生命垂危。索诺木原本打算聚众点火，引燃炸药与官寨共存亡，可是架不住手下人劝阻，最后率两千人出寨投降。自此从1747年开始，到1776年结束，历时二十九年，历经三代土司的大小金川之战终于停息下来。

其实，大小金川不过是西部一个弹丸之地，既非交通要道又非边塞重镇，当时的人口大约不到三万户，然而清廷却用大约近十三年的财政总收入用于平定金川，为何？平定莎罗奔、索诺木等土司也许只是表面原因，深层次的原因是治理西藏，也是防止前明后裔们"反清复明"。乾隆的祖先在入关前，人口不过一百万，而明朝却有两亿人口；入关前清的全部兵力不超过二十万，而明朝的常备军有两百万；双方在经济实力和文化程度上，更是不可同日而语。可是明朝却被清灭亡了。乾隆深知其中的奥妙，担心明朝遗老遗少，与西南少数民族联合，将天高皇帝远的大小金川作为反清复明基地，进而以少胜多，推翻清王朝。为此，他不惜调集全国二十多个省的兵力进军金川。

历史是由胜利者书写的，当历史以文字的形式面世时，有的会被删节，有的会被误读，有的还会被篡改。

沿弱水从金川至丹巴途中，我接连不断看见高大的石碉楼，陪同的藏族朋友告诉我，那是大小金川之战留下的遗迹。这种以灰褐色石片垒砌的石碉，外形多呈四角形，也有五角六角，最特别的有八角、十一角，乃至十三角，堪称建筑艺术史上的奇迹。石碉修筑的位置颇有讲究，或高踞山岭之巅，或雄峙危崖之上，或扼守要塞之冲，或守山川形胜之险，或傍土司头人官寨衙署。低则二三十米，高则四五十米，高耸入云，气势巍峨。如今虽然许多石碉楼坍塌消失，留下的也残缺不全，但依然可以凭此遥想当年清军从千里之遥开进大小金川

时，遭到当地人居高临下的顽抗，清军难以对抗，一筹莫展，伤亡惨重的景象。石碉楼犹如古代万里长城上的烽火台，居高望远，扼守要冲，一旦发现敌情，能战则战，不能战便发信号躲入深山之中。敌人疲于奔命而找不到对手，又随时遭到意外打击，二十九年间饱受游击战之苦。

清朝中期延续近三十年的大小金川之战中，碉楼起到极大的作用。这是残留下的碉楼群

据当地老人讲，石碉里可以储备足够的粮食和水，又避风保暖，燃烧不同质地的树枝，可以发出白、黄、蓝几种颜色的火焰，分别传达不同的信息，是崇山峻岭中速度最快，传播最远的原始密电码。石碉楼，是清兵两次征战大、小金川屡屡失利的原因之一。大小金川的战役，双方围绕守碉、攻碉斗智斗勇，开展长久的伏击战、拉锯战、游击战。乾隆皇帝鉴于此，命人将在金川抓到的部分俘虏大约两千人押解到北京香山，建起似大小金川的石碉，训练清兵云梯攻碉战术，使之成为后来攻打大小金川的攻碉部队。据说前些年在北京香山某地

发现一些生活习俗与金川相似的人群，经专家鉴定，推测可能是当年被抓进京的金川俘虏后裔。

金川、丹巴一带究竟有多少石碉楼谁也说不清，只知金川最高的石碉高四十九点五米，被称为"中国碉王"；丹巴有"千碉之乡"的别名，石碉最多时达三千座以上。这些石碉曾让清兵恼羞成怒，最后见人就杀，几乎将当地居民杀尽；见房舍就烧，大多数石碉被炸毁……如今的金川居民大多数是后来的移民，有藏、羌、回、汉等十四个民族，其中藏族占百分之七十以上。金川县城里曾有的川陕甘三省会馆、清真寺、天主教堂等便是见证之一。金川辖区面积五千五百五十平方千米，相当于内地几个大县的面积，而人口只有七点三万余人。

位于四川马尔康松岗乡的碉楼

也许，是有人故意将部落之间的械斗、侵吞、掠夺夸大渲染成谋反。

也许，明朝遗老遗少串通莎罗奔等谋逆确有其事。

在金川县城里工作的柯女士，是出身于安宁乡的藏族，昨天回家

乡扫墓，得知我们要来的消息，特地赶来陪同。她对我说，童年时经常到御碑这一带来玩耍，那时这里是红军烈士的墓地，大约安葬了一百五十位红军的遗骨，是1935年红军两次进入大小金川时战斗中牺牲的部分将士。御碑被砖头石块包裹严实，外面还用黄泥抹了一层，正面写了"红军之墓"几个大字，顶端还塑了一尊红军像。直到上世纪80年代，县文物管理部门来人，撬开御碑外包裹的砖头石块，这通高四点五米、宽二米、厚一点三米的御碑才重见天日，柯女士也才知红军之墓的真相。

御碑有汉、满、蒙、藏四种文字，字迹大小不同，细读碑文，别有一番滋味在心头。

御制平定金川勒铭噶喇依之碑文

向不云乎，弗加征而自臣属，谓之归顺；始逆命而终徕服，谓之归降。若今索诺木之穷蹙，率弟兄出碉献印，不但不可谓之归顺，即归降亦不可得。而方彼其抗命相拒，历五年之长，兹已密围巢穴，火器围攻，腹心溃内，羽翼失傍。

官军初围贼巢，蚁众犹负隅抗拒，我兵用大炮四面环击，贼自揣力不能支，日形窘迫。先是逆酋之母姑姐妹情急来投，自请遣人回巢招谕，索诺木乃遣其兄冈达克、彭楚克，以次诣营恳求，皆就拘系。其党恶之布笼普、阿纳木等先后求降，山塔尔、萨木坦等并经擒获。于是进围益急，贼势日蹙，官军复摧其近碉，断其水道，番众惧惧，纷纷溃出，索诺木遂率其兄弟莎罗奔甲尔瓦、沃杂尔斯丹巴及两土妇，并助恶之大头人丹巴沃杂尔、阿木鲁绰窝斯甲、尼玛噶喇克巴，偕两喇嘛，挈属二千余人出寨，逆酋跪捧印信，群泥首乞命。由是罪人斯得，献俘奏凯。

方将劚砦搜穴,利斧其吭,生擒亦易,旦夕灭亡,乃始匍匐请命,又安得比之肉袒牵羊。噶喇依者,盖其世守官寨,故多深堑高墙,我师万层险历,千战威扬,譬之大木已尽去其枝叶,则本根亦可待其立僵,然而逆贼有言:"官军若至,当毁其重器,聚族焚而自戕。"使果如所云,则虽献馘蒇事,终不如生获,尽美尽善之庆。是盖凶渠罪大恶极,而且贪生苟延,以致献俘阙下,明正典刑。于是疆界阚地,屯戍我兵。镇群番而永靖,树丰碑以告成功。岁在丙申仲春,日吉时良。

女真原被称为"番",而一旦自己坐拥江山,便以"镇群番而永靖,树丰碑以告成功"昭告天下。乾隆皇帝大约没想到自己百年以后,大清的江山会在孙逸仙(孙中山)"驱除鞑虏,恢复中华"的号召中,轰然倒塌。

站在御碑前,我忽然想起了俄国画家列宾的一幅油画《查波罗什人写信给土耳其苏丹王》。查波罗什人是16—18世纪的俄国哥萨克人在乌克兰的组织,

清朝乾隆年御制平定大小金川之战的石碑

他们大多是逃出来的农奴，常备军两万多人，勇猛彪悍，性格倔强，

五彩经幡

追求自由奔放的生活，喜欢豪饮与歌舞。土耳其苏丹王曾写信规劝他们归顺土耳其帝国，可是这些哥萨克人拟了一封信给苏丹王，嘲笑挖苦他，表达自己绝不归降之意。画中每个人都有生动鲜明的个性，向世人展现他们的桀骜、豪放与不可征服。

查波罗什人与大小金川的居民似乎有许多共同之处。

耀眼的阳光洒在弱水河两岸，一阵阵山风将粉白的梨花瓣吹进御碑亭，一会儿又刮到其他地方，一来一去，间隔不断。两百多年过去，大小金川之战的硝烟早已散尽，然梨树年年花开，岁岁葱郁。

古今多少事，犹如梨花一瞬。

东女国之谜

东女国人的遗传基因里似乎有一种密码,将大眼、高挑、轮廓分明等优势遗传给女子,于是女子多有姿色。金川、丹巴古时属东女国的一部分,尤以美女如云闻名。

邻近马尔康的男人常说,金川、丹巴出美女,但是男子丑;我们草登出帅哥,女子丑,但是唱歌一个比一个好听。说前面一句满含羡慕,后面一句则有点泄气。在好看与好听之间,男人似乎更在乎前者。

记得几年前,我在丹巴梭坡乡某村向一个中年汉子问路,其人长

东女国风光

相萎靡，五短身材，衣着邋遢。当他知道我准备第二天去巴底乡拜访卢阿姆时，不以为然地吸了下鼻子，漏出不屑的声音："老美女了……"还特别将"老"字拖得又重又长，言下之意是年老色衰，不值得一看。

他那副表情令我愤愤不平！卢阿姆是巴底乡地道的农民，仅上过小学，如果不是去州府康定参加比赛，平时连县城也很少去，却以集东女国精华的美艳压倒群芳，获甘孜州第一届选美冠军，摘取了"康巴之花"的桂冠。我在一份介绍丹巴风光的画报上见过她的照片，惊艳！心想卢阿姆要不是因为老公孩子故土难离，恐怕早已红得发紫，粉丝成堆，想签名合影都难，哪轮得上你这在这儿说三道四，贬为"老"美女！卢阿姆眼下不过三十出头，风华正茂。凭你这副歪瓜裂枣的模样，竟然口出狂言，分明是吃不到的葡萄就酸，羡慕嫉妒恨罢了，说不定自己连老婆都娶不上。哪知当他老婆出现时，实在大大出乎我意料，咬住牙根才憋回冲到嘴边的话："鲜花插在牛粪上啊！"

后来当我到巴底乡走了一趟，才发现当地十七八岁的美女如雨后春笋一般，大有后来居上之势，便觉那汉子称卢阿姆老美女也不为过。更让我吃惊的是卢阿姆的丈

"康巴之花"卢阿姆（左）是丹巴县巴底乡地道的农民

夫，外貌与妻子差异实在太大：黑瘦，头发蓬乱，满身泥土，耳朵上夹一支纸烟。我忍不住问卢阿姆他们之间是媒人介绍，还是亲戚撮合？卢阿姆一边替丈夫拍打身上的泥土，一边笑着说："我们是自己耍的。"

我心里暗暗为卢阿姆叫屈，卢阿姆是独生女，又是出名的美女。我问她丈夫娶了这样的妻子是不是很得意？哪知她丈夫嘿嘿傻笑一阵，小声嘀咕一句："没好得意。"说毕，赶紧按妻子的吩咐出门背玉米，看得出他心里很得意。

大小金川出美女，历史上大小金川为争夺美女留下了许多传奇的故事。

在金川的民间传说中，清朝乾隆年间的大小金川之战，导火线就是几个土司为争夺大金川土司貌若天仙的小女儿阿扣而起。由争执到械斗，再扩大升级，不但不接受朝廷命官的调解，还与之对抗，最终导致了一场延续二十九年的大规模战争。大小金川以及丹巴至今依然随处可见的石碉楼，便是当年激烈战争的一个见证。

唐代中期，西南有八个强盛的少数民族部落，史称"西山八国"，东女国就是其中之一，亦称羌女国。东女国的特点是以女性为中心，崇拜女性，女子是社会生活中的主宰。《新唐书》卷二百二十一上《西域传》对"东女国"记载："俗轻男子，女贵者咸有侍男。"《旧唐书》卷一百九十七《南蛮 西南蛮传》中载："东女国，西羌之别种，以西海中复有女国，故称东女焉。俗以女为王。东与茂州、党项接，东南与雅州接，界隔罗女蛮及白狼夷。其境东西九日行，南北二十日行。有大小八十余城，其王所居名康延川，中有弱水南流，用牛皮为船以渡。"东女国的地域在当时，东与四川阿坝藏族羌族自治州茂县、汶川接壤，南与四川雅安接壤，西南与甘孜藏族自治州的巴塘县、理

塘县相连。女王居住在康延川，即今天西藏的昌都。

公元804年，执掌西南军政大权的西川节度使韦皋，完成对乐山弥勒大佛的修造，在碑记落款的几个身份中，便有"统押近界诸蛮及西山八国云南安巡抚使"一职，足见其重要。此碑至今仍矗立在乐山大佛脚下。

早已消失在历史风烟中的东女国给后人留下许多悬念，其中嘎达山里的悬空古寺遗迹，就是至今无法破译的未解之谜。去金川之前，我看到几幅悬空古寺中壁画的照片，斑驳陆离的画面，残留的鲜艳色彩，奇特的人物造型，使画面弥漫着神秘感。其中既有像古老宗教驱邪降魔的仪式，也有佛教禅坐入定的画面，还有一些不知表达何意的文字和图案。这些引起我强烈的探寻欲望，于是到金川去看悬空古寺群便成为此行的一个心愿。

可是当我到金川以后才知道要去嘎达山悬空寺非常不易，事前没有充分的人力物力准备，以及强健的体魄，根本无法到达，去了也只能半途而废。陪同我们的卢先生以自己的亲身体会这样告诫我。卢先生是当地藏族，十年前曾担任马尔邦乡乡长，嘎达山就位于马尔邦乡境内。那时他想开发嘎达山旅游资源，为当地带来经济效益，便带领数人从独角村进山，重点探索民间传说甚多的悬空古寺。事前他们做了充分的准备，粮食、帐篷、被服、炊具、猎枪，等等，还找了两位经常在山里采药的农民当向导，并雇骡马运输物资。经过十个多小时的艰难跋涉，终于登上了海拔三千二百米的嘎达山山顶，可是悬空寺的情景令他们十分意外，原来悬空寺不是一座寺，而是一个寺院建筑群！一间间房舍均修建在十分险峻的绝壁之上，进出的唯一通道就是独木梯。为了弄清悬空寺的详情，他们在山里停留了数日，终于调查到山中大小共有一百零八座寺庙，但由于无人居住，荒弃日久，大部分已损毁坍塌。而且多数寺院的内情也无从获得，因为独木梯即便在完好时，出入也须得有猴子般灵巧的身手，何况他们到达时，大部分独木梯已是不堪一击的朽木。只能外观，难以入内。

没到过藏族聚居区的人很难想象独木梯，就是将一根圆木砍出一道道缺口而已，上下无固定螺钉或榫卯，左右无扶手拉绳之类心理安慰措施。人行其上，重心稍稍把握不当，便会坠落下来不说，弄不好连木梯也当头砸过来。我第一次在藏族聚居区爬独木梯，仅仅是上房顶，下有人托，上有人拉，其状极是狼狈，惹得房东的两个孩子大声嬉笑，令人不得不感叹当地人个个是杂技英豪！

为了稍稍了却我的心愿，在参观过高达四十九点五米、被称为"中国碉王"的关碉之后，卢先生带我往净心谷走了一段，站在谷底能清晰地看到嘎达山中状如菩萨的巨石，当地人称之为"石菩萨"或"东巴石佛"。卢先生告诉我沿山谷也可以攀上悬空寺，只是山崖陡峭，比起独角村更难行走。当地几个山民见前任乡长来了，都过来招呼寒暄，从摆谈中得知嘎达山是苯教的神山。我几番追问，从他们的描述中得知所称山中一百零八庙，其实多是闭关修行的关房，有的甚至就是山洞，简陋狭小。选择这样的地方修行，是为避外人打扰，当地山民弄

位于四川金川县的关碉，建于清代，高四十九点五米，被称为"中国碉王"

不懂，见那些坍塌损毁的房屋里有出家人留下的遗迹，便以庙称呼。

一位老人说，距此不远的广法寺原来名雍仲拉顶寺，是一座苯教寺院，院里到处画有"卍"符号。这个符号藏语称雍仲，代表"永恒不变""金刚""吉祥"等意，象征着极大的能量。清代乾隆皇帝两次征战大小金川时，雍仲拉顶寺曾派出上千喇嘛与清兵激战。为此，乾隆皇帝十分痛恨雍仲拉顶寺，金川之役结束后，乾隆皇帝下令捣毁雍仲拉顶寺，杀死其中所有的喇嘛。其中一部分喇嘛侥幸逃出，跑到嘎达山深处分散躲藏起来。乾隆皇帝闻讯，担心将来雍仲拉顶寺的苯教势力死灰复燃，于是大力扶持藏传佛教格鲁教派，拨巨资重修雍仲拉顶寺，赐名广法寺，并御书"正教恒宣"匾额，使之成为与北京雍和宫、山西五台山、西藏普化寺齐名的四大皇庙之一。从此以后，苯教在嘉绒地区势力衰落下来。

一位中年女士说，自己小时候为了挣学费，经常与同村的伙伴一起到嘎达山里采草药。有一次她们无意间在山中看到一个独木梯，便顺着爬上去，结果尽头是一个洞，洞里盘着两条大蛇，但并不伤人，见她们进来便慢慢从石缝里钻走了。几个伙伴虽然有点害怕，但是却意外在洞口附近采到不少细辛。细辛是一种剧毒中草药，对治疗头痛、牙疼、风湿痹痛有很好的疗效，收购价格远比她们平时采的普通草药高，这让她们十分开心。后来下起大雨，几个伙伴只好在洞里住了一晚，见洞壁上有不少图画，还有一些不认识的文字，觉得很是稀奇。不久，当她们想再一次进入那个洞穴时，却发现独木梯朽坏断裂，无法攀登到洞里。这让她们十分不解，前不久她们才从独木梯爬上去，怎么如此快就坏了？当她将心中的疑惑告诉奶奶时，奶奶神秘地说："独木梯早在我小时候就坏了，是蛇信子将你们托上山洞的，它在那里守护庙子，是好人就帮，坏人就咬……"女士至今对奶奶的说法深信不疑。还说一些石碉遗迹里也有蛇，蛇是守护神。

　　一位小伙子说，石菩萨背后有一个巨大岩洞，高的地方有几十米，矮的地方只能躬身而过，因为岔洞较多，担心迷路无法返回，不敢再往深处走。据他所知，目前还没有任何人知道洞究竟有多深。

　　……

嘎达山民居

　　嘎达山是神秘的，嘎达山的神秘与苯教有关。苯教带有浓厚的神秘色彩，藏语"苯"有许多内涵，简要之意是"念咒""祈祷"，与汉传佛教里的"法"、象雄文中的"吉"、藏传佛教典籍中的"秋"相似。雍仲苯教形成了一套原始的神鬼体系，包括酬神驱鬼仪式等，这就是苯教九乘理论和实践中四因乘的核心内容。通俗地说就是占卜祸福吉凶，供奉祭祀神灵，差遣鬼神，消灾祈福，以求人畜兴旺、五谷丰登，社稷稳固。

　　至今金川周边还有一些信奉苯教的人。苯教是西藏的本土文化结晶，包括医学、天文、地理、占卦、历算、因明、哲学等，一度在西藏占主导地位。大约在公元6世纪前后，由印度传入的佛教在西藏日

即将消失的文明

嘎达山壁画

渐兴盛起来,由于其精髓为统治阶级采用,并大力提倡,苯教在西藏就受到打压,一些苯教寺院被毁,经书被焚,不少僧众纷纷逃到康巴、安多等地区,并选择一些远离人群的僻静之地隐修。嘎达山最初也是这样成为苯教道场的。苯教对当地人的世界观、伦理思想、生活习俗等都产生了影响。而后来藏传佛教中,也沿用了许多苯教的仪轨,并称其为伏藏法宝。

离开马尔邦乡,卢先生请我们到一个农家午餐,小院里梨花满树,樱桃花正红,树下小坐片刻,茶杯里星星点点飘起花瓣,暗香浮动,春意四溢。女主人笑脸相迎,忙进忙出,手脚麻利地炒菜端菜,店主店小二一肩挑,虽然上了年纪,但是依然看得出年轻时的风韵。她做的玉米饼好吃得让我们全然不顾吃相,狼吞虎咽,接连上了三大盘。为了讨得秘诀,我闯进厨房询求,女主人也不吝啬,细说要领,其间不时向一个帮工模样的汉子派活,那汉子垂首诺诺,表情木讷,慢腾腾地切肉剁鸡,看着让人牙痒痒得着急。后来我才知道是女主人的丈夫,不用问就知属于"劳力者治于人"之列,还兼滋养鲜花的养料。女主人得知我对嘎达山充满兴趣,便鼓动我们顺道去丹巴朝墨尔多山,说那是一座神山,山上的空行母十分灵验……

360

一番话，又激起我重走丹巴的欲望。

"墨"在藏语中一般指女性，因此墨尔多山又被称为女神之山。墨尔多山脉起于阿坝州鹧鸪山，绵延数百里，在大小金川交汇处丹巴境内突兀矗立，高耸入云，主峰达五千米，与嘎达山相望。

东女国，究竟藏有多少未解之谜？我一直在想。

第二天早上到一个小食店吃面，女主人独自忙进忙出，煮面，调料，收拾碗筷，抹桌子扫地，而她丈夫视若无睹地端一只巨大的旧搪瓷杯坐在门口，悠闲自得地抽烟喝茶，看过往行人。我有些看不过，问他为何不帮妻子搭把手。他打量我一番，答非所问："你是从成都来的？"

我正猜测成都大约是他无限向往的美丽城市。

哪知他忽然冒出一句："成都不好。"

"为什么？"我感到有些意外。

"那里的女人不爱干活，还要把男人马到（四川方言，意为管束和欺压）。"

"要是你咋办？"我试探道。

"'砰'给她一耳光！"说得铿锵有力，"我们这儿的女人勤快，听话，每天早上把茶烧好，端到床面前，喝了，我才起来"。他一字一句，俨然大丈夫。

"这么厉害？"我对眼前这个"硬汉"有点刮目相看。

他一双眼睛瞪得滚圆："当然！"

这时，街对面一个男人叼着烟过来，他一直在听我们对话，嘴角挂着一丝嘲讽的神情，悠悠地对他说："又吹牛哦，经常在屋头跪倒就不说了……"

"你——"

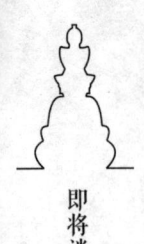

"嘿嘿，我们一样的。再凶，遇到美女就软了。"街对面的男人又说了句，并递给对方一支烟，算是对抽老朋友底细的补偿。

我忍不住大笑起来，他们俩也笑起来，回头看女主人在厨房里微笑不语，大约早已见惯不惊，习以为常。

东女国，离开后会经常想起。

慢吃

我十七岁当兵，新兵训练要过的第一关是快速吃饭，十五分钟必须结束。十分钟时第一次哨音响起，提醒你加快速度，十五分钟一到，第二次哨音响起，所有人必须放下碗筷。无论是否吃饱，也无论碗里还有多少，哨声就是命令，服从命令是军人的第一要素。

教官整天铁青着一张脸，骂起人来尖酸刻薄，拐弯抹角，还带有许多农夫的方言土语，夹杂着牲口农具之类，在城里长大的我们，有时要很长时间才能弄明白其中的隐喻。我们也经常回击教官，不过只能在私下里，小声宣泄几句，之后还得按教官的要求去做。

快吃，让好些女兵掉眼泪，因为吃不饱。新兵训练时严禁吃零食。二十多个人住在一个大房间，不知怎么地一下就被调教来互相监督，铁面无私，于是有贼心也没有贼胆，何况还不许出大门，有钱也买不到吃食。我父亲是军人，我从小在部队大院里出入，对军队生活比较了解，适应起来相对要快些。可怜那些从地方招来的女孩，那时能当女兵的大多家境比较优越，娇生惯养，何曾吃过这般苦？最后饥寒起盗心，开始到食堂偷馒头，并联手作案，分别望风、动手、转移。自我安慰的理由是：国家供应我们每人每月四十五斤粮食，可是快吃让我们只消耗了一半，实在不公平！拿属于自己的粮食不算偷！

四年军队生活养成我吃饭速度快的习惯。母亲多次规劝，斯文进餐才像淑女。过去大户人家选媳妇或者女婿，往往巧妙地先请吃一顿

饭，从"吃相"看一个人的教养、性格，甚至将来的命运，等等，以决定取舍。

我听不进去，我行我素，依旧快吃。

有一年我得了胃肠炎，医生反复叮嘱，要慢慢吃饭，细嚼慢咽有助于消化，使胃肠功能得到恢复。可是待病一好，医生的话很快就忘到九霄云外。

记得第一次在峨眉山伏虎寺吃饭，饭前跟随法师念"供养佛，供养法，供养僧，供养众生"，我发现自己有一种从未有过的感动，那一顿饭吃得很慢，一改我过去的积习。

饭后一位法师带我去大殿，路过五观堂，见一群法师悄无声息地鱼贯而出。我向法师询问"五观"的含义，她答，在进食时观想五事：一、面对供养，思量粒米维艰，来之不易，自己做了多少功德？二、借着受食来反省自己，自己的德行是否受得起如此供养？三、谨防心念，远离过失，对所受的食物、美味不起贪念，不起痴心，不起瞋心；四、将所受的食物，当作疗养身心饥渴的良药；五、吃饭是为修道，如果贪多，也易产生各种疾病，所以必须饮食适量。

深奥的佛法通过生活的细节向世人铺展开来。"五观若明金易化，三心未了水难消。"观想要静，慢慢体会个中滋味。

原来慢吃是一种境界。

2004年，日本茶道专家佐野静江女士来乐山某高校交流，与我结识并多有往来。离别前她坚持要亲手做一次茶事答谢我。"茶事"是由日本料理和茶道组成的午餐。起初，我并不在意，一顿饭而已，何况四川人多是食不厌精，觉得日本饭菜不过尔尔。可走进她的宿舍我立刻感到气氛异常隆重，正对门的墙上挂了一幅书法，写着"一粒千千万"，是乐山乌尤寺一位法师赠给她的，书法下方的白瓷花瓶里插着一枝黄色的野花,她说是在校园里采的。她身着和服,盘了头发,仔细化了妆,连脖子后面也扑了香粉。

我顿时感到有些局促,平时散淡随意惯了,疏于礼节礼仪。在铺有草席的地上盘腿而坐,静江端上第一道菜,一小碟酱汤,浅浅的汤上卧了一片红萝卜,萝卜上有半片绿色的蚕豆,蚕豆上摆放着一颗鲜红枸杞。第二道菜是两个打了蝴蝶结的海带,用牙签串起,顶端缀了一粒白果。这样的菜有十道,道道精致美观,样样赏心悦目。每一道菜端上来前,静江都会躬身施礼,用不标准的中文说:"请慢慢用。"

这顿饭在"请慢慢用"的声音中延续了三个小时,名副其实的慢吃。静江不断地忙碌,换了十几道碗碟。这顿饭她准备了两天,而客人只有两位,我和一位法师。

慢吃的过程中,我觉得自己由淡漠变得凝重,再由凝重变得感动。我仿佛从深绿色的茶液中品味到了老子的逍遥、孔子的豁达、佛门的禅意。

当我向静江表示谢意时,她指着墙上的书法结结巴巴地说:"我,是'一粒',中国朋友给我'千千万'。"

慢,让我体会到细节,细节中的用心。

十三年前我去稻城亚丁,路况极差。早上在街上吃饭,见对面修车店门口吵吵嚷嚷,三个身着冲锋衣的旅行者怒气冲冲,大声斥责修车店老板。原来昨天他们的车坏了,请修车店老板务必当晚修好,第二天一早他们要上路,赶回成都上班。老板答应了,可是晚上喝多了酒,天亮后仍在床上酣睡不醒,三个旅行者不断警告:"我们要去告你,不讲信用!"

修车店老板睡眼惺忪,揉着眼打哈欠,不断重复道:"我喝醉了。"一脸无辜,言下之意是我不是不想修,而是喝醉了。"喝醉了"

是不能修车的充足理由。对方斥责多了，他就低声回敬一句："告毬你的。"抽烟，别过脸去看远处，露出一副死猪不怕开水烫的样子。在只有两千多人的小县城里，修车店屈指可数，他称自己是技术最好的，吼完了还得找他修。

左邻右舍的人听到争吵声，陆续过来帮着解围，说今天走不了就明天走嘛，明天走不了后天走也可以，慌啥子？慢，是当地人的生活常态，觉得把人从被窝里揪出来修车有些不近情理。

等我从宾馆收拾好行李出来，再次路过修车店时，见三个旅行者坐在修车店门外，抽烟，喝茶，晒太阳，表情柔和下来，已经是这样了又能如何？只得放下心来。

那次返回途中发生车祸，又遭遇塌方，无法知道车何时修好，也无从知道塌方何时清理完，着急毫无用处。一袋饼干慢慢吃，一瓶水慢慢喝，看阳光一缕缕在云中变化，看河中一道道漩涡汹涌而去，看天色一点点暗淡下去……

慢吃中品味人生。